정신건강의학과 전문의가 추천하는
흥미진진, 치매를 알아가는
감동의 장편소설

아! 치매가 과연 이런 것이었구나!
예방과 치료의 치매교과서

어머니의 용돈

어머니의 용돈

초판 1쇄 인쇄 2023년 11월 18일
초판 1쇄 발행 2023년 11월 20일

저   자 남순백
발행인 박지연
발행처 도서출판 도화
등   록 2013년 11월 19일 제2013-000124호
주   소 서울시 송파구 중대로34길 9-3
전   화 02) 3012-1030
팩   스 02) 3012-1031
전자우편 dohwa1030@daum.net
인   쇄 유진보라

ISBN 979-11-92828-34-3 *03810
정가 15,000원

도화道化, fool는
고정적인 질서에 대한 익살맞은 비판자,
고정화된 사고의 틀을 해체한다는 뜻입니다.

아! 치매가 과연 이런 것이었구나!
예방과 치료의 치매교과서

어머니의 용돈

남순백 장편소설

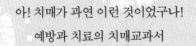

도화

먼저 사람의 신체와 정신을 다루며 치료하는 정신과 의사로서 장편소설 출간의 축사를 쓴다는 것이 매우 이례적이고 생뚱맞은 일인 줄 익히 압니다만,

본 소설이 너무나 아기자기한 어머니에 대한 자녀들의 효심과 특히 남편도 없고 아무런 재산도 없이 청상과부로서 오로지 어린 사남매를 어미닭이 그 날갯죽지 아래 여러 마리의 병아리를 품듯 정성을 다해 키우며 무진장 고생하는 이야기가 우리들이 다 함께 겪은 어렵던 과거의 그림처럼 너무나 생생하고 재미가 있으며, 거기다가 어머니의 그런 노고를 깊이 알아주는 주인공인 맏아들의 배려와 함께 그가 크게 걱정하는, 요즘 결혼도 하지 않고 아이도 낳지 않으려는 젊은 세대의 수박 겉핥기식 형식적 효도가 또 깊이 공감이 되며 나의 마음을 크게 울리고 말았답니다.

『어머니의 용돈』은, 위로 부모님을 모시는 자식이자 나 또한 자식을 낳아 키우는 부모로서 그 전반적 스토리가 너무나 재미나

고 공감되는 감동이었습니다.

하지만 이 소설에 대한 이런 전문적 평가는 소설 읽기를 무척 좋아하나 이 분야에 문외한인 나로서는 수많은 문학가들과 평론가들과 현명한 독자들의 몫으로 돌릴 수밖에 없는 일이겠지요.

그러나 노인성 치매에 걸린 어머니를 두고 아들과 며느리와 손주들의 예리한 눈을 통하여 관찰하는 치매라는 병의 일반적 전조현상과 진행과정에 따른 환자의 신체적, 정신적 변화에 대한 자세하고 적나라한 어쩌면 매우 재미있다고 할 만한 묘사는,

오랫동안 수많은 치매환자들을 치료하는 정신과 의사로서 상당부분 공감하고 수긍하며, 이런 치매환자의 특성을 미리 알아두면 환자와 그 가족은 물론 많은 사람들의 질병 예방에 적잖은 도움이 될 것이란 생각입니다.

특히 주인공이 치매 걸린 어머니의 효율적 간호와 뒷바라지를 위해 끊임없이 공부하다가 마침내 좋은 요양병원을 견학하면서 거기서 전문가들의 입을 통해서 배운 여러 가지 다양한 치매 예방과 환자의 관리 및 치료에 대한 학설과 사례들은 남녀노소를 막론하고 일찍 알아둘수록 백세시대의 이 멋지고 아름다운 세상을 더욱 건강하게 살아가는데 매우 큰 도움이 되리라는 생각입니다.

아무쪼록 이 소설이 많은 사람들에게 읽혀서 장수시대인 초고령화사회의 도래와 더불어 급증하고 있는, 그야말로 몇 개의 박

사학위를 가진 배운 자나 많이 못 배운 자나, 부자나 가난한 사람이나, 건강을 자랑하는 튼튼한 사람이나 병약한 사람을 막론하고, 일단 한 번 걸리면 평생 힘들여 쌓아온 인생의 전부를 깡그리 잊고, 잃어버리는 치매라는 무서운 병을 알고 미리 예방하여 그 너무나 참혹하고 잔인한 병으로부터 멀어져 행복한 인생을 살아가기를 간절히 바라는 마음입니다.

2023년 11월
마음향기병원 진료원장 박범룡(정신건강의학과 전문의)

차례

1

"도대체 그게 무슨 소리냐? 생사람 잡지 마라. 정말 난 안 받았어! 여길 봐라! 나한테 지금 땡전 한 푼도 없지 않니?"

어머니는 입고 있던 긴 겉치마를 들추더니 이어서 속치마까지 걷어붙이시고 속곳 깊숙이 넣어두었던 두 개의 긴 줄이 달린 쌈지 주머니를 꺼내시더니 그것을 홀랑 뒤집어서 손바닥으로 툭툭 털어대시며, 이걸 보란 듯이 약간은 화가 치민 얼굴을 더욱 진지하게 정색으로 바꾸시며, 한껏 언성을 높여 말씀하셨다. 자기의 말이 눈곱만큼도 거짓이 없는 틀림없는 진실이라고 강조라도 하시듯 결국 주머니를 매단 끈까지 끌러내시더니 더욱 힘주어 거듭 방바닥에 대고 탈탈탈……, 연이어 여러 번을 털어대셨다.

"어머님, 제가 어제 저녁에 아범이 이번 달 월급을 타 왔다고 말씀드리며 분명히 30만원을 세어서 드렸잖아요! 월급봉투를 건네

받자마자 곧바로 제일 먼저 어머님 방부터 찾아왔어요……. 용돈을 분명히 드려도 번번이 자꾸 받지 않으셨다고 그러시는 바람에 이번에는 아범도 옆에서 같이 보았잖아요?"

며느리는 이건 정말 너무 기가 찬다는 듯 조리 있게 항변을 하면서도 어머니의 너무나 완강한 부정과 순전한 능청스러움에 크게 당황하고 있었다. 이런 일은 벌써 여러 번째였다. 평소 너무나 정확하고, 매사에 끊고 맺음이 마치 물과 기름이 섞이지 않듯 매우 분명하시던 어머니였기에 더욱 그럴 수밖에 없었다.

"듣다보니 대명천지에 별 희한한 턱도 없는, 그야말로 귀신도 당하면 너무 억울하여 통곡을 할 소릴 다 하는구나. 글쎄, 너희들이 어젯밤 언제 내게 그 많은 돈을 줬단 말이냐?"

이때 어머니의 순진무구하기 이를 데 없는 진실한 태도 역시 하나하나 조근조근 옥죄듯이 그러나 더욱 차분하게 한 발짝씩 따지고 드는 며느리에 비해 절대로 못지않았다. 귀신 씻나락 까먹는 어림도 없는 소리는 애당초 하지도 말라고 매정하리만큼 뚝 잘라 말씀하시며, 연이어 이건 너무나 얼토당토않은 참으로 기가 막히는 가증스런 모함이라는 듯 연신 혀를 끌끌 차시며, 절대로 돈을 받은 사실이 없다는 자신의 결백을 조금도 굽히려 들지 않았다. 지금 어머니의 온몸에는 오로지 참된 진실만이 흘러넘치고 있었다.

"어머님이 고맙다며 받으셔서 분명히 그 돈을 여러 번 꼭꼭 접어서 이 주머니에 넣으시고 줄을 꼭꼭 야무지게 묶으셨다고요!"

며느리 재숙은 어젯밤에 어머니가 하시던 동작을 하나하나 그대로 다시 재현해 보이며 마치 사라진 돈이 근처에 떨어지기라도 했나 싶어 그 돈의 행방을 찾으려는 듯 이리저리 어머니가 앉아있는 그 아랫도리 주변을 두리번거렸다.

"그 봐라! 몽땅 뻔한 헛말이지. 지금 여기에 네가 줘서 그렇게 꼭꼭 넣었다는 돈이 어디 있단 말이냐? 아이고, 참으로 답답하구나. 지금 도대체 내 주머니에 돈이 단 한 푼이라도 있느냐? 그러면 돈에 발이 달려서 도망을 갔겠느냐? 아니면 날개라도 달려서 훨훨 밖으로 날아갔단 말이냐? 그렇다고 주머니에 구멍이 뚫린 것도 아니고……"

어머니는 마침내 내기에서 이긴 어린이처럼 절대로 돈을 받지 않았다는 것을 기정사실화하며, 약간은 의기양양하여 구부러진 어깨를 으쓱하여 펴시며 그제야 잔뜩 굳었던 얼굴에는 긴장이 스멀스멀 녹아내리며 조금씩 희미한 승리를 장담하는 옅은 미소까지 띠며 짐짓 느긋하게 여유까지 부리고 계셨다.

이에 재숙은 이래서는 도저히 안 되겠다 싶었던지 일단 더욱 차분하게 목소리부터 낮게 죽이고 그녀 특유의 다부진 태도로 돌아가 더욱 침착과 냉정함을 되찾으려 애썼다.

'이건 정말 한두 번도 아니고 억장이 무너지는 일이로군. 서울도 안 가본 사람이 남대문에 문지방이 있다고 우겨서 이긴다더니

영판 그 꼴이로군.'

그녀는 속으로 이렇게 생각하며 다시 마음을 새롭게 가다듬고
는 어제 저녁 어머니에게 돈을 드릴 때의 몇 가지 확실한 주변 상
황과 증거가 될 만한 것들을 한 가지씩 차례대로 손가락을 꼽아가
며 더욱 구체적이고 논리적으로 차분하게 설명을 해나갔다.

"그때 어머님은 텔레비전에서 전원일기라는 늘 보시던 연속극
을 보고 계셨고, 아범이 조금 늦게 집에 들어오자 저녁은 잘 먹었
느냐고 물으셨지요. 그러시면서 오늘은 손자와 손녀가 너무 늦게
까지 들어오지 않는다고 크게 걱정을 하셨지요……"

"흐흐흐……. 그거야 당연히 그랬겠지. 할 일도 없는 늙은이가
늘 하던 일이니까. 물론 그 사이에 간간히 술도 잔에 부어 마시고
담배도 피우고……"

어머니는 며느리의 주장을 미리 앞질러 한술을 더 뜨시며, 자신
의 기억을 정확하게 되살려 설득하려고 딴에는 확실한 증거수집
과 효율적 진술에 안간힘을 쏟고 있는 재숙의 머리 꼭대기에라도
올라앉은 듯, 그까짓 사리에도 맞지 않는 평범한 일상의 허튼소리
는 아예 더 이상 꺼내지도 말라는 듯 며느리를 크게 압도하고 있
었다.

그러나 세월이 무척 오래 지나간 케케묵은 옛일도 아니고, 바로
어제 저녁에 있었던 일을 아무리 자세하게 성의를 다하여 설명을
하여도, 시어머니는 그때 있었던 그런 주변의 정황은 대부분 인정

어머니의 용돈

을 하시면서도 단지 한 가지, 며느리에게 돈을 받은 사실만은 능청스레 딴청을 피우시며 결단코 아니라고 강하게 부인을 하셨다. 시치미를 뚝 뗀 시어머니의 온화한 얼굴엔 정말 돈 받은 사실에 대해서는 아무것도 모르고 지금 처음 듣는 일이 분명하다는 듯했다. 마치 아직 거짓말이라고는 조금도 모르는 천진난만하고 철없는 어린아이처럼 한 점의 주저함이나 동요도 없으셨다. 어머니의 얼굴은 마치 파란 가을 하늘에 한 조각 하얀 구름이 떠가듯 더없이 느긋하고 여유롭고 한가로웠다.

이에 비해 재숙은 달랐다. 너무나 안타까웠다. 공연히 아무것도 모르는 애꿎은 어른에게 마구 억지를 쓰며, 전혀 없었던 가당치도 않은 일을 일부러 꾸며대어 우기고 금세 얼렁뚱땅 만들어서 왕창 뒤집어씌우려는, 그래서 마치 큰 죄나 짓는 세상에 둘도 없는 불효 며느리처럼 바짝바짝 얇은 입술이 하얗게 타들어갔다. 입 안이 목구멍까지 칼칼하게 바싹바싹 마르며, 느닷없이 손끝까지 바들바들 떨리며, 식은땀이 송알송알 얼굴 가에 맺히고 있었다.

남편이 월급을 타는 날이면 여지없이 만사를 제쳐놓고 무엇보다 먼저 꼬박꼬박 그달 몫의 용돈부터 챙겨드렸지만, 시어머니는 최근 들어 부쩍,

"네가 요즘 돈을 언제 주었느냐? 하도 오랫동안 돈을 주지 않는 바람에 돈을 구경한지 오래야. 그놈의 돈 냄새도 다 잃어버렸다."

"지금 먹고 죽으려 해도 내 수중에는 돈이 한 푼도 없어. 어서

내 용돈 좀 다오. 늙은이가 집 안에만 처박혀 있는 것 같아도 돈이 필요한 데가 많단다. 아이고, 그놈의 돈, 돈, 돈……"

이렇게 생뚱맞게도 자주 시치미를 뚝 잡아떼고 갈수록 더 노골적이고 강력하게 빨리 자기 몫의 돈을 내놓으라고 며느리를 은근히 다그치다가는 결국 강하게 윽박지르며 매몰차게 채근을 해댔다.

이런 고부간의 요란한 옥신각신을 옆방에서 훤히 엿듣고 있던 아들 영덕은 그 나름대로 몹시 짠 음식을 삼킨 듯 바짝바짝 속이 타지 않을 수 없었다.

운명이 심한 어깃장이라도 놓듯 남편을 일찍 여읜 뜨거운 피가 끓는 젊은 과부인 어머니는 장남인 자기를 남편 이상으로 의지하며 지금까지 평생을 모질게 고생하며 살아 오시면서도 절대로 좌나 우로 약간의 치우침이나 조금의 허장성세가 없이 그 삶이 진실하고, 올곧고, 매사에 대쪽처럼 정확하셨다.

"지금 당장 어렵다고 너무 욕심내지 마라. 부족해도 만족할 줄 아는 사람이 진짜 부자야……"

이어지는 지독한 가난과 여러 가지 숱한 어려움 속에서도 어머니는 늘 이렇게 말씀하시며 자식들이 쓸데없이 과도한 욕심을 내지 않도록 끊임없이 훈계하고 타이르며 가르치고 또 가르치던 정말 헛되고 쓸데없는 욕심이라고 조금도 없던 분이셨다.

게다가 어머니는 타고난 성격이 부드럽고 온화하여 요즘 들어 갑자기 며느리에게 마구 퍼붓듯이 해대는 것처럼 자기의 주장을 저토록 야멸차고 강력하게 내세우는 분이 절대로 아니셨다. 크게 슬프거나 못마땅한 억울한 일이 있어도 무한정으로 참아내고 속으로 조용히 삭여내며 겉으로는 결단코 표시를 내지 않으시던 흡사 인동초와 같은 여물기가 한이 없던 분이셨다.

"세상에서 가장 똑똑하고 가장 지혜로운 사람은 자기 자랑을 내세우지 않고 자기보다 더 못난 사람의 이야기를 귀담아 잘 듣고 조금이라도 더 배우려 하는 사람이란다."

어머니는 영덕을 비롯한 어린 사남매를 키우면서도 또 최근 손자와 손녀에게도 늘 이렇게 힘주어 가르치시며 거기다가 늘 자신의 말씀 그대로 스스로 솔선수범하여 실천하시던 분이셨다.

그러기에 영덕은 최근 들어 벌써 여러 번째 용돈을 받은 사실을 한사코 극구 부인하고 계신 어머니의 면전으로 잘난 재판관처럼 불쑥 나가서, 잔뜩 수세에 몰려 어쩔 줄 모르고 당황하고 있는 아내의 편을 들어 사실대로 어제 저녁에 어머니의 며느리가 내 월급에서 어머니의 용돈을 분명히 드리는 것을 내 두 눈으로 똑똑히 보았으니 이제 그만 생각을 가다듬고 다시 잘 찾아보라고 이실직고하며 그대로 사실을 까발릴 수는 더욱 없는 노릇이었다.

'필시 바다보다 그토록 속이 깊으시고 배려심이 남다른 어머니가 저토록 생떼같이 시치미를 뚝 떼고 일부러 억지를 쓰시듯 완강하게 사실을 부인하며 어거지로 이미 받은 돈을 또 다시 달라고 강짜를 부리며 저러시는 데는 분명히 피치 못할 사정이나 깊은 곡절이 숨어있을 것이 틀림없어……. 공연히 저러실 분은 절대 아니시고말고.'

영덕은 나름대로 이렇게 요모조모로 심사숙고하며 그때마다 깊은 생각으로 억세게 마구 뛰고 있는 가슴을 가까스로 잡아 누르며, 길게 실랑이를 벌이고 있는 고부 갈등의 전면에 불쑥 나서서 사실을 어느 누구 편을 들어주기를 마냥 주저하고 있을 따름이었다.

하지만 이런 일이 번번이 매월 예정된 행사처럼 자주 일어나자 재숙은 시어머니에게 용돈을 드리면서 돈을 확실히 받으셨다는 영수증이나 각서를 받을 수도 없는 노릇인데다가 나름대로는 어머니의 정신을 결정적으로 환기시킬 여러 가지 확실한 정황을 만들려고 노력은 했지만, 더 이상의 놀랄만한 뾰족한 방법이 없었다. 매번 이런 똑같은 닮은꼴의 일들이 잦아질수록 다만 깊은 한숨만 터져 나오고 답답한 속은 부글부글 끓어서 갈수록 억장이 무너질 지경이었다.

요즘 세상에 아무리 엄한 시어머니 앞의 며느리라고는 해도 이렇게 어쩔 수 없이 똑 같은 일을 매번 속수무책으로 당하기만 하는 사람의 심정은 흐물흐물 녹아서 물이 될 지경이었다.

시어머니는 얼마 전까지만 해도 물 맑고 공기 좋은 의령의 파아란 하늘이 흡사 병뚜껑같이 작아 보이는 사방이 병풍같이 높은 산으로 둘러싸인 아늑한 시골마을에서 몇 뙈기 안 되는 농사를 짓고, 몇 마리의 닭을 치며 살고 계실 때까지는 아무런 아픈 데 없이 매우 건강하시고 정신도 초롱처럼 맑아서 남들이 크게 부러워할 만큼 정정하셨다.

그러다가 마치 어머니 운명의 심한 장난이랄까?

아직 장가도 못가고 한집에 같이 살면서 힘껏 돌멩이를 던지면 닿을 집에서 그리 멀리 떨어지지 않은 앞산의 산골짜기에 시커먼 양철지붕으로 제법 커다란 현대식 축사를 지어놓고 여러 마리의 젖소를 기르며, 신선한 우유를 짜서 아침마다 유가공 업체에 넘겨 짭짤한 목축의 재미를 보다가,

최근 갑작스런 우유파동에 이어 소 값까지 갑자기 곤두박질을 치며 떨어지는 바람에 오랫동안 수거해가지 않은 젖소에서 짜서 길옆에 내놓은 우유 통의 많은 우유가 썩어서 고약한 냄새가 진동한다고 동네 사람들의 원성이 잦고 큰데다가,

이에 더하여 목장을 짓고 여러 두의 젖소를 사들이면서 여기저기서 빌린 돈의 이자와 원금의 지나친 독촉에 모질게 시달리다 끝내 더 이상 견디지 못한 막둥이로 태어나, 요즘 한창 멀리 읍내에서 살고 있던 이혼한 조선족 여인과 교제를 하고 있던 막내아들을 너무나 안타깝게도 졸지에 앞서서 비명에 저승길로 떠나보내고부터 홀로 계신 어머니의 건강이 나락으로 떨어지듯 급속하게 나빠

지고 말았다.

갑작스레 아들을 잃고 마음을 둘 데가 없던 어머니는 그 전에는 근처에도 못 가던 술과 담배를 함께 입에 대시더니 종내는 그것으로 홀로된 외로운 삶의 유일한 낙이자 소일거리를 삼으셨다. 이제 밥은 한두 끼쯤 쉽게 걸러도 퍽 대수롭지도 않게 여겼지만 소주병과 담배 재떨이는 바람난 남자가 시앗을 챙기듯 꼭 옆에 두어야만 했다. 이제 항상 방안에는 담배연기가 자욱하고 옆에는 따지 않은 소주병이 여러 개 놓여있고, 머리맡에는 담뱃갑이 몇 갑 덤으로 밀려 있어야 비로소 안심을 하고 잠을 이룰 수 있는 형편이었다. 그러면서 밖으로 잘 나가지도 않고 집에만 틀어박히고 말던 것이었다.

이렇게 어머니의 건강이 분명하게 눈에 띄지는 않지만 급히 조금씩 나빠진다고 생각했는데, 요즘에는 오랜 두부장사와 새우젓 장사와 바쁘고 고된 농사일로 단련된 돌덩이 같이 탄탄하던 몸까지 부쩍 약해지고, 고장 난 기계처럼 군데군데 탈이 나고 많이 불편해 지고 말았다.

그래서 어머니 본인은 평생 동안 깊은 정이 듬뿍 든 고향마을을 떠나 이곳 생소한 도시로 오시지 않으려고 극구 여러 번 사양을 하셨지만, 영덕은 장남된 도리로서 몸이 불편한 노인을 시골에 혼자 두기가 안쓰러웠다. 아픈 노인을 시골에 그냥 내팽개친다는 남의 이목도 있고 해서 집으로 억지로 모셔왔던 것인데, 건강한 몸에 건강한 정신이 깃든다는 말을 거꾸로 증명이라도 하듯 최근에는 몸의 쇠약에 이어 차츰 하루가 다르게 정신까지 희미하게 마치 기름이 떨어진 호롱불처럼 깜빡, 깜빡, 자주 깜빡거리며 평소 해 같이 밝은 총명을 잃고 급하게 흐려지고 있었다.

하지만, 너무나 푸른 나무처럼 정정하시고, 매사에 알뜰살뜰 자상하시고, 시계바늘처럼 정확하셨던 어머니의 푸른 고등어 등짝처럼 싱싱한 모습만 생각하던 식구들은 이따금씩 일어나는 어머니의 차마 웃지 못 할 사리에 어긋나는 행동과 정신의 어긋난 혼란 상태를 두고, 연세가 많으면 어련히 있을 수도 있는 일시적인 현상이라고 그때마다 서로 웃어넘기며 별로 대수롭지 않게 생각하고 있었던 것 또한 사실이다.

시골에서 올라온 어머니의 평범한 듯 보이는 일상은 그랬다. 생활의 겉껍데기는 퍽이나 자연스러운 듯 했지만 그 알맹이는 결코 평범하지 않았다.

갑작스런 도회지의 성냥갑 같은 갑갑한 아파트 생활을 하시면서도 주위에 찾아갈 사람도, 찾아올 사람도 없어 바깥으로 좀처럼 잘 나가지도 않았고, 그렇다고 전형적인 촌사람답게 잘 모르는 낯선 사람에게 불쑥불쑥 쉽게 말을 붙이는 성격도 전혀 아니었다. 낮이면 친구는커녕 이야기를 나눌 사람 하나 없는데다가 그렇다고 마음을 붙일 어떤 재미나는 일이나 취미나 오락거리를 가진 것도 그야말로 하나도 없었다.

오직 하는 일이라고는 술병과 재떨이가 있는 자기 방에 우두커니 앉아서 가끔씩 술잔을 기울여 천천히 한잔을 비우고 또 담배를 입에 물고 뻐끔거렸다. 늘 혼자서 아무런 생각도 없는 듯 석상처럼 앉아 때때로 벽에서 쉬지도 않고 똑딱거리는 벽시계만 쳐다보며, 온종일 아침 일찍 집을 나간 가족들이 돌아오기만을 손꼽아 기다리며 무작정 지루한 시간을 죽이며 지내시는 어머니였다.

이토록 지루한 일상을 보다 못한 아들과 며느리가 한번은 썩 내켜하지 않는 어머니를 모시고 아파트 단지 내에 있는 경로당에 맛있는 음식을 해가지고 가서 여러 노인들에게 어머니 소개를 시켰으나 어머니는 겨우 이틀을 다니시더니, 할망구들이 아무런 할 일도 없이 앉아서 혹시 뉘 집 며느리가 먹을 것을 가져오나? 공짜만 바라고, 공연히 남의 없는 흠을 트집 잡아 흉이나 보고 있다며 그만 싱겁고 열없다며 발길을 뚝 끊어버리고 마셨다.

이는 평생 고향 의령의 높은 자굴산에서 이어지는 깊은 산자락에 자리한 밤나무골의 한적한 시골에서 자연과 벗하며, 봄이면 산에 가서 움돋는 산나물을 뜯고, 가을에는 지천으로 깔린 알밤과 도토리를 주우며 버섯을 따고, 농사철이면 여러 사람이 품앗이로 모여서 이집 저집 논밭에서 함께 웃으며 오순도순 이야기를 나누며 잠시의 쉼도 없이 부지런히 일을 하고,

언제나 마을 사람들과 밤낮 없이 집안의 숟가락 개수까지 서로 알 정도로 아무런 흉허물 없이 친하게 지내던 어머니에겐 할 일이

라곤 아무것도 없이 그냥 빈둥빈둥 놀고만 있는 너무나 한가한 도시의 낯선 노인들이 마음에 마뜩찮았음에 틀림없었다.

이런 지경에 오갈 데도 없고 이야기를 나눌 상대도 없는 도시생활이 전신으로 땀을 쏟아내는 부지런함이 평생 동안 속속들이 온몸에 깊이 밴 어머니에겐 창살 없이 갇힌 감옥이나 다름없었을 것이었다. 어머니가 갑작스레 맞닥뜨린 너무나 한가하고 따분함에 느슨해진 육신에 이어 정신까지 약간 희미해졌으려니 하고 식구들은 미루어 대강 짐작하고 있을 뿐이었다.

한창 나이의 아들 부부는 직장생활에 눈코 뜰 새 없이 바쁘고, 손자손녀는 학교에 다니느라 저녁 늦게까지 공부에 바빠서 아침부터 텅 빈 집안은 지루하게 지내시는 어머니에게 어느 누구도 작은 관심조차 마음을 다해 쏟을 여가가 없었다. 이 또한 어쩔 수 없는, 다람쥐가 여러 나뭇가지를 펄쩍펄쩍 나르듯이 뛰어다니지 못하고 오직 좁은 공간에 갇혀서 쳇바퀴를 돌리듯 빈틈없이 꽉 짜인 어머니가 처한 현대 도시생활의 일면이었다.

영덕은 평생 동안 아버지 없이 자기를 비롯한 어린 사남매를 굶기지 않고 키우기 위해 두부장사와 새우젓장사와 온종일 허리도 제대로 한 번 펼 짬이 없는 고된 농사일로 몸부림치며 고생만 하시다가 요즘 조금 편안해지려니 저토록 빠르게 마치 떨어지는 꽃잎처럼 시들어가는 어머니를 볼 때마다 애처로움과 안타까움에 애간장을 말리며 생각할수록 눈물이 앞을 가리지 않을 수 없었다.

우리 엄마, 새우젓 장사
세상에서 가장 부지런한 새우젓 장사
새벽에 먼 삼십 리 산길 걸어 의령장 가서
새우젓 한 독 떼어 이고, 점심은 물론 거르고
다시 먼 삼십 리길, 타박, 타박, 타박, 타박……
잡을 것도 없는 길쭉한 옹기 독은
하늘이 무너져 누르듯 너무 너무 너무 무거워
내딛는 걸음 걸음 땅 밑으로 꺼져들고
자라목은 몸뚱이로 파고든다.

발길에 차이는 게 사람인데, 외진 산길엔 사람 냄새조차
없어
눈 빠지게 기다려도 옹기 독 이어주고 내려줄 손, 기별 없네.
걸을수록 무거워진 옹기 독, 그 위에 호랑이가 올라타서
누르고 있나?
툭 튀어나온 왕방울 눈, 시뻘겋게 단 얼굴, 굳어지는 모가
지……
소리 없는 해산의 고통이 도적같이 온몸에 밀려온다.
걸을수록 힘이 빠지면, 갈 길은 더욱 멀어진다.
퐁퐁퐁퐁……, 옹달샘처럼 땀방울 솟아나는 소리, 젖은 몸
자꾸 자꾸 적신다.
오줌쯤은 선 채로 옷에다 눌 수밖에.

서두를수록 날은 빨리 저물고
아비 없는 사남매 배곯는 소리 귓가에 골골골골……

어머니의 용돈

산길 막는 날강도, 젖은 몸을 뒤진다. 구석구석 속속들이.
목숨보다 귀한 옹기 독 높이 인 채 소리소리 질러대도
구해줄 사람, 인기척도 없다. 속절없이 털린다.
높은 산등성이 넘고 넘어 목은 타고 배는 등가죽에 붙는데
눈에 밟히는 건 오직 굶고 있을 어린 사남매뿐.

우리 엄마, 새우젓 장사
세상에서 가장 멋진 새우젓 장사
맛 변할까 가벼운 양철동이에 옮겨 담지 못하고
무거운 옹기 독 하늘높이 이고, 산골짜기 마을마다 구석구
석 누빈다.
긴 모자 쓴 영국신사, 튀어나온 왕방울 눈, 시뻘겋게 단 얼
굴, 굳어진 모가지……
잡곡으로 받은 새우젓 값, 여러 자루 등에 지고 낑낑대던
엄마의 믿음, 부지런하면 사남매 입에 거미줄은 칠 리 없지.

우리 엄마, 새우젓 장사
세상에서 가장 맛난 새우젓 장사
땀과 피와 설움에 절이고 버무려진 우리 엄마 새우젓
얼마나 진하고 맛있던지
많은 세월 흘렀지만 요즘 새우젓, 너무 싱겁다.

이것은 영덕이 그 옛날 새우젓 장사로 무진장 고생하시던 어머
니를 생각하며 스스로 지어서 늘 읊조리다가 최근에는 아내 재숙
이 간단하게 노랫가락까지 붙여주어서 시간이 날 때마다 혼자서

무슨 신통한 주문처럼 자주 읊조리는 노래였다. 애절한 노래가사처럼 영덕의 어머니는 참으로 그랬다. 아니, 그보다 몇 갑절 더 심한 고행의 삶이었다.

병든 남편일랑 일찍이 한번 가면 다시는 돌아오지 못할 저세상으로 먼저 보내고, 자굴산 아래 하늘이 손바닥보다 작게 보이는 깊은 산골짜기에서 손바닥 만한 밭뙈기도, 바늘을 꽂을 논 한 두렁도 없이 암탉이 날갯죽지 밑에 품은 여러 마리의 병아리처럼 옹기종기 모인 어린 사남매 때 거르지 않고 먹여 키우기 위해 어머니는 날이면 날마다 모진 고생을 아니 할 수 없었다. 자식을 굶기는 것이 호랑이에게 잡혀가는 것보다 더 무서운 어머니였다.

깊은 산골마을의 남편도 재산도 없이 어린 자식만 주렁주렁 달린 아낙네, 청상과부, 도둑질과 서방질 같은 남에게 손가락질 받을 나쁜 짓 빼고는 누구의 눈치를 볼 사이도 없이 사람이 할 수 있는 온갖 험하고 어려운 일들을 기꺼이 하며 온몸이 닳고 뼈가 바스라지도록 처절한 몸부림을 쳐야만 했다. 아, 청상과부, 나약한 아녀자가 첩첩 산골에서 어린 여러 자식 먹여 살리기는 결코 만만치 않았다.

말없는 산천, 산골도 나름의 사정이 있었다. 도시 사람의 눈에는 모든 것이 그냥 조용히 푸른 숲에 둘러싸여 있지만 현지인에겐 실상은 전혀 그렇지 못했다.

점점 겨울이 깊어갈수록 마을에 가까운 얕은 산에는 온 동네 사람들이 모두 나서서 밥을 짓고 소죽을 끓이고 방구들을 따뜻하게 데울 군불을 때기 위한 땔감으로 쓸 검불을 온통 산이 말갛게 모두 긁어가는 바람에 날마다 점점 더 깊은 산속으로 깊숙이 들어가고 더 높이 올라가서 땔 나무를 해야만 했다.

여기저기서 일년초 풀을 베고 가랑잎을 긁어모아 나무를 한 짐 잔뜩 모아놓고 나면 아침에 별 반찬도 없이 먹은 보리죽 한 그릇은 이미 말끔히 소화가 되어 텅 빈 속은 쓰리듯이 허기가 마구 몰려왔다. 뱃살과 등가죽이 맞붙은 듯 배가 너무 고픈 나머지 나무 지게를 등에 지려고 끙끙대며 아무리 용을 써대도 나뭇짐은 땅바닥에 뿌리를 박은 듯 결코 들리지 않았다.

궁여지책, 할 수 없이 짙은 나무숲 옆에 꽁꽁 얼어붙은 얼음 사이로 졸졸졸……, 흘러내리는 도랑물을 손바닥으로 퍼서 잔뜩 배가 터지도록 마시고 나서 다시 그 불룩한 물배의 힘으로 나뭇짐을 겨우 지고 일어나 비탈지고, 쌓이고 쌓인 눈이 꽝꽝 얼어붙은 산길을 밑창이 매끈하게 닳아빠진 검정고무신을 신고 마구 미끄러지며 뒹굴다시피 내려왔다. 또 긴긴 겨울밤이 밝아 날이 훤히 새도록 그 모진 추위에도 불구하고 온몸에 땀을 뻘뻘 흘리며 무거운 맷돌을 돌려서 불린 콩을 갈았다. 때로는 영덕과 여동생이 어머니를 돕는다고 끙끙대며 무거운 맷돌을 백 바퀴 또는 이백 바퀴씩 큰소리로 헤아려가며 번갈아 돌렸지만 그건 어디까지나 어머니가 급한 일을 보시거나 잠시 쉬는 동안뿐이었고, 밤을 새우며 계속

맷돌을 돌려야하는 여러 가지 힘든 일은 모두가 오로지 어머니의 몫이요, 어머니의 독차지였다.

아이들에게 아랫목을 내주느라 따뜻한 방구들에 등짝을 붙여보지 못하고 짧은 잠도 제대로 이루지 못한 어머니는 새벽이면 맷돌질로 밤새 갈아놓은 그 콩물을 가마솥에 몇 번이고 끓여 헝겊 자루로 비지를 걸러내고 간수를 넣어 계속 달여서 두부를 만들어 동네사람들에게 팔았다.

봄, 여름, 가을이면 새벽부터 삼십 리 길 의령 장터에 가서 새우젓을 떼어다가 무거운 옹기 독을 머리에 이고 산골짜기 아래에 군데군데 흩어져 있는 깊은 산골 마을을 찾아다니며 팔았다.

그 당시 아직도 어린 영덕은 어머니가 새우젓의 맛이 변하지 않도록 하기 위하여 가벼운 양철동이에 옮겨 담지 않고 손으로 잡을 곳도 없는 길쭉하고 무거운 옹기 독을 그대로 머리에 인 채 깊숙한 산골의 외길에서 노상강도를 만나 제대로 항거도 하지 못한 채 치마 밑에 깊숙이 숨겨둔 돈주머니를 고스란히 털렸다는 소리를 여러 번 들을 때마다 위험에 처한 어머니가 불쌍해 피눈물을 흘려야 했다.

"이런 천하에 못된 놈들을 찾아내어 당장 요절을 내버려야지……"

그럴 때마다 작은 주먹을 불끈 쥐며 딴에는 큰소리를 쳤으나 아직 그는 초등학생 어린애에 불과했다.

아하, 그런데 어머니의 모진 고초가 어디 그뿐이었으랴?

무쇠덩이도 아닌 어머니는 땅뙈기가 없어 지을 농사도 없으면서도 농사철이면 새벽부터 밤늦게까지 남의 집 논밭에서 날품팔이를 하고, 사시사철 소와 돼지와 닭 등 여러 가지 가축 기르기로 너무나 바빠 잠시도 눈코 뜰 새가 없을 지경이었다. 영덕과 동생들도 나름대로 힘이 닿는 만큼 어머니를 도왔지만 자그마한 이들의 집에도 힘든 일은 너무나 많았고, 어려운 일은 언제나 오로지 어머니의 몫일 수밖에 없었다. 이렇게 오직 성실과 부지런함과 피땀으로 어린 사남매를 굶기지 않고 무사히 공부시키며 키워낸 세상에서 보기 드문 장한 어머니였다.

어릴 때부터 어머니의 고생을 두 눈으로 똑똑히 보아온 장남인 영덕은 요즘 그토록 사랑하고 존경하던 어머니의 정신과 육신이 모두 파도가 밀려오는 바닷가에 쌓은 모래 둑처럼 점점 빠르게 허물어져가는 모습을 지켜보며, 안타까움에 시도 때도 없이 자꾸만 북받치는 울음을 몰래 삼키느라고 먹먹한 목구멍이 자주 막히곤 했다.

어머니는 생각할수록 참으로 더욱 건강하게 오래오래 살아야 할 이 세상에 단 한 분뿐인 가장 귀한 존재가 분명했다. 그래서 어머니의 노후를 재미나고 즐겁고 강건하게 살아가도록 해야 할 의무와 막중한 책임이 자신의 두 어깨에 얹혀있다는 것을 너무나 잘 아는 아들이었다. 어머니는 이제부터 아무런 부족함이나 걱정근심 없이 자식들의 효도를 편안하게 받아야할 연세인데, 이렇게 아무런 원인도 모른 채 갑작스레 하루가 다르게 나약하게 변해가시니, 그 모습을 두 눈 빤히 뜨고 그냥 지켜만 볼 수밖에 없는 아들로서는 참으로 가슴이 답답하고 기가 막히지 않을 수 없었다.

'아, 아, 도대체 이를 어쩌나? 어머니에게 아직 그 흔한 해외여행도 한 번 제대로 시켜드리지 못했는데……'

'아하, 그러고 보니 고생만 하신 어머니에게 남들처럼 회갑이나 칠순잔치도 버젓하게 잘 차려드리지 못하고 말았네……'

영원히 함께 하실 줄만 알았던 어머니, 건강하실 때 미처 잘 해드리지 못한 여러 가지 아쉽고 후회스러운 생각과 함께 그는 나날이 나무젓가락처럼 비쩍 여위고 바람 빠진 풍선처럼 힘없이 축 늘어진 얼굴의 어머니를 볼 때마다 안쓰러움과 죄책감이 마구 밀려와서 마치 자신의 몸뚱이가 갑자기 꼬이며 마구 비틀어지는 통증을 느낄 정도였다.

"사람은 무엇보다도 건강이 제일이야. 몸이 튼튼하지 않고는 아무런 일도 해낼 수가 없단다……"

영덕이 초등학생이던 어릴 적, 어머니는 늘 이렇게 말하며 꽁보리밥에 무를 듬뿍 썰어 넣거나 된장을 넣은 나물국을 푸짐하게 많이 끓여 보잘것없는 것으로라도 때를 거르지 않고 아이들의 고픈 배를 채우려고 무진 애를 쓰시고 더욱 더 쓰셨다.

특히 그토록 찢어질 듯 모진 가난 속에서도 해마다 온몸이 나른하게 힘이 빠지고 느슨해지는 이른 봄철이면 반쯤 자란 중병아리 네 마리를 목을 비틀어 잡아서 배를 가르고, 그 배에 삼베주머니에 찹쌀을 넣어 푹푹 고아서 사남매에게 한 마리씩 안겨주며 정작 어머니 자신은 드시지도 않고 어린 막내의 그릇에서 약간의 국물만 드시며, 매우 흐뭇한 마음으로 맛있게 먹는 아이들의 모습을 물끄러미 지켜보시며 어린 자식들의 건강을 챙겨 주시곤 했다. 물론 인삼뿌리가 아니라 산도라지 한 뿌리 넣지는 못했지만 영덕은 어머니의 기막힌 정성이 듬뿍 든, 산삼녹용이 든 보약보다 더 귀하고 꿀 송이보다 더 달고 맛있는 그것을 먹을 때마다 저절로 온몸에 힘이 불끈불끈 솟아오르는 것 같았다.

그랬는데 세상에 어찌 또 이런 일이?

온 마을이 한창 바쁜 모내기철, 새벽부터 남의 집 논으로 날품팔이를 나갔다가 어두워서야 마치고 피곤에 절인 몸을 이끌고 돌아와서는 또 저녁 늦게까지 밀린 집안일을 하다가 지친 나머지 어머니가 그만 끙끙 앓으며 비실거리더니 그길로 끝내 몸져눕고 말았다.

이 세상에서 가장 힘이 세고 무쇠보다 더 강한 줄 알았던 어머니가 이렇게 힘없이 쓰러져 누워버리자 집안은 당장 초상집 같이 되고 말았다. 어머니는 아이들이 듣지 않도록 입을 꼭 앙다물었지만 이빨 사이로 저절로 새어나오는 모진 고통이 잔뜩 배인 신음소리는 어찌할 수가 없었다. 영덕은 여러 날 동안 햇볕에 던져진 해파리처럼 온몸이 힘없이 축 늘어진 채 꼼짝도 하지 못하고 오직 고통에 절인 단말마의 신음소리만 토해내는 어머니를 지켜보며 너무나 절망하고 또 절망하고, 큰 걱정에 휩싸인 나머지 온 천지가 노랗게 보이지 않을 수 없었다.

어머니는 따스한 날갯죽지 아래 여러 마리의 병아리를 옹기종기 품고 먹이를 쪼아 먹이며 보듬어 키우는 어미닭처럼 이 가족의 태양이자, 보름달이자 온통 전부일 수밖에 없었다. 아무것도 모르는 어린 막냇동생은 앓아누운 어머니 곁에 찰거머리처럼 찰싹 달라붙어서 엄마, 엄마, 엄마……, 계속 엄마를 부르며 하루 종일 울고 있었다. 다른 두 동생은 어머니 대신 맏이인 자기만 바라보았지만 영덕은 어머니를 위해서도, 어린 동생들을 위해서도 할 수 있는 일이 하나도 없었다. 이럴 때 멀리 읍내에 있는 병원이나 약국의 이용은 그야말로 동화 속의 이야기요 감히 엄두도 낼 수 없는 형편이었다. 그건 이 마을 사람 대부분이 똑 같았다.

오직 절망만이 가득한 이때 하늘이 도왔을까? 짙은 어둠에 휩싸인 이 오두막집에 마치 쥐구멍에도 볕 들 날이 있다더니 마침내 가냘픈 한줄기의 빛이 비치고 있었다. 산 개가 죽은 사자보다 희망이 있듯이 살아있는 사람에게는 언제나 희망이 있기 마련인 것이 분명했다.

때마침 산골의 이곳저곳 흩어진 들판에 한창 모내기를 하느라고 마을 앞 제법 큰 저수지를 찰랑찰랑 늘 그득하게 푸르게 채우고 있던 물이 모두 빠지자 마을 사람들이 너도나도 우르르, 저수지로 쏟아져 나와서 고기를 잡느라고 야단법석을 피우고 있었다. 영덕도 질세라 여동생과 함께 큰 자배기 하나씩을 들고 부리나케 저수지로 뛰어나갔다. 종횡무진 무릎 위까지 쑥쑥 빠지는 진흙탕을 헤치고 바쁘게 다니며 배에 시뻘겋게 통통 알을 밴 길이가 어른 한 뼘쯤 되는 씨알이 굵은 미꾸라지를 잡기 시작했다.

영덕은 어리지만 평소에도 냇가에서, 도랑에서, 논의 물꼬에서 물고기를 잡는 데는 마치 귀신같다는 소리를 듣던 선수였다. 한나절쯤 미끈거리는 미꾸라지를 작은 두 손을 포개어 잽싸게 잡아냈는데 둘러보니 마을에서 가장 많이 잡아서 두 자배기가 그득 찼다. 넓적다리까지 쑥쑥 빠지는 진창 속에서 어른들 가랑이 사이를 비호처럼 재빠르게 설치고 다니며 맨손으로 귀신같이 미꾸라지를 잘도 잡아내는 어린 남매를 보고 마을 사람들은 타고난 고기잡이라고 혀를 내둘렀다.

영덕은 이웃 할머니들이 가르쳐 주는 대로 잡아온 미꾸라지를 가마솥에 넣고 여러 번 펄펄 끓여서 큰 뼈를 추려내고 고깃살이 뻑뻑한 진한 국물을 만들어 앓아누운 어머니에게 드렸다.

아하, 어찌 이리 신통한 기적 같은 일이?

그 효과는 참으로 신기했다. 매우 놀라워 온 식구들의 입이 저절로 쩍 벌어지게 했다. 처음에는 기운이 하나도 없어 일어나 앉아 잘 드시지도 못하더니 차차 하루에 대여섯 대접을 맛있게, 마치 마파람에 게 눈 감추듯 훌쩍 훌쩍 마셔버렸다.

"아이고, 세상에 이렇게 구수한 것은 생전 처음 맛본다. 너희들도 이리 와서 같이 먹자."

이러시더니 놀랍게도 채 사흘도 되지 않아 어머니가 가볍게 몸을 툭툭 털고 일어나시던 것이었다. 그건 참으로 기운이 없이 지쳐 쓰러진 사람을 일으키는 영양이 듬뿍 든 시골농촌의 뛰어난 보약이 분명했다. 그래서 영덕은 요즘도 기적 같던 그때 어머니의 완쾌한 모습을 생각하며 추어탕을 세상에 둘도 없는 좋은 보약이라고 즐겨먹었다.

아, 오비이락烏飛梨落, 까마귀 날자 배가 떨어진다는 말은 과연 진실인가?

바로 그해 겨울이었다. 두부를 만들기 위해서는 많은 땔감이 필요했다. 맷돌에 갈아낸 많은 콩물을 큰 가마솥에 넣고 오랫동안 달여서 두부를 만들기 때문이었다. 엄마와 영덕이 온종일 이 산 저 산의 산골찌기를 누비며 땔감을 구해 와서 마당에 수북하게 쌓아놓아도 두부를 몇 번 하고 나면 금세 동이 나고 말았다. 부엌의 아궁이 하나가 이 산 저 산의 나무를 모두 잡아먹고도 여전히 모자란 듯 아가리를 쩍 벌리고 있다는 말이 실감이 될 정도였다.

하지만 마을에서 가까운 얕은 산에는 이미 동네 사람들이 연탄도, 가스도, 전기도 없던 시절이라 밥을 짓고, 소죽을 끓이고, 물을 데워 목욕을 하고, 구들장을 데우는 군불을 때기 위해 일년초 풀은 베고 큰 나무에서 떨어진 낙엽은 긁어모아서 땔감을 모두 다 주워가고 없었다. 할 수 없이 험하고 거친 더 높고 더 깊은 산속으로 땔감을 구하러 올라가신 어머니가 그만 삐죽하게 내민 나무 꽁치에 한쪽 다리의 복숭아뼈 위를 찔리고 말았다. 다친 다리는 금방 통통 부어오르기 시작하더니, 채 며칠도 지나지 않아 한쪽 다리 전체가 허리만큼이나 굵게 부어올라 움직이지도 못할 지경이었다.

이를 본 동네 사람들이 큰일 났다며 빨리 병원에 가보라고 재촉을 했다. 영덕은 그 당시는 매우 귀했던 이웃집의 리어카를 빌려서 어머니를 태우고, 어린 막냇동생만 집에 남겨놓고, 남녀 두 동생이 오르막길에서는 그가 앞에서 끄는 리어카를 뒤에서 낑낑대며 밀고, 내리막길에서는 옆에 달라붙어 잡아당기고, 평평한 길에서는 혼자서 끌며, 산 넘고 물 건너 집에서 사십 리쯤 떨어진 값이 싸고 용하다는 병원 시설도 갖춰지지 않은 무허가 병원으로 찾아갔다.

"이키, 이건 큰일이군. 무서운 중병이야. 당장 부은 다리를 잘라내야만 해. 자칫 조금이라도 늦으면 온몸으로 독기가 퍼져서 목숨까지 위험해."

사람들이 매우 용한 돌팔이 의사라고 말하던 무허가 병원의 주인인 흰 가운도 입지 않은 그 의사가 마당에 펼쳐진 멍석에서 하던 일을 멈추고 어머니의 나무등치처럼 퉁퉁하게 부어오른 다리를 보고는 놀라서 말했다.

그 말을 듣는 순간, 영덕은 또 망치로 머리를 세게 얻어맞은 듯 정신이 아찔해지며 갑자기 하늘이 노랗게 보이며 주위가 캄캄한 밤이 된 듯 아득해지며 아무것도 보이지 않았다. 초등학교 4학년 때였다.

"다리를 자르려면 내일 쌀 한 가마니를 가지고 다시 와야 해. 이건 너희 집에 돈이 없는 것 같아서 공짜처럼 아주 싸게 해주는 거야."

어른이 없이 누추한 옷을 걸친 어린 아이들만이 어머니인 듯 보이는 아픈 환자를 데리고 찾아온 정황을 살펴보던 그가 냉정하게 큰소리로 마치 거룩한 재판관이 죄 많은 죄인에게 선심을 쓰며 언도를 하듯 이렇게 말했다. 영덕이 보기에 지금 그의 살얼음보다 더 차가운 태도는 삼남매 모두가 꿇어 엎드려 제발 우리 어머니를 살려달라고 아무리 빌며 애걸을 한다 해도 전혀 손톱도 들어가지 않을 만큼 인정머리라곤 눈곱만큼도 없이 매정했고, 얼굴은 찬바람이 쌩쌩 일며 얼음장처럼 싸늘해 보였다.

아, 이젠 어쩔 수 없었다. 할 수 없이 움직이지도 못하고 아파서 신음하는 어머니를 리어카에서 잠시 내려 보지도 못한 채, 왔던 그 먼 길을 걸어서 다시 집으로 돌아와야 했다. 얼마 가지 않아 짧

어머니의 용돈

은 겨울 해는 소리도 없이 이름 모를 여러 개의 높은 산봉우리 사이로 속절없이 빠져버리고 짙은 땅거미와 함께 물밀 듯이 캄캄한 어둠이 몰려왔다.

너무나 급하고 바쁜 마음에 서두르느라고 아침을 드는 둥 마는 둥 하고 급히 서둘러 떠나온데다가 점심도 쫄쫄 굶었지만 식구들은 어머니에 대한 걱정으로 배고픈 줄도 몰랐다. 어둠 속으로 마구 쏟아져 내리는 별빛을 등대삼아 리어카를 끌며, 밀며 올 때 가졌던 가느다란 한 올의 희망마저도 놓쳐버리고 터벅터벅 힘없이 걷고 있었다.

얼굴에 수심이 가득한 어머니는 눈을 지그시 감은 채 내내 아무 말씀이 없었고 이따금씩 땅이 꺼질 듯이 길게 한숨만 쉬어댔으며, 돌멩이가 많은 신작로와 좁은 농로는 어린 아이들이 겨우 끌고 있는 리어카를 마구 흔들어대어 바닥에 폭신한 것도 깔지도 않고 그대로 앉은 어머니는 엉덩이가 몹시도 아팠겠지만 어린 자식들이 너무 애처로워서인지 좀체 얼굴을 찡그리지도 않았다. 다만 여동생이 돌아오는 길 내도록 작은 소리로 훌쩍훌쩍 울먹이는 구슬픈 울음소리만이 어두운 밤공기를 타고 모두의 귀를 울리고 있었다.

영덕은 리어카를 끄느라고 힘이 들기는커녕 생각할수록 다가올 앞일이 캄캄하고 더욱 막막했다. 아무리 궁리를 해도 어린 그의 머리로는 이 가난한 집에서 어머니를 살리기 위한 수술비로 그 귀한 쌀 한 가마니를 구할 방법은 도무지 없었다. 그건 이 가족 다섯 식구가 각종 잡곡과 여러 가지 나물과 섞어서 거의 일 년 동안 먹을 수 있는 귀중한 양식이었으며, 더구나 지금 집에는 쌀 한 가마니는 고사하고 단 한 됫박도 없는 처지였다. 그렇다고 찢어질듯이 가난한 집 형편을 빤히 아는 마을의 어느 누구도 쌀 한 가마니를 빌려줄 턱은 결단코 없을 것이었다. 하지만 저대로 두면 곧 죽는다는 어머니를 그냥 모른 체 놔둘 수는 더욱 없는 노릇이었다.

이런 진퇴양란의 무거운 생각으로 온종일 굶은 채 밤이 이슥하여 집에 도착하니, 어린 막내는 집에 불도 밝힐 줄 모르고 춥고 무서워서 오들오들 떨어대며 마냥 울고 있었다. 영덕은 우선 방에는 호롱불과 처마에는 초롱불을 켜고 어머니를 삼남매가 힘을 합하여 리어카에서 겨우 들어서 방안에 모셔놓고, 막내의 눈물이 범벅이 된 불쌍한 모습을 보자 난데없이 더 큰 설움이 마구 북받쳐 올라 세 동생들을 부둥켜안고 목청이 터지도록 크게 울어댔다.

참으로 실낱같은 조금의 희망도 없이 오직 어둡고 막막한 절망의 깊은 구렁텅이에 빠진 지금의 기구한 상황에서 울기밖에는 따로 할 일이 없었다. 너무나 막연하여 매우 서럽다는 생각뿐이었다. 가난과 배고픔은 죽음보다 더 진한 고통이 분명했다.

가난 속에 살면서 눈치가 빨라진 어린 동생들도 어느 정도 지금의 기막힌 사정을 아는지 함께 따라서 크게 울어댔다. 엄마가 저렇게 돌아가시면 사후에 닥쳐올 걱정보다는 왠지도 모르게 남들보다 지독한 가난함의 억울함과 돈이 없어서 겪는 슬픔이 모두의

응어리진 작은 가슴속에서 마구 소용돌이치며 솟아올라 울음소리
는 슬픔이 가득한 통곡소리로 변했다. 이를 아랫목에서 벽에 힘없
이 기댄 채 지켜보던 어머니도 금세 베어놓은 나무토막 같이 퉁퉁
부어오른 아픈 다리를 부둥켜안고 함께 울었다. 겨우 방 두 칸짜
리 자그마한 오두막은 마치 난데없는 초상집 같이 서러움과 억울
함이 꽉 찬 온 식구들의 슬픈 통곡소리로 삽시간에 울음바다가 되
어버렸다.

바로 이때, 집 옆을 지나가던 이웃집 할머니 한 분이 야밤을 울
리는 갑작스런 아이들의 찢어지는 통곡소리에 놀라서 삽작문(사
립문)도 없는 집 안으로 들어왔다. 영문도 모르고 방문을 열자 아
랫목에는 통나무 같이 부어오른 굵은 다리를 앞에 놓고 하염없이
눈물을 흘리며 한숨을 푹푹 쉬어대며 울부짖는 안주인이 벽에 기
댄 채 비스듬히 앉아있는 것이 보이고, 그 옆에서 어린 사남매가
서로 부둥켜안고 목을 놓고 울부짖고 있었다. 참으로 희한하고 기
가 막힌 광경에 할머니도 어안이 벙벙한 듯 한동안 우두커니 서
있다가, 이제 그만 울음을 그치고 너무 걱정하지 말라고 위로하
며,

"영덕아, 내일 뒷산에 가서 지천으로 늘려있는 지우초뿌리를
캐다가 가마솥에 푹 달여서 먼저 환자에게 마시게 하고, 부은 다
리를 그 달인 물에 쉼 없이 자주 푹 담가 봐라. 어쩌면……"

할머니도 오래 전에 들은 이야기인 듯 크게 자신 없는 목소리로

이렇게 가르쳐 주었다. 그리고는 식구들이 굶은 것을 눈치 채고는 집으로 가더니 한참 후에 삶은 고구마를 한 소쿠리 가져다주었다.

그런데 세상에 어찌 이런 신묘한 일이?

정말 하늘이 도왔는지 그 할머니의 민간요법은 참으로 신통했다. 새벽도 밝아오기 전에 영덕이 여동생을 깨워서 산에 올라가 비쩍 말라비틀어진 약초를 잔뜩 캐서 지게에 지고 왔고, 급히 그 약초를 가마솥에 달인 물을 마시며 다리를 담근 지 채 일주일도 되지 않아 붓기가 시간을 다투며 거짓말같이 쑥쑥 빠지더니 어머니의 다리가 본래의 모양을 되찾던 것이었다.

이를 지켜본 가족과 이웃들은 길가에 늘려있는 풀뿌리가 사람의 목숨을 구했다는 예부터 전해 내려오는 말들을 다시금 되새기며 자연의 신비함과 고마움에 감사하지 않을 수 없었다.

이 기막힌 경험 이후 영덕은 웬만큼 슬픈 일이 있어도 어금니를 앙다물고 결코 소리 내어 울며 눈물을 흘리지 않았다. 이 집의 꿋꿋한 장남으로서 어머니와 동생들에게 더 이상 나약한 모습을 보이지 않기 위해서였다. 그 대신 그는 너무나 억울한 일을 당하거나 여간 슬픈 일이 있어도 이를 차곡차곡 가슴속에 갈무리해 두었다가 비가 많이 퍼붓는 날이면 한꺼번에 쌓였던 울음을 토해내며 아무도 몰래 빗물과 눈물을 함께 흘렸다. 그래서 사람들은 그를 두고 '결코 울지 않는 아이'라거나 '애초 울음을 잃어버린 아이'라고 부르며, 어려서 마음껏 울지 않으면 어른이 되거나 늙어서 정신이 병든다고 걱정을 했다.

영덕은 요즘도 가끔 어머니의 나무토막처럼 퉁퉁 부어서 굵어진 다리를 생각할 때마다 그 끔찍함에 까무러칠 듯이 아찔해지며 온몸에는 오싹오싹 소름이 돋았다.

그건 생각할수록 참으로 위험천만 했었다. 만약 그때 집에 치료 비용으로 쓸 수 있는 쌀 한 가마니가 있어서 그 돌팔이 의사가 어머니의 한 쪽 다리를 무릎 위까지 싹둑 잘라버렸다면 장애자가 된 어머니의 삶도 그렇거니와 과연 어린 사남매가 지금처럼 온전하게 자랄 수 있었을까를 생각할 때마다 등짝에 식은땀이 주르르 흘러내리며 정신마저 까마득하게 아득해지곤 했다.

그러다가 최근에는 아직 정정해야 할 어머니의 자주 깜빡거리는 정신 상태를 보면서 그토록 모질었던 가난한 생활과 그런 중에도 쉴 새 없이 일어나던 삶의 거친 소용돌이가 어머니에게 수많은 걱정근심과 스트레스를 가져다주어 그 여파가 지금에 와서 이렇게 일찍 어머니의 마음을 크게 흔들고 어지럽히는 것 같아서 지켜보는 영덕의 마음을 심히 안타깝게 만들었다.

아! 생각하기에도 역겨운 지독히도 처참한 가난이라니? 사방을 둘러보아도, 푸른 하늘을 올려다보아도 그 어디에서도 털끝만큼의 도움의 손길을 바랄 수 없는 막막한 가난은 남과 비교될 때 더욱 비참하게 느껴지기 마련이었다. 그 어쩔 수 없는, 저절로 눈앞에 드러나는 남들과의 비교는 우선 늘 접하는 먹고 입는 것에서부터 시작되었다.

영덕은 어머니가 싸주는 도시락을 책보자기에 책과 함께 싸서 어깨에 메고 좁은 논밭의 지름길을 달리다시피 달음박질쳐 학교로 가면 곧 다가올 점심시간이 몹시 걱정되었다. 그것은 차라리 공포에 가까운 두려움이었다. 친구들은 그가 구경하기조차 힘든 흰쌀밥 위에 귀한 계란 부침까지 얹은 도시락을 서로 펴놓고 맛있는 반찬과 함께 즐겁게 이야기를 주고받으며 여유롭게 밥을 먹고 있었다.

하지만 영덕은 식어서 더욱 새카맣게 변한 꽁보리밥에 함께 반찬으로 그 옆에 넣은 된장이 온통 뒤범벅이 되어 버무려진 도시락 뚜껑을 열어 차마 책상 위에 그대로 펴놓을 수가 없었다. 할 수 없이 다른 아이들이 볼 수 없도록 윗도리로 머리와 도시락을 함께 덮은 채 후다닥 단 일 분도 걸리지 않아 마구 입에 퍼서 넣고 부리나케 운동장으로 뛰어나가야 했다.

그러나 그 긴박한 위기를 가까스로 모면하고 나면 이내 반성이 찾아왔다. 지금 집에서는 이런 꽁보리밥도 실컷 배불리 먹지 못하고 배를 쫄쫄 곯고 있을 어머니와 동생들이 생각나며 바쁜 중에도 애써서 도시락을 챙겨준 어머니에게 무한 감사한 마음이 일었다.

거기다가 신고 있는 까만 검정고무신을 보면 또 부끄러움에 발이 움츠러들어 오금이 저려왔다. 일 년에 단 한 켤레씩만 사주는 검정고무신은 바닥이 매끈하게 닳아빠진 것은 말 할 필요도 없었고 찢어진 곳을 어머니가 검정실로 자주 꿰매어 주었지만, 온종일 그 신을 신고 시냇가와 험한 산길을 소먹이 풀을 뜯고 땔감을 구하기 위해 종횡무진 마구 뛰어다니느라 꿰맨 검정색 실은 곧 물이 빠지고 색이 바라서 하얗게 변했다. 신발은 마치 자주 싸움질을 해대는 불한당의 갈기갈기 찢어진 얼굴 상처를 꿰매놓은 것 같이 보기가 흉해 그런 신발을 신고 있는 발을 내려다보기조차 싫었다. 하얀 운동화를 신은 친구들은 말할 것도 없고 반짝거리는 새 검정고무신을 신고 있는 친구들이 부럽기 한이 없었다.

또 옷과 책도 마찬가지였다. 이웃집에서 형들이 입던 것을 얻어온 해진 헌옷은 마치 병아리에게 우장을 씌운 듯 너무 작아서 조이거나 너무 커서 헐렁하기 일쑤였고, 이웃집에서 선배들이 이집 저집 여러 해를 내리 돌려보던 교과서는 낡고 닳아서 이미 앞뒤의 많은 부분이 찢겨져나가 영덕은 도대체 선생님이 가르치는 내용을 찾을 수가 없었다. 그래서 공부시간마다 책의 내용을 보지도 못하고 허탕을 칠 수밖에 없었다.

"오늘 학교에서 선생님 말씀 잘 듣고 공부 많이 했니?"

하지만 집에 돌아왔을 때 어머니가 큰 기대를 가지고 이렇게 물으면 그는 어머니의 마음을 아프게 하지 않기 위해 좋은 책으로 공부를 많이 하였다고 씩씩하게 대답하곤 했다.

그럼에도 불구하고 오직 고생하시는 어머니를 기쁘게 하기 위

43

해 노력한 영덕의 성적은 갈수록 매우 좋아졌다. 방학이 되어 통신표를 받아들고 집으로 돌아오다 보면 마을 어귀 오래 묵은 큰 느티나무 그늘에서 놀고 있던 마을 어른들이 호기심을 가지고 학교에서 마을로 돌아오는 아이들의 성적표를 달라고 해서 일일이 서로 돌려보고는 다른 아이들과는 비교도 할 수 없는 영덕의 뛰어난 성적에 모두 혀를 내두르며 깜짝 놀라서 감탄했다.

그 뒤부터는 애비 없는 후레자식이니 지독한 거렁뱅이, 가난뱅이 자식이라던 그에 대한 나쁜 평판이 씻은 듯이 말끔히 사라지고 마을사람들이 그를 총명하고 지혜로운 아이로 다시 보게 되었다.

과연 그 어머니에 그 아들!

어머니와 함께 결코 범상치 않은 수많은 우여곡절을 겪으면서 장남으로 자란 영덕은 어머니의 무거운 짐과 수고를 조금이라도 덜기 위해 주경야독의 야간 고등학교에 이어 야간대학을 다니며 낮에는 직장생활로 돈을 벌어 동생들을 공부시켰으며 또한 어머니에게 큰 기쁨을 주고 어머니가 마을 사람들에게 크게 자랑할 수 있도록 자신의 남다른 성공을 위해서도 결코 게으르지 않았다. 대학을 졸업하고 버젓한 직장에 취직해서도 곧 야간대학원에 진학하여 훌륭한 아들이 되어 어머니의 꿈에 부응하려고 불철주야 쉬지 않고 노력했다.

밤과 낮이 따로 없는 바쁜 생활 속에서도 영덕은 단 한시도 바다보다 더 깊고 하늘보다 더 넓은 어머니의 크신 사랑과 은혜를 잊은 적은 결단코 없었다. 어머니와 멀리 떨어져 도시에 살고 있어도 시골의 어머니만 생각할 때면 고마움과 함께 저절로 용기와 힘이 무럭무럭 생겨났다. 이건 결코 보통의 모자지간에 있을 수 있는 평범한 인연의 끈 정도가 절대로 아니었다.

이런 유별나고 특별한 모자지정母子之情이 결코 우연일 수는 없었다.

장남인 그가 초등학교 입학 전인 겨우 일곱 살 때, 오래 앓아누워 계시던 아버지가 세상을 떠나셨다. 어려서 아무 것도 모르는 영덕은 아버지를 꽁꽁 얼어붙은 산속 땅속에 묻고 슬픔에 잠겨서 집으로 돌아오는데, 공연히 친척들의 얼음장보다 더 차가와진 멸시와 업신여김의 눈초리가 많이 눈에 띄어 안 그래도 잔뜩 움츠려든 어린 그의 마음과 온몸을 더욱 심하게 얼리고 있었다.

아하, 역시 그렇구나.

그동안 아무런 일도 하지 못하고 그냥 누워서 앓기만 하시던 아버지였지만 살아있다는 그 자체만으로도 집안의 기둥과 가장으로서의 그늘이 매우 두터웠음을 새삼 느끼게 하는 순간이었다. 이제 아버지가 없는 집안은 주춧돌이 없는 기둥이요, 지붕을 받쳐주는 대들보가 없는 그야말로 쉽게 허물어질 집이라는 두려움과 수시로 세차게 불어오는 찬바람을 막아줄 바람막이가 없는 가정이라는 서글픈 생각이 어린 그의 마음에도 어렴풋이 들고 있었다.

더군다나 유달리 춥고 햇볕 한 올 없는 잔뜩 찌푸린 날씨에다 여기저기 희끗희끗 하얀 눈이 쌓인 산골짜기를 타고 매섭게 불어오는 찬바람에 섞여서 흩날리는 굵직한 싸락눈 알갱이가 얼굴을 마구 후려치고 있었다. 하지만 이미 얼어버린 얼굴은 줄줄줄 흘러내리던 눈물 줄기 위로 또 눈물이 흘러내려 자꾸 얼어붙어 그 두께를 더해갈 뿐 이젠 아무런 감각도 느낄 수가 없었다.

장례를 치른 마을 어른들은 모진 추위에 쫓기듯 앞서서 마을을 향해 총총 바쁜 걸음으로 걸어갔으나 너무나 지독한 추위에 오금이 떨어지지 않아 저 멀리 뒤쳐진 채 잘 따라오지 못하는 영덕을 역시 울면서 앞서가던 어머니가 신작로 가의 미루나무 옆으로 데려가더니 자신의 상복의 앞섶을 열고 앞가슴에 그의 차갑게 얼어버린 두 손을 젖무덤 사이에 묻어주었다.

'아, 따스해. 이건 정말 하늘나라에 있다는 천국이 분명해. 우리 엄마는 천사야……'

어머니의 따스한 온기에 영덕의 잔뜩 얼었던 온몸과 마음이 서서히 녹여질 바로 이때, 어머니 역시 굳게 얼어붙은 입술 사이로 하얀 입김을 토하며 말했다.

"애야, 하늘이 내려앉아도 산 사람에게는 분명히 솟아날 구멍이 있기 마련이야. 당장 지금은 어렵고 힘들어도 장래에 다가올 좋은 날을 내다보며 힘을 내자꾸나. 엄마는 건강한 너희들 사남매만 보면 저절로 힘이 솟는단다."

어머니의 용돈

어머니의 그 말에 어린 영덕은 무럭무럭 힘이 솟아났으며, 이후에도 마치 신앙심이 깊은 사람이 신의 계시를 받은 것처럼 어머니의 말은 곧바로 그의 뇌리를 점령했으며, 어릴 때는 물론 어른이 된 지금까지도 평생 잊히지 않으며, 어렵고 힘이 들 때마다 마치 기대고 비빌 언덕처럼 큰 힘이 되어주었다.

'어머니의 말은 책에서 보던 어떤 유명인사의 명언보다 더 큰 권능이 있는 것이 분명했어……'

아, 어머니, 사랑하는 우리 엄마, 언제나 생각만하면, 아니 시도 때도 없이 생각할수록 더욱 아련하게 떠오르는 어머니의 희망이 가득 든 크신 사랑, 영덕은 어머니를 생각할 때마다 큰 사랑을 새삼 다시 느끼며 감사함에 몸 둘 바를 몰랐다.

'빨리 커서 혼자서 고생하시는 어머니를 도와 드려야지……. 나는 세 동생들에게 아버지를 대신해야할 장남이야.'

그런데 세상은 참으로 이상하고 너무나 묘했다. 깜짝 놀랄 만큼 신비스러운 것이 바로 세상이었다. 누구에게나 행복은 그냥 주어지는 것이 아니라 시련과 고통이라는 큰 보자기에 꼭꼭 싸여서 오는 것이라는 말은 결코 헛말이 아니었다.

늘 이렇게 마음 속 깊이 다짐하고 더욱 굳게 다짐하며 집안일과 공부에 열중하던 영덕에게 언제부터인지 약한 감기에 들린 것처럼 약간의 기침이 잦더니 결국 심한 기침이 되었는데, 오래도록 잘 낫지를 않았다. 처음에는 흔히 있던 독감인 줄 알았던 지독한 기침은 갈수록 낫지 않고 점점 심해지며 새벽에 기침을 시작하면 오랫동안 계속되어 도통 잠을 이룰 수 없을 정도가 되었다. 콜록 콜록 콜록……, 한밤중의 심한 기침소리가 담장을 넘어 이웃집까지 퍼져나갔다. 어떤 때는 짙은 가래에 검붉은 피까지 섞여 나왔다. 그런데다가 얼마 되지 않는 사이에 튼튼하던 몸이 자꾸 나무젓가락처럼 빼빼 여위어 갔다. 한창 키와 몸무게가 쑥쑥 자라고 불어날 중학교 2학년 때였다.

이를 보다 못하신 담임 선생님의 권유로 읍내 보건소에 가서 진찰을 받았는데, 그 결과는 놀랍게도 폐결핵에 걸렸다는 것이었다. 너무 무섭고 큰 병이라 기절초풍을 하지 않을 수 없었다. 영덕은 한창 열심히 공부를 할 나이에 청천벽력과도 같은 모두 가까이 하기를 심히 꺼리는 이런 비참한 진단결과에 그만 하늘이 노랗게 보이며 어찌할 바를 모르고 방황하기 시작했다.

"조금도 걱정하지 마라. 요새 그까짓 병쯤은 정말 아무것도 아니란다."

모든 사람들이 꺼리는 눈초리를 보내는 가운데 오직 어머니만은 이렇게 말씀하시며 아무렇지도 않은 듯 빙긋이 미소 띤 얼굴로 그를 바라보며 이까짓 것쯤은 참으로 아무런 일도 아니라는 듯 조금의 요동도 없이 꿋꿋하게 하던 일을 계속 하셨다. 영덕은 그런 어머니를 구세주 이상으로 바라보며 절대로 실망하지 않고 부지런히 약을 챙겨먹고 계속 공부를 하며 더욱 힘을 내기로 작정을 했다.

그런데 겉으로는 그토록 태연하시고 대수롭지도 않은 척 마냥 꿋꿋한 줄로만 알았던 어머니의 장남을 향한 불타는 속내는 절대 그게 아니었다. 새벽 일찍 일어나 큰 양동이 하나를 머리에 얹고 삼십 리 길이 넘는 의령 읍내로 내달리다시피 뛰어가서 여러 곳의 갈비탕집이며 곰탕집을 돌아다니며 손님들이 그 살점을 뜯어먹고 발라놓은 고기뼈다귀를 양동이 그득 주워 담아서 마치 새우젓 옹기 독처럼 이고 집으로 와서는 몇 번을 깨끗하게 씻어서 가마솥에 넣고 펄펄 여러 번을 고아서 진한 하얀 곰국을 끓여주시던 것이었다.

"누가 뭐라고 해도 네 병에는 영양보충이 제일이란다."

깊은 병이 든 아들에게 쇠고기 곰국이나 고기를 사서 먹일 형편이 전혀 못되는 어머니는 그 바쁜 와중에도 근 일 년 가까이 사나흘에 한 번꼴로 시내의 식당을 돌며 남이 먹고 버린 뼈다귀를 주워 고아 아들에게 먹였다. 영덕은 영양보충이 되어서인지 아니면 어머니의 지극한 정성 때문이었는지 일 년 만에 그토록 고질병으로 잘 낫지 않는다는 무서운 폐결핵을 이겨내고 건강을 되찾을 수 있었다.

이처럼 자식을 위해서라면 어떤 어렵고 힘든 일은 물론이려니와 자식을 위해 대신 아파줄 수 있고 나아가 자신의 목숨까지도 아깝지 않다며 기꺼이 내줄 어머니였기에 영덕 자신도 어머니와

49

동생들을 위해서라면 온몸과 마음을 송두리째 다 바쳐도 결코 아깝지 않다는 생각뿐이었다.

어머니의 진한 사랑, 그 중에서도 영덕은 어머니가 언제나 자기를 마을에서 가장 착한 아이로, 집안에서는 튼튼한 기둥처럼 단 한 점의 의심도 없이 언제나 굳게 믿어주시던 그 마음씀씀이가 가장 감사하게 생각되지 않을 수 없었다.

'못나고 나약한 나를 큰 기둥처럼, 굳건한 반석처럼 믿어주시는 너무나 고마운 우리 엄마, 엄마를 위해서라도 이 집안의 맏아들답게 더욱 희망차고 씩씩하게 살아야지.'

이런 놀라운 결심의 시작은 바로 영덕이 초등학교 5학년 때에 있었던 일 때문이었다.

이날, 어머니는 그때까지 여러 해 동안 두부장사와 새우젓장사와 돼지와 닭을 길러서 그 달걀 한 알까지 먹지 않고 팔아서 한 푼, 두 푼, 세 푼……, 차곡차곡 모아온 재산의 전부인 거금 오만 원을 커다란 보자기에 둘둘 말아서 영덕의 허리춤에 단단하게 매어주며 말했다.

"오늘은 장날이니 이웃어른들을 따라서 읍내 우시장에 가서 송아지를 한 마리 사오너라."

어머니는 아직은 어리지만, 아들을 굳게 믿는다는 듯 간단하게 말했다.

영덕은 생전 처음으로 우시장에 나온 많은 송아지들 중에서 함께 간 이웃어른들이 송아지와 그 어미 소를 번갈아 보고 골라서 흥정해주는 어미 옆에 매인 갓 젖을 뗀 송아지를 사서 모가지에 메인 고삐를 굳게 움켜잡고 삼십 리가 넘는 집으로 향했다.

그러나 어린 송아지는 그의 뒤를 잘 따라서 온순하게 오다가도 어미 소가 저 멀리서 '엄무우~' 하고 마치 엄마가 바깥에서 놀고 있는 아이를 부르듯이 불러대면 그의 손아귀를 빠져나가 어미에게로 가려고 미친 듯이 펄떡펄떡 뛰며 난리를 피워댔다. 영덕은 젖은 뗴었지만 아직 코뚜레를 꿰지 않고 모가지만 고삐로 묶어 힘이 센 어린 송아지를 놓치지 않으려고 송아지에게 십여 미터를 엎드려진 채 질질 끌려가고 또 다시 끌려가면서도 결코 손에 잡은 고삐를 놓지 않았다.

그 바람에 바지의 앞부분이 완전히 찢겨나가고 무릎이 홀랑 까져서 붉은 피가 양 무릎에서 줄줄 흘러내렸지만, 농촌의 보통 부잣집에서도 소가 집 재산의 절반쯤을 차지한다고 하는 마당에 지지리도 가난한 그로서는 자칫 잘못하다 송아지의 고삐를 놓치면 온 식구가 달려들어 몇 년 동안 아껴 모은 전 재산이 한꺼번에 모두 날아가 버리는 줄 알았기 때문이다.

"허허허……, 듣던 대로 그놈 참으로 끈질기고 야무지네. 장차 큰 인물이 되겠는걸."

"맞아, 사람은 눈을 보면 알 수 있는데 저 초롱초롱한 눈빛이 결코 보통 놈은 아니야."

함께 갔던 마을 어른들이 어린 영덕이 땀을 뻘뻘 흘리며 무릎과 팔꿈치가 벗겨져 피가 줄줄 흐르는 데도 고삐를 두 손에 꽉 움켜잡고 절대로 놓치지 않는 끈질김과 애절함을 지켜보다가 다시 크게 놀라며 죽을힘을 다해 송아지를 끌고 그들의 뒤를 따라오는 영덕이 굳게 잡은 고삐를 함께 잡고 도와주었다.

드디어 집에 도착, 집에서 갑자기 큰 경사가 나고 말았다. 온 식구들은 송아지를 새 식구 겸 소중한 손님으로 반갑게 맞이하며 마치 큰 부자라도 된 듯이 자랑스러워했다. 전 재산인 송아지를 자기들 몸보다 더 아끼고 사랑하며 정성을 다해 키워서 가난한 집의 중심 되는 살림 밑천이 되게 했다. 산과 들을 두루 돌아다니며 소먹이를 베어 나르고 송아지에게 좋다는 것을 모두 넣어 소죽을 끓여주며 마구간을 안방보다 더 깨끗하게 청소했다.

나중에 장가도 가지 않고 젖소 목장을 차린 막냇동생은 어린 나이인 이때부터 송아지를 무척 사랑하여 늘 옆에 붙어서 등을 긁어주고 좋아하는 먹이를 찾아다가 먹여주었다. 어떤 때는 자기가 먹던 밥그릇까지 구유에 부어주기도 하고 늘 송아지와 같이 놀아주느라고 아예 마구간에서 살다시피 했다.

이렇게 온 가족의 사랑과 보살핌 속에 송아지가 무럭무럭 자라서 큰 소가 되면 팔아서 큰돈을 모으고 다시 어린 송아지를 사서 키우고, 그 불린 돈으로 꿈에서도 상상하지 못했던 그 귀한 논다

랑이와 밭뙈기도 장만하게 되었다. 이렇게 송아지가 큰 살림 밑천이 되어 봄풀이 파릇파릇 자라듯 살랑살랑 불어나게 된 살림살이는 후일 영덕과 동생들의 목돈으로 들어가는 대학 학비도 마련하게 되었다. 가족처럼 정성을 다해 키우는 소는 늘 이 집의 희망이자 든든한 살림 밑천이 되어 그 보답을 했다.

어머니는 정말 그랬다. 평생 동안 조금의 변함도 없이 늘 그러한 분이셨다.

이처럼 어머니는 어려운 가운데서도 자식들을 굳건하게 믿어주었고 동시에 그만큼 무섭도록 단단히 훈련을 시켰다. 그러면서 자식들 본보기로서, 모범으로서 자신의 단련에도 결코 게으르지 않았다. 지금 생각해도 어머니의 행동거지 하나하나에는 자식들에 대한 배려와 사랑이 듬뿍 골고루 배어있었다. 그 중에서도 자식들의 무사와 올바른 성장을 위해서 끊임없이 기도하던 모습은 참으로 성스럽기까지 했다.

영덕이 초등학교 2학년 때쯤이었다. 어머니가 그를 데리고 집에서 2십 리쯤 떨어진 첩첩산중의 자그마한 절간으로 시주할 보리쌀 몇 됫박과 양초와 향을 싼 보따리를 머리에 이고 기도를 가던 중이었다. 사방에 하얀 눈이 내려 온 산을 덮었고 골짜기를 타고 마구 불어 닥치는 찬바람은 가파른 산길을 오르는 어머니와 어린 아들을 숨이 차서 헥헥거리게 했고, 두 사람의 온몸을 더욱 얼

려대고 있었다. 이렇게 쌓인 눈으로 잘 보이지도 않는 좁은 산길
에 쭐쩍쭐쩍 미끄러지며 겨우 산중턱에 이르렀을 때였다. 아직 절
간은 한참 멀리 있었다.

"애야, 춥지만 잠깐만 여기서 기다리고 있어라."

그가 제법 큰 도랑으로 내려간 어머니가 올라오기를 기다리다
가 두리번거리며 소복하게 눈이 쌓인 나무들 사이에서 어머니를
찾다가 그만 깜짝 놀라고 말았다. 그때의 너무나 장하신 어머니의
모습이 평생 동안 결코 그의 뇌리를 떠나지 않았다. 어머니는 그
무서운 추위 속에서도 모든 옷을 훌훌 눈 위에 벗어놓고서 눈에
덮인 도랑의 두꺼운 얼음 사이로 흘러내리는 찬물을 손으로 퍼서
온몸을 씻고 있었다. 지독한 추위를 무릅쓰고 자식들의 평안을 빌
기 위해 지극한 공을 들이며 준비하시는 어머니의 거룩한 정성이
이 정도였다.

동물 중에서 모성애가 가장 강해 늘 새끼를 품에 안고 이 나무
에서 저 나무로 뛰어다니며 맛있는 것을 찾아서 먹이던 어미 원숭
이는 어느덧 새끼가 어느 정도 자라게 되면, 그 사랑하는 새끼를
땅바닥에 엎어놓고 등에 올라타서 마구 두드리고 짓이긴다. 새끼
를 미워해서가 아니라 새끼가 나무를 잘 타지 못하면 맹수에게 잡
아먹히므로 사랑하는 새끼가 나무를 잘 탈 수 있도록 등뼈를 강하
게 해주기 위함이다.

또 독수리가 새끼의 날갯죽지를 튼튼하게 만들어주기 위해 사

랑하고 아끼던 새끼를 하늘 높이 공중으로 들어 올렸다가 갑자기 아래로 떨어뜨리기를 되풀이한다.

어머니도 평소 생활 중에 눈물을 왈칵 쏟도록 자식들을 모질게 나무라고 강하게 채찍질 하면서, 그 마음속에는 자식들의 안녕을 위한 기도에도 결코 소홀하지 않으신 것이었다.

영덕은 언제나 모든 큰일을 맡기며 장남의 구실을 잘 할 수 있도록 자기를 굳게 믿어주어 강하게 훈련시키던 어머니의 깊고 살뜰한 마음씀씀이가 갈수록 너무나 고맙지 않을 수 없었다.

'나는 빨리 커서 돈을 벌면 무엇보다도 제일 먼저 우리를 키우고 공부시키느라 너무나 고생하신 어머니에게 최고의 효도부터 할 거야……'

그런데 이를 어찌할까? 도대체 이럴 때는 과연 어떻게 해야 한단 말인가?

영덕은 어릴 때부터 수없이 이렇게 마음속 깊이 새겨오던 어머니에 대한 감사와 굳은 다짐들이 주마등처럼 떠올라 그의 뇌리를 가득 채울 때마다, 요즘 들어 부쩍 심해진 어머니의 흐릿한 정신과 연약해진 모습과 대비되며, 이러다가 자칫 잘못하면 어머니에게 효도다운 효도도 제대로 한 번 못하고 저세상으로 보내는 것이 아닐까? 하는 의구심까지 들었다. 때로는 그런 진한 강박감에 몸서리를 치고 노심초사하며 안절부절 어찌할 바를 몰랐고, 어머니의 건강의 악화로 인한 걱정에 휩싸일 수밖에 없었다.

하늘이 맺어준 세상의 모든 어머니와 모든 아들의 관계가 다른 어떤 것보다 깊고, 진하고, 특별나기 마련이지만, 영덕이 어머니와 모진 가난 속에서 동고동락하며 켜켜이 쌓은 모자지정母子之情은 수많은 모자 사이에 있었던 결코 범상치 않은 사건들로 말미암아 더욱 유별한 것이었다. 영원히 그대로 건강할 줄로만 알았던 어머니의 몸과 마음이 저토록 급하게 마구 허물어져 가고 있으니 이를 지켜보는 효심이 넘치는 아들의 마음이 오죽 하였으랴?

그는 착한 아내와 함께 어머니의 생활에 아무런 불편함이 없도록 애쓰며, 마음을 편히 가지도록 효도를 다하자고 다짐에 다짐을 거듭했다. 하지만 그럴수록 어머니의 하루가 다르게 눈에 띄게 점점 허약해지는 상태는 좀처럼 다시 예전의 활기차고 강건한 본래의 모습으로 돌아오지 않고 있었다.

이렇게 어머니의 빠른 건강 회복을 간절히 빌고 있던 차에 이건 마치 운명의 장난이 심한 어깃장이라도 놓듯이 어머니에게 정신마저 희미해지는 이상한 일들이 연이어 자주 벌어지고 있었던 것이었다.

비교적 최근이지만 지금보다 얼마 전의 일이었다. 손녀인 소형이는 역시 소녀답게 남다른 눈썰미와 예민한 감수성과 섬세한 관찰력이 있었다. 그녀는 어릴 때부터 할머니를 너무나 좋아하여 가끔 시골에 갈 때면 강아지처럼 졸졸졸 할머니의 뒤를 잘 따르며 할머니 곁에 찰거머리처럼 찰싹 붙어서 살다시피 했다. 할머니 역시 그런 손녀를 더 없이 아끼고 사랑했다.

손녀는 방학이나 명절이 되어 시골로 할머니를 찾아갈 때면 사랑하는 할머니를 만날 일이 너무나 가슴 벅차고 즐거워서 며칠 전부터 친구들에게 자랑을 늘어놓으며 내일 즐거운 소풍을 가듯 제대로 잠을 이루지 못하던 할머니에게 온전히 굵은 못이 박힌 아이였다. 요즘 중학교에 다니면서도 시간이 날 때마다 할머니와 자주 이야기를 나누며 팔다리를 주무르고 등을 긁어주며 할머니에게 필요한 심부름을 찾아서 하며 함께 놀아주는 착한 손녀였다.

"아니? 야가 누구여? 도대체 여기 뭣 하러 온거여?"

할머니는 다른 때와는 달리 우두커니 앉아서 무슨 깊은 생각에 잠겨 있는 듯 하다가 방에 들어온 손녀를 향해 새삼스럽게 누구인지 정말 모르는 체 느닷없이 이렇게 묻던 것이었다. 손녀는 할머니가 장난을 치며 농담을 하시는 것으로 생각하고,

"이 예쁜 소녀가 누군지 알아맞혀 보세요, 우리 할머니."

"글쎄다, 아무리 생각해도 잘 모르겠네. 어디서 자주 본 얼굴이 맞긴 한데……"

순간, 소형은 할머니의 전과 확연히 다른 매우 어지러운 눈빛을 보고, 할머니가 지금 농담이나 장난이 아니라 실제로 자기를 잘 알아보지 못하는 것을 직감적으로 눈치챘다.

"호호호……, 할머니, 저예요, 할머니가 제일 좋아하는 손녀 소

형이."

"응, 그래. 그렇구나. 이제야 알겠다. 소힝이로구나."

"소힝이가 아니고 소형이요. 소 형 이."

손녀가 자기의 이름을 강조하며 또박또박 한 자씩 떼어서 힘주어 말했다.

"그래, 안다. 소힝이."

하지만 얼마 전까지도 전혀 들어보지 못한 어눌한 할머니의 발음은 몇 번을 더 되풀이해도 마치 앞쪽 이빨이 몇 개 빠진 듯 전혀 바르게 고쳐지지 않았다.

"할머니, 다시 천천히 불러 봐요. 소 형 아, 소 형 아, 하고요……"

손녀는 놀라서 무척 안타깝다는 듯이 자기의 이름을 큰소리로 분명하게 여러 번 되풀이하여 할머니의 귀 가까이 불러줬다.

"어따, 요새 니가 디기 빌스럽꾸나. 소 힝 아, 소 힝 아……"

그러나 할머니는 계속 혀가 절반쯤 굳어버린 듯 '형'자를 똑 바르게 발음하지 못했다.

평소와 다른 할머니의 이상한 발음을 감지한 그녀는 엄마에게 그 사실을 곧바로 이야기 했다.

"엄마, 요즘 할머니의 말투가 많이 이상해졌어요. 혀가 잘 안 돌아가는지 아니면 성대가 잘 울리지 않는지 발음이 어눌하고 정확하지를 못해요. 전에는 안 쓰시던 제가 모르는 옛날 사투리 같은 말도 많이 쓰시고요."

"그야 요즘 몸이 좋지 못하시니 말소리도 당연히 힘이 없고 그렇겠지. 요즘 할머니가 하루가 멀다 하고 몸이 너무 쇠약해지셔서 정말 걱정이로구나."

엄마는 딸의 말에 당연하다는 듯 대수롭지도 않은 예삿일처럼 시큰둥하며 그냥 어물쩍 넘어가려 하고 있었다.

"엄마, 그건 몸이 쇠약하여 힘이 없는 것 하고는 달라요. 할머니의 어디가 아픈 것 같아요. 할머니를 부르면 전에는 그냥 가볍게 고개만 돌려서 대답하며 나를 쳐다보셨는데, 요즘은 많이 어정거리며 발걸음을 몇 번이나 떼어서 온몸 전체를 돌려서 쳐다보는 것도 너무나 이상하구요. 그리고 또 자세히 보면 얼마 전과는 다른 이상한 것이 너무 많아요……"

"무슨 소리냐? 할머니가 아프다니? 고개만 돌려서 보는 것과 온몸을 돌려 돌아서서 쳐다보는 것이 무슨 차이가 있다고 그러느냐? 사람은 때에 따라서 이럴 수도 있고 저럴 수도 있는 것이지. 내가 보기엔 오히려 네가 요즘 갑작스레 할머니의 우연한 행동을 보고 건강에 대해서 너무 예민하게 과민반응을 보이는 것 같구나. 나이가 많으면 누구나 몸이 부자연스럽게 되는 거야."

딸은 어머니의 무덤덤한 반응과 지나친 무관심과 너무나 두루뭉술한 답변에 답답해하며 좀 더 앙칼지게 자신의 주장을 되풀이 강조했다.

"엄마는 할머니가 요즘 하던 이야기를 자꾸 깜빡깜빡 잊어버리고 게다가 하시던 말과 전혀 상관 없는 엉뚱한 다른 말을 하는 것을 종종 보지 못했나요? 나는 식사 때마다 밥을 먹으면서 할머니의 그런 이상한 걸 자주 봤는데……. 마치 여러 가지 노인이 걸리는 병으로 요양병원에 오래 입원해 있는 친구의 할머니 경우와 거의 비슷해요. 아니 똑 같아요."

이때 재숙은 자신도 시어머니에게서 가끔 경험한 딸이 말하는 내용을 일면 수긍하며 더 자세한 이야기를 나누려다가, 바로 그때 생뚱맞게도 갑자기 요즘 어머니가 용돈에 대해서 한두 번도 아니고 여러 차례 너무나 집요하게 집착하며 확실하게 있었던 사실을 완강하게 부인하며 그럴 때마다 눈빛을 별빛 같이 초롱초롱 빛내며 크게 능청을 떨면서 자기를 야멸치게 몰아세우던 것이 겹치듯이 생각나서 그만 딸에게 하려던 말꼬리를 마치 시어머니가 자기에게 하던 그대로 찬바람이 일도록 단호하게 잘라버리며 딴 데로 돌려버렸다.

"그딴 소리는 애초 하지도 말아라. 내가 보기엔 예전보다 할머니의 돈에 대한 기억력은 더욱 또렷하고 오히려 전보다 더 반짝반짝 빛이 나는 것 같더구나."

무를 자르듯이 확실하게 주장하는 어머니의 강변에 안타깝게도 모녀의 대화는 여기서 더 이상 이어지지 못했다. 엄마는 모처럼 딸이 경험하여 말하는 시어머니의 이상한 상태에 대한 징후의 이야기를 뒷귀로 흘려듣고 말았다. 문제는 그놈의 용돈 때문에 시어머니에게 여러 번 호되게 당한 억울함과 앙금이 뇌리에서 사라지지 않고 다시 벌떡벌떡 고개를 쳐들었기 때문이었다.

재숙은 남편의 월급날이면 다른 일은 제쳐두고 제일 먼저 꼬박꼬박 챙겨드리던 용돈을 그 이튿날이면 절대로 받은 적이 없다고 부인하며 그때마다 아주 격렬하게 떼를 쓰시던 시어머니에게 궁여지책으로 몇 달 전부터는 확실한 증인으로 남편 영덕을 세우고, 부부가 둘이서 함께 일부러 잘 기억이 될 만한 여러 가지 말씀을 드리면서 용돈을 드렸다. 그런데도 채 하루도 지나지 않아 어머니는 받으실 때의 고마움은 완전히 변하여 전혀 딴사람이 되신 것같이 생뚱맞게도 돈을 받기는커녕 그런 많은 돈은 애초 구경도 하지 못했다고 얼굴빛을 싹 바꾸었다. 며느리가 들이대는 정황 증거와는 아무런 상관도 없이 전혀 엉뚱한 딴전을 피우시며 지금 수중에 단 한 푼의 돈도 없으니 어서 매월 꼬박꼬박 주던 자기 몫의 돈을 내놓으라고 생떼를 쓰시는 것은 번번이 마찬가지였던 것이다.

젊어서 기나긴 세월을 무거운 옹기 독을 온종일 머리에 이고 거기다가 새우젓 값으로 받은 여러 가지 잡곡이 든 곡식 자루를 등에 지고, 띄엄띄엄 몇 채 안 되는 자그마한 오두막집이 마치 바위처럼 숲속 곳곳에 박혀있는 산골짜기의 시골마을을 온통 누비고 다니면서 무진 고생을 하신 어머니는 최근 들어 몸이 약해지셨다.

덩달아서 부쩍 목과 허리가 쑤시고 아픈데다 팔꿈치와 무릎에는 관절염까지 심해 대문 바깥에는 좀처럼 잘 나가시지를 않으니 용돈으로 드린 적잖은 돈이 집 밖의 다른 데서 없어질 리는 거의 만무했다.

그렇다고 아무리 곰곰이 생각해봐도 며느리 몰래 낮에 혼자 계신 시어머니를 방문하여 빚쟁이처럼 돈을 뜯어 갈만한 사람도 따로 없는 것이 확실한 터였다. 재숙은 요즘 무슨 몹쓸 귀신에 씌어서 어머니를 제 마음대로 부려대며 조종하고 있는 눈에 보이지 않는 이상한 존재와 마치 숨바꼭질이라도 하고 있는 것만 같았다. 생각할수록 심히 헷갈리고 어리둥절하기만 할 뿐이었다.

머리를 싸매고 깊이 생각하면 할수록 요즘의 어머니는 도통 이해가 어려운 이상한 사람이 되어가고 계셨다. 평소 바른 것은 옳다, 틀린 것은 그르다 하시며 너무나 사리가 분명하고 남에 대한 배려심이 깊으셔서 늘 마음속으로 깊이 존경하던 어머니였다. 도대체 어찌된 일인지 오로지 용돈에 대해서만은 약간의 양보는커녕 저토록 완강하고 집요하게 마치 얼굴에 두꺼운 철판이라도 다시 깐 듯 난데없던 억지를 쓰시는 바람에 이미 말끔하게 끝나버린 여러 가지 잡다한 일들까지 뒤죽박죽 마구 뒤집어 놓으셨다. 어떤 때는 오히려 자신이 조금 전까지 멀쩡한 정신으로 깔끔하게 끝낸 일까지 심히 헷갈리기도 하고, 순간순간 허공을 내딛듯 몽롱하기도 하여 혼미해진 자기 자신을 의심해야할 지경이었다.

요즘 주변 세상은 매우 어수선했다.

이웃에서는 요즘 한창 텔레비전에 출연하여 보통 사람들에게도 낯이 꽤나 익은 연예인을 동원한 약장사들이 주택가에 커다란 천막을 쳐서 상설 난전을 펼쳐놓고, 공짜로 많은 선물을 준다는 핑계로 나이 많은 노인들을 불러 모은다. 그러고는 순진한 노인들을 한 사람씩 마치 대단한 공을 세운 영웅이라도 되듯 앞으로 내세우고 과다하게 추켜세우는 방식으로 여러 날 동안 건강식품과 겸하여 보약을 팔고 있다. 그 바람에 자식을 위한답시고 비싼 약과 식품을 몰래 구입한 시어머니와 며느리 사이에 가정불화는 물론 큰 싸움까지 자주 일어나고 있다.

또 어떤 집에서는 노인이 의료기 전시장에서 건강에 좋다는 기구들을 비싼 값에 그들의 꾐에 빠져서 사왔다고 난리가 났지만, 다행하게도 그건 재숙의 시어머니와는 아무런 상관도 없는 남의 일이었다. 온종일 두문불출하는 시어머니는 그런 것이 주위에서 행해지는 줄도 몰랐고, 설사 알았다고 해도 성격이 차돌같이 여물고 근검절약이 몸에 배여 그런 것 따위에는 강 건너 불구경을 하듯 아무런 관심도 없었을 것이기 때문이다.

자꾸자꾸, 거듭거듭 생각하고 또 다시 생각하면 묘안은 있기 마련이었다.

재숙은 이미 드린 어머니의 잦은 용돈 독촉에 시달리던 끝에 이

궁리 저 궁리를 하며 어떻게 하면 어머니의 마음을 크게 상하지 않고 용돈을 명명백백하게 확실히 드리는 합당한 대책을 세울까? 하고 딴에는 좋은 묘안을 짜내보려고 자나 깨나 안간힘을 쓰며 머리를 싸매다시피 하고 끙끙거리고 있었다. 궁하면 결국 어디로든 통한다더니 드디어 한 가지 기발한 꾀가 어둠속에 햇볕이 비껴들 듯 떠올랐다.

시어머니 방에 옛날에는 동전 꾸러미를 넣어두었었다는 어른 허리쯤 높이의 큼지막한 오래된 단층 뒤주장이 하나 있었다. 시어머니는 웃어른들로부터 물려받은 그 뒤주를 집에 복을 가져다주는 귀한 가보家寶라도 되는 듯 애지중지하며 아끼고 계셨다. 어머니가 시골에서 이곳으로 이사를 올 때도 당연히 그 뒤주장부터 먼저 챙겨왔음은 물론이다. 그런데 요즘은 그 안에 어머니의 옷을 넣어두고 그 위에는 제법 높다랗게 어머니가 가끔씩 즐겨보는 커다란 텔레비전이 얹혀있었는데, 그보다 더 높이 두 갈래로 우뚝 솟아있던 안테나가 번쩍하고 재숙의 눈에 띄었던 것이다.

"옳지, 바로 저거야. 저 정도 높이면 정말 충분하겠어……"

재숙은 우선 손가락에 침을 여러 번 묻혀가며 어머니가 돈을 잘 보실 수 있도록 한 장, 두 장, 세 장……, 유치원생이 셈을 하듯 큰 소리로 읊어가며 시퍼런 만 원짜리 서른 장을 또박또박 세었다. 물론 어머니의 뇌리에 오래도록 깊숙이 각인될 수 있도록 어머니 앞에 마주 앉아 일부러 큰소리를 냈다. 그리고는 헤아린 돈을 어머니가 보시는 앞에서 길이로 똘똘 뭉쳐 돈다발을 만들어 노란 고무줄로 탱탱 묶어 텔레비전 안테나 끝에다가 대롱대롱 묶어 매달아 걸었다. 늘 앉아만 계시는 어머니의 눈에는 시퍼런 돈뭉치가 떠가는 구름처럼 하늘높이 떠서 대롱거리고 있는 셈이었다.

"어머님, 저기에 매달린 돈이 이번 달 용돈이에요. 잘 보이시죠? 필요하실 때면 언제든지 말씀만 하시면 제가 곧바로 끌러서 필요한 액수만큼 드릴게요."

재숙이 큰 선심이나 쓰듯 유달리 생색을 내며 더욱 큰소리로 의기양양하게 말했다.

"응. 그래. 알았다. 이번 달에는 모처럼 용돈을 다 챙겨주다니 참 고맙구나!"

어머니도 결코 지지 않으려는 듯이 마치 용돈을 생전 처음 받는다는 투로 크게 반가와 하시며 큰소리로 흔쾌히 답하셨다. 그리고는 재숙은 혹시라도 어머니가 자신의 이런 이상한 행위를 건방지다고 언짢아 하실까봐 조심스레 어머니의 안색을 살폈다. 하지만 어머니는 다른 형식적인 것에는 아무런 관심도 없다는 듯 이번에도 오직 돈에 눈이 어두워 환장이라도 한 사람처럼 대롱대롱 매달린 용돈 뭉치만을 바라보시며 크게 기뻐하시는 모습을 보며 안심을 할 수 있었다.

그러면서 이번에야말로 스스로 생각하기에도 이런 건 아무나 생각해 낼 수 없는 너무나 깜찍하고 기발한 발상이 틀림없다고 속으로는 자화자찬까지 하며 오랜만에 안도의 긴 한숨을 내쉬었다.

또 속으로는 은근히 퍽이나 고소하다는 생각까지 들어 슬그머니 회심의 미소까지 일어났으나 자칫 잘못하다간 어머니가 눈치라도 챌까봐 황급히 손으로 입을 가렸다. 참으로 오랜만에 늘 화장실에 갔다가 뒤를 깨끗이 닦지 못한 듯 찜찜하게 머리를 짓누르던 어머니 용돈에 대한 근심을 말끔히 덜어내고, 가슴 가득 차오르는 안도와 자신감에 가뿐한 마음을 가질 수 있었다.

아침에 초등학교에 출근을 해서도 모처럼 이웃 반 선생님들에게 먼저 다가가서 말을 걸어 즐겁게 이야기를 나누며 기분이 좋아 모처럼 콧노래까지 흥얼거렸다. 오늘 따라 늘 지겨운 눈으로 바라보던 시끄럽게 천방지축으로 마구 떠들어대는 반 아이들의 심한 장난이 깜찍한 재롱처럼 느껴지며 귀엽고 예쁘게 보이기도 했다.

"어머나! 오늘은 날씨까지 이다지도 화창하니 아주 좋군. 그토록 오래도록 두고두고 속을 썩이던 어머님의 용돈, 하지만 이번에는 틀림없을걸. 호호호……"

생각할수록 자신의 기발한 아이디어가 마치 노벨상이라도 탈 만한 기상천외한 특별난 것으로 생각되며 가슴 가득히 북받쳐 오르는 통쾌함과 흐뭇함과 함께 기분이 푸르른 창공을 훨훨 날아갈 듯 상쾌해졌다.

"아하, 그래. 고진감래라더니? 그간 어쩔 수 없이 너무 많이 속을 썩였어. 하지만 이젠 안심이야. 아유, 이건 정말 너무 상쾌해……"

　이윽고 점심시간이 되어서 학생들이 저마다 싸가지고 온 도시락을 먹고 운동장에 나가서 뛰어노는 동안 자신은 숟가락을 드는 둥 마는 둥 하고, 어머니에게 점심을 차려 드리려고 서둘러 집으로 왔다. 바쁘게 밥과 국을 데우고, 냉장고에서 아침에 미리 만들어 둔 몇 가지 반찬을 주섬주섬 꺼내어 부리나케 차려서 소반에 받쳐 들고 시어머니 방으로 들어갔다. 문을 열자마자 시어머니는 재숙이 받쳐 들고 온 밥상은 마치 남의 것인 양 거들떠보지도 않으시고, 너무나 오랫동안 기다리며 벼르고 있었다는 듯이 며느리가 마치 귀머거리라도 되는 양 냅다 큰 소리로 길게 외쳐댔다.

　"얘, 어미야! 요즘은 어찌하여 매달 꼬박꼬박 주던 용돈을 한 번도 주지 않는 거냐? 내가 늘 드러누워 있다고 귀찮게 생각하고 얕보는 게냐? 늙은이는 돈 힘으로 산다는데 돈이 한 푼도 없으니 참으로 야속하구나, 야속하고 섭섭해……"

　"예? 어머님, 방금 용돈이라고 하셨어요? 어제 저녁에 드린……"

　기절초풍을 하도록 깜짝 놀란 재숙이 미처 자신이 되묻던 말을 채 끝내지도 못한 채 급히 뒤주장 위에 얹힌 텔레비전 안테나의 끝을 쳐다보았다.

　"아뿔싸!……, 아니, 세상에 어찌 이런 일이? 이건 정말 귀신이 곡을 하고도 충분히 남을 사건이야, 사건……. 도대체 이게 어찌된 일이야?……"

아침에 집을 나가면서 어머니에게 인사를 할 때까지만 해도 안 테나 끝에서 대롱대던 돈다발이 어느새 감쪽같이 없어져버렸다. 얕은 머리를 이리저리 굴리며 감히 어느 누구도 섣불리 생각 못할 기상천외한 아이디어라고 생각했던, 오랫동안 궁리한 기막힌 묘안이 한순간에 공허한 물거품이 되고 만 것이다. 재숙은 그간 잦아들었던 속이 부글부글 다시 끓어올랐지만 당장 시어머니의 요구사항을 충족시키지 않고서는, 요즘 오직 용돈에 민감하게 집착해 계시면서 그때마다 부려대는 그 드센 성화를 배겨낼 재간이 따로 없었다.

'정말, 기가 막히는군. 도대체 이게 무슨 조화일까? 백약이 무효라더니 어머니의 신묘함은 도저히 이해를 할 수가 없어. 과연 이럴 땐 어떻게 해야 할까? 아이고, 정말 며느리의 길은 너무 어렵고 힘들어.'

그대로 평범하게 다시 용돈을 드리면 그 돈은 귀신도 모르게 눈 깜짝할 사이에 어디론가 감쪽같이 사라져버릴 것이 불을 보듯 뻔했다. 그렇다고 헛된 욕심이라곤 털끝만큼도 없으시며 옛날 대감님처럼 점잖으시던 시어머니가 지금 당장 수중에 돈이 한 푼도 없다고 궁상을 떨며 크게 야단치는 성화의 말씀을 그냥 무시하고 못들은 체 할 수는 더욱 없는 노릇이었다.

째깍, 째깍, 째깍……, 빠르게 흘러가는 빠듯한 짧은 점심시간, 학교로 돌아갈 시간은 좀이 쑤시도록 급했다. 막 점심시간의 종료를 알리는 우렁찬 종소리가 땡땡땡땡……, 빤히 활짝 열린 귀에 울리는 듯 먹먹했다. 갈팡질팡, 우왕좌왕하며 급할수록 생각은 더욱 어지럽게 미궁을 향하여 치달으며 점점 더 막히는 법이었다.

'급할수록 멀리 돌아가라고 했어. 이럴 때일수록 마음을 차분하게 하고 침착해야만 해. 정신을 더욱 바짝 차려야지. 나는 잘 할 수 있어. 아무렴 그렇고말고……'

그녀는 속에서 바람을 맞받은 모닥불처럼 불타오르는 조급증을 억지로 달래며, 겉으로는 정말 아무런 일도 없다는 듯 태연스럽게 어머니가 밥을 드시도록 반찬을 숟가락에 얹어드리며, 내심으론 이리저리 바삐 머리를 굴리며 이 다급한 위기를 슬기롭게 극복하고자 골똘한 생각에 빠져들지 않을 수 없었다.

'언제나 깜짝 놀랄 훌륭한 답은 가까이에 있다고 했는데……, 혹시 호박이 넝쿨째 굴러들어오는 무슨 기막히게 좋은 묘안이 없을까?……'

그러면서 딴에는 멋지고 기상천외한 아이디어를 찾아보겠다고 이리저리 눈알을 바삐 굴렸다. 찾는 자가 찾을 것이요, 두드리는 자에게 열릴 것이니라, 라는 말을 되뇌고 있는데 이번에도 역시 궁하면 어떤 길로든 통한다더니 때마침 저 벽면, 천장 바로 아래에 걸어놓은 가훈이 적힌 기다란 유리액자가 번갯불이 번쩍이듯 눈으로 확 들어왔다.

마음이 더욱 바빠진 그녀는 당장 아들 방에서 높은 걸상을 가져다놓고 그 위에 올라서서 가화만사성家和萬事成이라 적혀 있던 제법 길쭉한 액자의 유리 위에다가 만 원짜리 빳빳한 지폐를 노병의 앞가슴 훈장처럼 쭉 붙여 늘어놓았다. 이 집의 가훈은 당장 빼곡하게 붙여진 시퍼런 돈으로 뒤덮이고 말았다. 그것은 꽤 높직하여 걸상을 받쳐 놓고서도 발끝을 곤추 세워야 겨우 손이 닿는 높이였다. 붙여놓은 돈을 떼려면 키가 재숙보다 훨씬 더 나지막한 시어머니로서는 어림도 없고, 더군다나 다리가 많이 아픈 어머니로서는 엄두도 못 낼 높이가 분명했다.

"어머님! 저 위에 붙여놓은 돈 잘 보이시죠? 저게 바로 이번 달 용돈 서른 장이에요! 필요할 때 말씀하시면 언제든지 떼어드릴게요!"

재숙이 의자에서 내려와 가쁜 숨을 헉헉대며 송알송알 땀이 밴 얼굴로 겨우 이렇게 말했다.

"그래! 알았다. 이번 달에는 용돈을 챙겨주니 정말 고맙구나. 이제야 마음이 놓이는구나……"

시어머니가 고맙다고 되풀이 하시는 말씀을 뒷귀로 들으며 걸음아 나 살려라 하며 부리나케 학교를 향해 달려가는 재숙은 자신의 이번 묘안이 너무나 신통스럽고 가슴이 후련하여 마구 터져 나오는 만족의 웃음을 끝내 참아낼 수가 없었다.

"호호호……, 이번에야말로 진짜 틀림없을 걸. 아무렴, 돈에 날개가 달렸다 해도 어림없지. 그 날갯죽지까지 풀로 단단히 붙여놓

왔으니까……"

재숙은 자신의 행위가 너무나 대견스러워 의기양양하지 않을
수 없었다.

그러나 역시 시어머니는 대단했다. 며느리보다 몇 수 위인 것이
분명했다. 며느리가 애써서 부려대는 그 정도 잔꾀쯤은 정말 아
무것도 아닌 새 발의 피이고, 아이들의 유치한 장난에 불과하다는
듯 아무런 소리 소문도 없이 깔끔하게 어려운 난제를 후딱후딱 처
리해 버리던 것이었다.

실제로 어머니는 기동도 잘 못하는 그렇게 불편한 몸을 이끌며
아침에 뜬 하루 해가 채 서쪽 산 너머로 떨어지기도 전쯤의 짧은
시간, 무진장 낑낑대며 애써서 높다랗게 돈을 붙인 바로 그 이튿
날이 되자 그렇게 높이 단단하게 찰싹 붙여져 있던 자신의 용돈을
단 한 장도 남김없이 감쪽같이 떼어서 어디엔가 깊이 감추시고 말
았던 것이다.

'밝은 해 아래의 모든 일이 헛되고 헛되며 헛되도다, 라는 말이
참이로구나. 나의 노력은 정말 참으로 허망한걸?'

이건 아무리 생각해봐도 도무지 짐작도 안 되는 참으로 신기
한 일이었다. 의자를 놓고 올라서서도 돈을 떼기가 어려운 높이인
데 시어머닌 지금 전혀 의자에 오르실 수 있는 몸의 상태가 못 되
었던 것이다. 그렇다고 누가 집에 찾아와서 시어머니가 돈을 떼실
수 있도록 도와준 것은 더욱 아닌 것이 분명했다.

"애, 어미야! 요즘은 어찌하여 매달 꼬박꼬박 주던 용돈을 한 번도 주지 않는 거냐? 날마다 부부가 둘이서 돈을 번다고 아침부터 직장에 다닌다면서 정말 집에 돈이 한 푼도 없는 게냐?"

이튿날 아침 평안한 마음으로 급히 출근을 하려는데 어머님의 평소와 다른 높은 호령소리가 귓전을 때렸다.

2

　자주 사용하면 발달하고 사용하지 않으면 퇴화한다는 용불용
설을 들이댈 필요도 없이 사람의 몸이란 참으로 놀랍고 신기하다
아니할 수 없다. 이런 신묘하기 이를 데 없는 비밀과도 같은 인체
의 법칙은 어머니처럼 제법 연세가 많은 경우에도 결코 약간의 예
외나 오차도 없이 역시 마찬가지였다.

　시어머니는 우선 평생 동안 살아온 눈과 몸에 익은 올망졸망
한 고향인 시골과 함께 부대끼며 오래 정이 듬뿍 든 사람들을 떠
나기 싫었고, 새로 시작할 낯선 도시 생활이 탐탁지 않게 생각되
었지만, 늙으면 언젠가는 기대야할 맏아들의 여러 번 간청에 의해
고향을 떠나 이곳으로 오신 후 몇 달 전까지만 해도 몸이 약간 불
편하긴 했다. 하지만 다행스럽게도 재숙이 출근 전에 미리 해놓은
밥과 국을 데우고, 냉장고에서 몇 가지 반찬을 찾아서 점심 정도

는 스스로 잘 해결을 하시고 계셨다.

"도시에 산다는 것이 약간 시끄럽고 조금 갑갑하기는 해도 참으로 편타. 비가 와도 따로 치울 설거지거리도 없고, 젖을까 봐 급하게 덮어씌울 것도 없고, 아침이면 소를 바깥에 내다 두었다가 낮에는 그늘을 따라 옮겨 매고 저녁이면 마구간에 들일 일도 없고, 늘 풀 베고 여물 썰어 소죽 끓일 일도 없고, 힘들여 산에 가서 땔감을 구해오지 않아도 되고……. 밥이고 반찬이고 먹으려면 냉장고에서 꺼내서 먹기만 하면 되니 세상에 이보다 더 편한 백성이 어디 있겠노? 이건 사는 것이 바로 신선놀음인 기라……"

어머니는 아파트 생활이 아무 것도 따로 할 일이 없어 우선 편해서 좋다며 시골에 계실 때의 바쁘고 힘들고 귀찮고 분주했던 여러 가지 잡다한 생활들을 아들과 손주들에게 하나하나 손가락을 꼽아가며 자주 나열하시곤 했다. 아마도 점점 몸이 약해지면서 모든 것을 때에 맞추어 손수 몸으로 직접 힘을 들여 처리해야 했던 농촌 일들이 적잖이 힘들고 번거롭고 귀찮았던 모양이었다.

소에게 먹일 풀 뜯기, 밭고랑에 쪼그리고 앉아서 김매기, 온종일 엎드려 모내기 하기, 산에 가서 땔감 구하기……, 이렇게 한 가지씩 힘들었던 일들을 실타래처럼 줄줄이 늘어놓을 때 어머니의 쭈글쭈글한 얼굴에는 몸서리치는 지겨운 싫증이 가득 배어 나오는 듯 했다.

"젊을 때는 힘든 줄도 모르고 밤낮없이 잘도 했지만, 늙어서 몸에 기름기와 힘이 쭉 빠지고 나니 참으로 힘들었지, 이제는 생각만 해도 정말 진절머리가 나도록 지긋지긋하구나……"

어머니는 시골에 있으면 누구나 늘 빠짐없이 해야 하는 일상의 그 힘든 일의 굴레를 피해서 마치 피난이라도 온 듯이 이곳으로 오게 된 것이 퍽 다행이라는 표정이 역력했다.

이럴 때 영덕은 어머니의 이야기를 과거 어릴 적 경험을 상기하여 깊게 공감을 하며 자기가 늘 하던 일처럼 재미나게 들었다. 시골생활을 전혀 해보지 않은 도시에서 태어나 자란 재숙은 반쯤은 흘러들을 수밖에 없었다. 하지만 그녀 역시 모든 일들을 직접 몸으로 부딪혀가며 손으로 해야 하는 수많은 농촌의 일이란 것이 매우 번거롭고 힘이 든다는 정도는 쉬 알 수 있었다. 어머니가 노년을 맞아 뒤늦게 시작한 도시의 아파트 생활을 마냥 답답하다고 불평을 하지 않으시고 그나마 다행스럽게 생각하는 데에는 부부 모두 감사한 마음이 들지 않을 수 없었다.

그런데 숲속을 느리게 온힘을 다해 기어 다니는 달팽이는 귀신처럼 빨리 내달리는 노루를 부러워하지 않고, 바다에서 느긋하게 온몸을 풀어헤치고 유영하는 해파리는 하늘에서 빠르게 비상하는 갈매기의 날갯짓에 신경을 쓰지 않는다고 하지만, 너무나 안타깝게도 어머니가 평생 사시던 농촌과 힘든 노동으로 몸과 마음을 불태우던 힘들고 번거로운 분주함을 벗어나, 지금도 때때로 주마등처럼 떠오르던 그때의 징그럽도록 귀찮고 힘들었던 잡다한 일들이 아직 머릿속에서 채 지워지기도 전이었다. 눈이 오나 비가 오나 손끝 하나 까딱할 필요없는 지극히 안락한 도시의 아늑한 아파트 생활이 그다지 좋은 것만은 절대 아니라고 느끼고 체험하는 데에는 결코 그리 오랜 세월이 걸리지 않았다.

이건 참으로 그랬다. 누구나 알고 있는 세상의 평범한 진리는 눈에 보이지는 않지만 항상 살아있어 곳곳에서 끊임없이 작용하며 사람들의 생활 전반을 지배하고 있었다.

아침 일찍 일어나는 새가 많은 벌레를 잡아 배를 채우고, 부지런히 노력하는 사람이 잘 살고, 늘 사용하는 연장은 녹이 슬지 않고, 흐르는 물에는 이끼가 끼지 않고……, 이렇게 늘 사용하던 격언과 속담과 교훈의 옛말들이 단 하나도 마음속 깊이 새겨듣지 않을 헛된 말이 없었다. 소는 개가 먹는 고기를 먹지 못하고 계속해서 풀을 뜯어먹어야 하듯 농촌 생활에 오랫동안 길이 든 사람은 그 살아오던 방식을 그대로 유지하고 그대로 더욱 발전시키며 고수해 나갈 때 비로소 육체와 정신 즉, 심신의 건강을 그대로 유지할 수 있다는 사실은 직접 겪고 보니 실천해야 할 참으로 큰 가르침이 아닐 수 없었다.

"아이고, 내 정신 좀 봐! 이걸 어째? 요즘 건망증이 깜빡깜빡 보통이 아니네……"

재숙이 퇴근 했을 때, 집에 혼자 계시던 시어머니가 이렇게 중얼거리신 날은 냄비가 새카맣게 타서 못쓰게 된 날이었다. 연료로 가스를 사용하는 요즘은 노인이 정신 없어 냄비를 태우는 것은 자칫 위험천만한 일일 수도 있었다.

그러나 재숙이 놀라서 뛰는 가슴을 가까스로 쓸어내리는데 비해 시어머니의 태도는 너무나 당당하고 담담했다. 마치 철없는 순진한 아이처럼 연신 생글생글 웃으며 그까짓 것쯤 다시 사면될 뿐 정말 아무것도 아니라는 듯 아주 대수롭지 않다는 표정이었다. 너무나 태연자약한 어머니에게 재숙이 걱정하는 혹시나 하는 그까짓 만일의 경우 같은 것쯤은 정말 손톱만큼도 안중에 없어 보였다.

어떤 때는 찌개를 하려고 냄비를 찾다가 밑바닥이 새카맣게 탄 냄비가 구석진 곳이나 쓰레기통에서 발견돼도 어머니는 그냥 나는 전혀 모르는 일이라고 정색을 하시며 시치미를 뚝 떼셨다. 냄비뿐만이 아니었다. 타서 못쓰게 된 프라이팬과 새카맣게 그을고 깨진 그릇들이 여기저기서 자주 불쑥불쑥 튀어나왔지만 어머니는 아무것도 모르는 체 마치 남의 일처럼 얼굴을 돌리지도 않고 방관하시곤 했다. 조금만 생각을 돌려도 이 집에서 그런 일을 저지를 사람은 오직 자기뿐이라는 것을 알만도 하셨지만 어머니는 정말 자기와는 아무런 상관도 없는 다른 사람이 저지른 일이라는 듯 태연자약하셨다.

이런 소소한 일들이 벌어지는 날들이 점점 잦아지면서 재숙은 냄비와 그릇들을 자주 사다가 날랐지만 결국 감당할 수 없을 정도가 되었다. 그건 단지 비용 때문이 아니었다. 날이 갈수록 냄비를 태우는 횟수와 정도가 점점 심해져 가고 있어 걱정이 쌓이고 있었다.

어머니의 범상치 않은 놀라운 변화, 결코 발전이라고 할 수 없는 이상한 변화는 단지 이 뿐만이 아니었다. 끊임없이 줄기차게 계속하여 사방팔방에서 이어지고 있었다.

거기에 더하여 어머니는 갈수록 미친개에게 물리면 걸린다는 공수병이라도 걸린 듯 물을 멀리하며 세수는 물론 손 씻는 것조차도 점점 기피하고 싫어하셨다. 이런 일이 있기 전, 평소 어머니는 몹시 부지런한데다 성격이 매우 깔끔하고 정갈한 분이셨다. 물론 자녀들에게도 그렇게 가르쳤고 본보기가 되려고 스스로 모범이 되셨다.

이곳에 오셔서도 평생 몸에 밴 부지런함과 깔끔함으로 잠시도 진득하게 가만히 앉아 계시지 못하고 별로 어질러진 것도 없는 여러 개의 방과 거실과 부엌을 다니며 하루에도 여러 번씩 빗자루로 쓸고 걸레질하기를 멈추지 않았었다. 하다못해 티 없이 말간 거실의 유리 창문이라도 문지르고, 현관에 식구들이 벗어놓은 신발이라도 닦고 가지런히 정리를 해야 겨우 직성이 풀리는 깔끔한 성미셨다.

그러던 어머니가 요즘 들어 자꾸 몸을 움직이지 않고 아끼며 사리는가 싶더니 남의 눈치를 살피며 할 수 없이 겨우 코끝에 물방울만 한두 방울 묻히는 고양이 세수를 하는가 하면, 속옷을 갈아입는 것을 싫어하고, 손녀가 할머니 몸에서 이상한 냄새가 난다고 핀잔을 주며 자주 입방아를 찧어도 괜찮다, 쓸데없는 소리 하지 말라고 무시하고 그대로 뭉개시며 식구들의 성화에도 아예 목욕은 하지도 않으려고 하셨다.

그런데다가 요즘은 밥을 드실 때도 이제 막 숟가락질을 배우는 세 살배기 어린아이처럼 숟가락을 깨끗하게 빨아먹지 않고 입가에 음식을 덕지덕지 많이 묻히기도 하셨고, 밥그릇 주위에 지저분하리만큼 밥과 반찬을 많이 흘리시는 것이 다반사였다.

최근 들어서는 이를 지켜보다 못한 손녀가 식사 시간이면 한마디씩 따끔하게 핀잔을 줄 정도였다.

"아유, 이것 좀 봐요. 할머니에게 애기들처럼 턱 앞가리개를 목에 매어드려야겠어요."

게다가 어머니는 자신이 흘리신 것을 아무렇지도 않은 듯 그대로 맨손으로 더듬더듬 주워서 드시면서도 식구들 눈치도 보지 않고 아주 당연하다는 듯이 얼굴표정 하나 변하지 않으셨다. 그럴 때마다 손녀가 얼굴을 찡그리며 휴지에 물을 묻혀 할머니의 얼굴을 닦고 앞에 흘린 것들을 깨끗하게 치우면 할머니는 오히려 벌컥벌컥 역정을 내셨다.

"너무 그렇게 깔끔 떨지 마라. 촌에서는 다 그렇게 산다. 애비도 시골에서 다 그렇게 자랐지만 저렇게 튼튼하잖니?"

그리고 용변을 보시다가 무슨 깊은 생각에 빠지셨는지 화장실 변기 위에 거의 한 시간이 넘도록 우두커니 앉아 계시는 것은 예사였고, 용변을 본 후에도 변기의 물을 내리는 것도 자주 잊으셨다. 더군다나 화장실의 불을 켜지도 않으시고 어두컴컴한 속에서 화장실 문을 그대로 열어둔 채 마치 하얀 머리의 유령처럼 앉아서 오랫동안 너무나 조용하게 볼일을 보시는 바람에 무심코 화장실로 가던 식구들이 기절초풍을 하고 놀랐다.

또 요즘 방안에서 누구와 얘기를 나누는 것 같은 두런거리는 소리가 들려서 혹시나 하고 문을 열고 들어가 보면 텅 빈 방안에서 어머니 혼자서 아무런 의미도 없는 말을 그냥 중얼거리고 계시는 것을 자주 발견할 수 있었다. 누군가 어머니를 부르면 어머니는 한참 후에야 겨우 정신을 차린 듯 아주 늦게야 대답을 하셨다.

이런 현상은 얼마 전까지도 전혀 볼 수 없었던 어머니의 평소와 너무나 다르게 변한 엉뚱한 모습이었다. 만약 이런 변화를 식구들 중 누구라도 조금만 눈여겨 자세히 살펴보았더라면 어머니의 상태가 점점 더 자주, 점점 더 깊이, 점점 더 심하게……, 여러 면에서 악화되며 변해가는 것을 쉽게 눈치 챌 수 있었을 것이 틀림없었다.

하지만 아들 영덕을 비롯한 식구들은 이런 현상을 단순한 노화나 약간 유별난 노년 삶의 단편적 변화 또는 순간적 착각 정도로 여기며 때로는 농담 반 진담 반으로 별로 대수롭지 않게 웃어넘기고 말았다.

다만 어두운 화장실에 우두커니 하얀 석고상처럼 앉아있는 어머니에게 너무나 놀란 나머지 그때마다 어머니의 순간적 실수로 생각하고 제발 불을 켜시고 화장실 문을 꼭 닫은 후에 볼일을 보시라고 자주 청을 드렸지만, 이때부터 어머니는 듣는 순간 바로 잊어버리시는지 전혀 관심을 기울이지 않았다. 말씀을 드리고 돌아서면 금세 다시 불을 켜지도 않고, 문을 활짝 열어둔 채 어두운 화장실의 변기 위에 빛바랜 화석처럼 시간의 흐름을 완전히 망각한 채 동그마니 앉아 계셨던 것이었다.

손자와 손녀는 어릴 때부터 시골에 가면 할머니가 어두침침한 호롱불 아래서 구성지게 들려주는 옛날이야기를 무척이나 좋아했다. 여기엔 기암괴석과 수백 년을 실히 묵은 고목나무가 즐비한 험하고 묘한 산세山勢도 이야기에 덩달아 톡톡히 한몫을 했다. 이야기는 주로 할머니 역시 자기의 꼬부랑 할머니로부터 들었을 고향마을 가까운 여러 시골 마을들과 산과 바위나 큰 고목나무 등 지형지물에 얽혀서 전해져 내려오던 전설이나 설화와도 비슷한 내용들이었다. 하지만 교과서는 물론 이야기책에서는 결코 볼 수 없는 재미나고 신비한 내용의 이야기들이었다.

그 중에서도 바로 옆 마을에서 일어났다는 같은 날 같은 시각에 이 세상에 전혀 복을 타고나지 못한 대감의 아들과 그에게 주려했던 복까지 타고난 상민인 백정의 딸을 혼인으로 엮어주어 함께 잘 살게 하려고 무던히 애쓰던 소금장수 이야기. 또 가까운 옆 마을에 있었다던 수명을 짧게 타고난 남편도 없이 애지중지 키우던 외동아들 백삼마의 생명을 구하기 위해, 그날 밤 아들의 영혼을 데려가기 위해 마을로 오고 있던 저승사자를 여러 가지 깔끔한 음식을 마련하여 정성을 다해 대접하고 아들의 생명 대신 마을의 흰말 세 마리를 데려가게 만들고, 결국 아들의 귀한 생명을 살려낸 장한 홀어머니의 애절함을 담은 백삼마 이야기,

그리고 깊은 병이 들어 임종을 앞둔 아버지를 살리기 위해 꽝꽝 얼어붙은 강에서 아버지가 좋아하는 잉어를 구해오고, 한겨울의 엄동설한 눈구덩이 숲속에서 싱싱한 푸른 과일을 구해와 아버지를 대접하던 강호 땅의 으뜸 효자 이몽신의 이야기……, 등은 손주 남매가 어릴 때부터 하도 여러 번 들어서 그 내용을 달달 외울 정도였다. 공부로 바쁜 지금도 가끔씩 할머니가 한밤중에 조용하게 들려주는 이야기 듣기를 좋아했다.

그래서 소형이는 요즘도 약간의 시간이 날 때면 이야기를 해달라고 할머니를 졸라대기 일쑤였다. 할머니가 피곤하고 귀찮다며 돌아앉으시면 더욱 가까이 다가가서 등을 긁어드리고 다리를 주물러드리며 늘 듣던 이야기 한 토막을 들으려고 목을 매듯이 안달을 했다.

"할머니, 소금장수 얘기 좀 해줘요. 정말로 예전 시골 산골짜기에는 소금이 그토록 귀했나요? 소금이 귀하고, 비싸고, 모자라 잘 먹지를 못해서 사람들의 얼굴이 푸석푸석 부었다고 했잖아요? 그게 사실인가요……"

"세상일은 마카 공짜로 기냥 된 것이 아니여."

옛날이야기가 듣고 싶다는 손녀의 간절한 요청에 할머니는 옛날이야기는 온데간데없고 뜬금없이 단지 이상한 이 말을 중얼거리듯이 불쑥 하시고는 그만 입을 닫아 버렸다.

"예? 할머니, 방금 뭐라고 하셨어요? 세상일이 어떻게 되었다고요?"

깜짝 놀란 소형이가 이렇게 캐물어도 역시 할머니는 소형이가 옛날이야기를 해달라고 보채며 하는 질문에는 전혀 아랑곳없이 자신이 언제 무슨 말을 하셨는지도 모른 채 갑자기 넋이라도 나간 듯 하염없이 먼 곳을 바라보시며 벙어리처럼 대답도 않으시고 아무런 말도 없으셨다. 손녀가 갑자기 변해버린 사랑하는 할머니에 대한 걱정으로 크게 조바심이 일어 몇 번을 더 할머니에게 말을 걸었지만 여전히 목석처럼 엉뚱한 생각에 잠긴 듯 아무런 반응이 없었다. 이상하게 생각한 소형이가 심히 뻘쭘하여 옛날이야기 듣기를 단념하고 머쓱하여 방을 나오는데,

"세상일은 마카 공짜로 기냥 된 것이 아니여."

느닷없이 똑같은 할머니의 의미 없는 공허한 중얼거림이 뒤에

서 다시 들려왔다. 그 후 할머니가 방안에 혼자 계실 때에 이런 비슷한 중얼거림이 문틈으로 자주 새어나오곤 하는 것을 소형이는 물론 온 식구들이 들으며 크게 걱정을 아니 할 수 없었다.

또 하루는 이런 일도 있었다. 어머니는 음식솜씨가 남달라서 시골에 계실 때부터 여러 가지 요리를 맛깔나게 잘 하셨는데, 그 중에서도 어머니가 산골짜기의 밭고랑에서 캐낸 흔한 붉은 고구마로 만드는 고구마 맛탕은 아주 맛이 특별나게 좋아서 동네 사람들과 나누어 먹으며 여러 사람에게 많은 칭찬을 들을 정도로 타고난 맛탕 전문가라는 소문이 자자했다. 과자가 흔치 않던 시절이었다.

고구마는 논에서는 잘 자라지 않고 고향 산골 비탈의 좁은 메마른 밭뙈기마다 심으면 굵다란 뿌리를 주렁주렁 땅속에 맺는 흔하지만 맛이 좋고 영양이 풍부한 농산물 중의 하나로 쌀이 귀한 이곳 사람들의 배를 채우는데 중요한 역할을 했다. 그래서 사람들은 고구마를 오랜 가뭄으로 비가 내려야 농사를 지을 수 있는 천수답이 많은 이곳의 기근이 심한 흉년 때 먹는 구황작물이라 불렀던 것이었다.

손자와 손녀도 어릴 때부터 시골에 가서 맛보는 할머니의 고구마 맛탕이라면 그만 껌뻑 넘어갈 정도로 그 기막힌 맛에 감탄하고 있었다. 최근에 이곳에 와서도 가끔 어머니가 정성을 다해 만들어 주시는 고구마 맛탕은 온 식구들이 손꼽아 기다리는 특별한 별미가 되고 있었다.

이날도 휴일을 맞아 오랜만에 할머니가 만드는 고구마 맛탕의 혀를 녹이는 진하고 감칠맛을 기대하며 식구들이 미리 식탁에 둘러앉아 쩝쩝 입맛을 다시고 있었다. 이제 마지막 순서로 튀겨낸 고구마에 설탕물과 물엿을 적당한 비율로 넣고 졸이자 맛탕 고유의 향긋하고 고소한 냄새가 온 집안을 가득 채우고 있었다. 식구들은 곧 입에 넣을 맛탕의 감미로운 맛을 생각하며 저절로 입안에 가득 고이는 군침을 꿀꺽꿀꺽 삼키고 있었다.

"이야, 드디어 세상에서 제일 맛있는 할머니의 맛탕이 완성되었다. 냄새만 맡아봐도 진짜 우리 할머니의 솜씨가 맞다. 최고다 최고……"

소형이가 큰 기대로 눈을 반짝반짝 빛내며 미리부터 마구 호들갑을 떨어댔다. 다른 식구들도 덩달아서 미리 젓가락을 손에 들고 잔뜩 기대를 하며 어서 맛탕이 식탁에 올라오기를 기다리고 있었다. 그런데 이게 어찌된 일이야? 실상은 전혀 그게 아니었던 것이다.

"에퇴퇴, 아이고 짜라. 이건 맛탕이 아니라 소금덩어리 간수야. 소금탕이야……"

먼저 한 숟가락 듬뿍 퍼서 덥석 입에 넣은 소형이가 급히 맛탕을 뱉어내며 매운 것을 삼킨 듯 혀를 쑥 빼서 내두르며 비명에 가까운 큰 소리를 질러댔다.

"어이구, 이거, 오늘은 정말 우리 할머니 작품이 절대로 아닌데?"

소형이에 이어서 좀처럼 좋다, 싫다는 표현을 잘 안하던 정빈이도 실망하여 그만 수저를 놓으며 말했다.

"뭐라꼬? 그럴 리가? 내가 평소에 하던 대로 똑 같이 했는데, 그게 대체 무슨 말이고?"

할머니는 자신이 만든 맛탕을 입에 넣고는 한참을 오물거리더니 그제야

"입맛을 잘 모르는 내 입에도 짜기는 좀 짜네. 왜 이렇지? 하지만 먹을 만해. 음식이 맛있을 때도 있고 약간 짤 때도 있지."

하지만 식구들은 모두 실망하여 수저를 놓고 말았다. 알고 보니 할머니가 설탕 대신 그 양만큼 소금을 넣었으니 그 짠 것을 어찌 먹을 수 있으랴?

요즘 할머니는 이렇게 입맛이 변하여 맛을 잘 구분하지 못하는데다가 정신이 희미해져서 사물의 용도를 혼동하기 일쑤였다. 마치 아이를 등에 업고 온종일 아이를 찾아 헤맸다는 어떤 아주머니의 일화처럼 머리를 빗다가 비녀를 입에 물고 비녀를 찾아 온 방안을 헤매고 다니는 웃지 못 할 일들이 신인 배우의 어설픈 연기처럼 종종 일어나고 있었다. 음식에다 소금을 넣었는지, 설탕을 넣었는지, 국에다 간장을 넣었는지, 식초를 넣었는지 구분하지 못하는 경우가 잦았고, 방금 손에 쥐었다가 바로 그 옆에 둔 것이 눈

에 잘 띄지를 않는 듯 찾지를 못해 낑낑대며 엉뚱한 곳에서 찾으며 허둥대는 경우가 허다했다.

아이고, 세상에 도대체 사람이 변해도 어찌 이렇게 변할 수가?

그런데 사실 진짜 문제는 그게 아니었다.

이런 잦은 건망증에 따른 어머니의 태도가 예전과는 매우 다르다는 점이었다. 어머니는 무엇엔가 쫓기듯이 너무나 빠르게 자신의 본래 모습을 잃어가고 있었다. 이거야말로 사람들에게 스스로 사서 미움을 자초하는 매우 나쁜 변화였다. 게다가 최근 들어 가끔 저지르는 실수에 대한 평소 가지던 미안함과 겸손함은 온데간데없이 사라지고, 오로지 남을 의심하는 완전히 적반하장의 태도는 더욱 문제였다.

담뱃불을 붙이려고 라이터를 찾다가 눈에 보이지 않으면 전에는 으레

"얘들아, 미안하지만 누구 내 라이터 어디 있는지 보지 못했니? 갑자기 어디로 갔는지 보이지를 않는구나."

이렇게 말씀하시는 것이 성격이 온화하신 어머니의 평소의 태도였었다. 그런데 요즘 들어서는 부쩍 어쭙잖은 작은 일에까지 의심이 심해졌을 뿐만 아니라 어떤 사태나 사건에 대해서 깊은 생각 없이 어머니만의 특유한 억지와 단정적인 태도로 일관하시고 있었다.

"여기 있던 내 라이터 정빈이가 가져갔지? 빨리 이리 내놓아라."

"어미야, 내가 입던 속옷을 왜 버렸니? 아직 입을 만 한데. 무조건 새것이면 다 좋은 것이냐?"

이처럼 본인이 잘 모르는 내용에 대해서도 우선 남을 잔뜩 의심부터 하며, 마치 자기 두 눈으로 직접 현장을 똑똑하게 목격하기라도 한 것처럼 확정적이고 단정적 태도와 거기에 더하여 매우 화가 난 큰소리로 죄 없는 남을 갑자기 죄인으로 몰아 윽박지르고 힐난함으로서 아무것도 모르는 식구들의 화를 돋우고 피곤하게 만들었다. 그래서 오히려 멋모르고 애꿎게 당한 상대의 반발을 사는 경우가 잦아졌다.

이건 영덕이 어려서부터 보아온 어머니의 모습이 절대로 아니었다. 유달리 잔정이 많고 배려심이 깊은 어머니는 그 어렵고 바쁜 살림살이 가운데서도 자주 이웃의 가난한 혼자 사는 할아버지에게 음식을 싸서 가져다 드리라고 영덕에게 시키면서도 이런 사실을 자랑은커녕 아무에게도 말하지 않던 참으로 속이 깊은 어머니였었다.

그런데 허허허……, 이걸 어찌할꼬?

요즘은 갈수록 이 정도 일뿐만이 아니었다. 상식적으로는 도무지 이해가 어려운 일들이 이따금씩 그러나 쉬지 않고 연이어 어머니에 의해서 일어나고 있었다.

하루는 아직 해가 뜨기도 전 보통 때보다 일찍 잠이 깬 어머니가 자신의 방을 이리저리 서성이다가 결국 거실로 나와서 중얼거리며 잃어버린 무엇인가를 열심히 찾아 헤매고 계셨다. 그러더니 곤히 자고 있던 손녀를 큰소리로 불러서 깨웠다.

"소힝아, 소힝아, 니가 내 양말 한 짝을 가지고 가더니 도대체 어디다 두었느냐?"

뜬금없는 쩌렁쩌렁한 큰 호통소리에 단잠을 깬 소힝이가 제 방에서 이 말을 듣고 눈을 비비며 밖으로 나와서 할머니에게 말했다.

"어젯밤에도 할머니 양말이 할머니 방 윗목에 그대로 놓여있는 것을 봤는데요? 내가 할머니 양말 한 짝을 무얼 하려고 가져가겠어요?"

이때 할머니는 손녀의 말은 들은 체도 않고, 한쪽 발에는 양말을 신고 양말을 신지 않은 발을 앞세우며 계속 손녀를 의심하며 몰아세웠다.

"소힝이 니가 치우지 않았으면 대체 양말 한 짝이 어디로 도망을 갔단 말이냐? 어제 내 방에 들어온 사람은 소힝이 너 뿐인데……"

어머니의 보통 때와 다른 유별난 성화에 그만 온 식구들이 모두 때이른 잠을 깨어서 할머니의 잃어버린 양말 한 짝을 찾아드리기 위해 할머니 방을 다시 이 잡듯이 뒤지고 이어서 집안 구석구석을 샅샅이 뒤지며 야단법석을 떨었다. 그러나 도대체 사라진 양말 한 짝의 행방을 찾을 수가 없었다.

어머니는 어느 구석에서 금방이라도 불쑥 튀어나올 것만 같은 없어진 양말 한 짝을 찾아 한쪽 발에는 양말을 신은 채로 다른 발은 맨발로 마치 그 양말이 아니면 다른 양말이 전혀 없다는 듯이 온종일을 눈에 불을 켜고 집요하게 찾아 헤매고 다녔다.

"내 양말, 내 양말, 아이고, 누가 가져갔노? 빨리 내 양말 내놓아라……"

너무나 심하게 징징대는 어머니는 마치 입에 넣고 빨던 왕사탕을 잃어버린 아이보다 더 끈질기고 집요했다.

그랬는데 아뿔싸! 세상에 또 어찌 이런 일이?

결국 저녁때가 되어 양말 벗을 때가 되어서야 드디어 잃어버린 양말 한 짝을 찾을 수가 있었는데, 알고 보니 어머니가 한쪽 발에 신은 양말 위에 다른 쪽 양말까지 겹쳐서 덧신고는 하루 종일 양말이 없다고 난리를 치며 찾아 다녔던 것이었다.

어머니에게 도무지 이해 못할 이런 다양한 일들이 마치 우연을 가장한 필연적 사건처럼 가끔씩 일어나다가 갈수록 그 횟수가 부쩍 잦아지고 있었다. 그럴 때마다 어머니 본인은 물론 식구들은 평소와 다른 그런 행동이 참으로 이상하다며 고개를 갸웃거렸지만, 그런 이상한 일이 일어난 그 순간뿐이었고 그런 똑 같은 일들이 두 번 다시 겹쳐서 지속되지는 않았다. 그래서 모두들 그 일을 심각하게 정신적 결함이나 질환으로는 받아들이지 않았다. 연세가 많은 할머니이니만큼 가끔 정신이 흐릿해지고 기억력이 감퇴되어 깜빡깜빡 건망증이 심해져 저지르는 단순한 실수인 모양이라고 애써 위안을 삼으며 한바탕 우스갯소리를 들은 것처럼 크게 웃어넘기는 것으로 어물쩍 넘어가고 말았다.

그러던 중에 하루는 또 이런 생뚱맞은 일도 있었다.
"어머님이 조금 전, 식사 전에 그러셨잖아요? 아범과 같이 급히 가볼 데가 있으시다고요?"
그날은 모처럼 한가한 일요일이었다. 밖에서 한참동안 어머니가 나오시길 기다리다 아무런 기척이 없자, 집으로 걸려온 남편의 독촉 전화를 받고 재숙이 어머니에게 한 말이었다.
식구들이 느긋하게 휴일의 늦은 아침을 먹으려는데 느닷없이 오늘은 애비와 급히 같이 가볼 곳이 있다고 말씀하시며 서두르시던 어머니였다. 그런데 식사가 끝나자 어머니는 더 이상 아무런 준비도 하지 않으시고 여느 날과 똑같이 자신의 방안으로 쑥 들어가시더니 모든 것을 잊으셨는지 한가하게 그냥 창밖을 바라보며 우두커니 앉아계셨다. 쫓기듯 식사도 제대로 못하고 미리 밖으로 나가서 준비를 하고 서두르며 어머니가 빨리 나오시길 기다리는 아들은 안중에 없어 보였다.
게다가 재숙의 독촉 이야기를 들으신 어머니는 아니라고 펄쩍 뛰셨다.

"야들이 지금 무슨 소리야? 쓸데없이 그런 말을 내가 왜 해? 네가 뻔히 알다시피 아는 사람이라고는 하나 없는 이 도회지에 늙은이가 아침 일찍부터 급히 갈 데가 어디 있겠어? 너희들이 공연히 노인을 골리려고 꾸며대서 그러는 거지?"

"참, 이상하시네요. 분명히 그렇게 말씀하셨는데? 그래서 아범이 미리 밖으로 나가서 차를 준비해놓고 어머님 나오시길 기다리고 있잖아요?"

"맞아요, 할머니가 그렇게 말씀하셔서 아빠가 식사도 덜하고 급히 나갔잖아요."

함께 할머니의 이야기를 들은 소형이도 꾀꼬리 같은 목소리로 한마디 거들었다. 그러나 절대로 그럴 리가 없다는 어머니의 태도는 완강했고 큰 바위처럼 확고부동했다.

"이상하긴? 너희들이 이상하구나. 내가 여기 와서 생전 어디를 나다니는 걸 보기나 했니?"

어머니는 조금 전 서두르실 때와는 딴판으로 느긋하기 이를 데 없었다. 그 모습을 지켜본 식구들도 너무나 태연한 모습에 무어라고 말씀을 더 드릴 수가 없었다. 그 마음속에 직접 들어가 보지 않는 한 지금의 어머니는 어디를 다니러 갈 생각 같은 건 추호도 없는 것이 분명해 보였다.

이렇게 조금 전에 급히 서두르며 자신의 입으로 내뱉은 말 때문에 아들이 밖으로 나가서 차를 대기해놓고 어서 가자고 재촉을 하면 어머니는 금방 마음이 변하였는지? 아니면 조금 전 그 말을 금세 깡그리 잊으셨는지? 그것도 아니라면 공연히 가끔 하던 대로 아무런 의미도 없는 헛말을 줄얼거린 것인지? 절대로 그런 말을 하지 않으셨다고 강하게 부인을 하셨다.

전에는 차마 꿈에도 생각지 못할 이런 단순히 웃고 넘기지 못할 이상한 걱정스러운 일들이 종종 일어나고 있었다.

이런데다가 어머니는 갈수록 행동과 태도가 들쭉날쭉 흡사 장마철의 궂은 날씨처럼 변화가 심해서 도통 종잡을 수가 없었다. 어떤 때는 마치 크게 화라도 난 듯 입을 꼭 닫고 하루 종일 한마디의 말씀도 하지 않으셔서 입에서 시금털털한 군내가 날 지경이었다.

그러다가 가끔 입을 열고 말씀을 할 때면 지금은 누구도 잘 사용하지 않는 예전에 시골에서 쓰던 고향의 사투리 사용이 부쩍 잦아졌다. 그 바람에 아들 영덕 외에는 나이가 엇비슷하지만 도시에서 자란 며느리 재숙이나 그 아래 손주들은 그 말을 잘 알아들을 수가 없었다. 요즘 갈수록 더욱 심해지는 할머니의 예전 사투리 사용이 공연히 식구들의 귀를 자주 헷갈리게 하고 어지럽히며 문득 가족 간의 대화를 끊어 종종 소통을 어렵게 만들고 있었다.

"소힝아, 가서 얼렁 밥 무라"라든지, "거 바리 앉끼라", "고마 가서 공부나 하라카이"와 같은 말 정도는 말을 할 때의 분위기와 정황을 봐서나 혹은 눈치로도 어렴풋이 대충 알아들을 만 했다. 서당 개 삼년이면 풍월을 읊는다고 가끔씩 들어보기도 했고, 할머니가 말을 할 때의 분위기나 모양새나 강약의 어투로 미루어 대강 짐작이 되기도 했기 때문이다.

"짠지 좀 마이 가온나.", "글씨 다항이 오데로 가삐릿노?", "몬 쓸건 마카 쌔기 내삐리라.", "니가 시방 마이 에비따."…… 등등의 요즘에 이르러 은연중 자주 할머니의 입에서 무심코 튀어나오는 이런 말들은 더구나 더욱 심해진 어눌한 말투와 어우러져 손주들은 물론 재숙도 마치 외계인이나 이방인의 말처럼 무슨 뜻인지 바르게 알아들을 수가 없어서 들을 때마다 어리벙벙해 하지 않을 수 없었다.

특히 아이들은 그 바람에 요즘 할머니가 급하게 무엇을 요구하거나 심부름을 시키거나 화가 나서 짜증을 내며 자기들을 나무랄 때는 심한 사투리라고밖에 할 수 없는 이상한 말투가 부쩍 더욱 심해져서 아버지가 통역을 해야 겨우 알아들을 수 있는 경우가 자주 발생하고 있었다.

그래도 할머니를 사랑하는 식구들은 할머니의 그런 말을 놓치지 않고 경청하려고 애를 썼고, 그럴 때마다 함께 듣고 있던 영덕은 식구들을 위해 어머니의 옛말을 하나하나 설명하곤 했다.

"짠지는 김치를 말하는 거야. 먹을 반찬이 별로 없던 예전에는 김치 몇 조각만으로 꽁보리밥을 먹어야 했지. 당연히 김치가 매우 짜서 짠지라고 불렀어. 가온나는 가지고 오너라를 말해. 아버지 역시 빨리 말하다보면 지금도 이렇게 줄임말처럼 쓰기도 하지. 그리고 다항은 성냥이야. 라이터가 귀했던 예전에는 불을 붙일 때 주로 성냥을 사용했단다. 마카는 모두를 말하고 내삐리라는 내다버리라는 뜻이지. 에비따는 홀쭉하게 여위었다는 말이야……"

다른 사람도 아닌 바로 어머니의 일이라 영덕이 이렇게 자세하게 일일이 통역사나 해설가처럼 설명을 하였지만 손주들은 요즘 할머니가 다시 시골의 케케묵은 구석기 시대의 원시인 비슷한 옛날 사람이 되어버렸다고 사투리의 흉내를 내며 불평들을 늘어놓곤 했다.

재숙 부부는 이런 일이 있을 때마다 내심 어머니의 건강상태가 걱정은 되었지만, 어머니의 이러한 말투와 행동이 우발적이고 일시적인 현상이겠거니 하고 아직은 좀 더 관심을 가지고 지켜만 볼 수밖에 달리 뾰족한 수가 없었다. 노인의 몸이 아프면 당장 얼굴부터 바짝 여위고 그 수척한 얼굴에는 군데군데 검버섯이 나서 단번에 알아차릴 수가 있지만, 얼음장 속에서도 고기가 헤엄을 치듯 사람의 머릿속에서 아무도 몰래 가끔씩 이상하게 발생하는 정신적인 작용은 겉으로는 아무런 표시가 없으니 본인은 물론 가까이서 함께 생활하는 사람도 도통 그 오묘한 이상 여부를 알아볼 수가 없었다.

그런데다가 어머니에게서 일어나는 이러한 일시적이고 잠깐 동안의 이상한 말이나 행동은 극히 순간적이고, 일부 특별한 경우를 제외하고는 일상적인 생활의 대부분을 차지하는 다른 것은 대부분 평소와 다름없이 정상적이고 멀쩡하였기 때문이다. 마치 어쩌다가 우연하게 일어나는 우발적 행동처럼 이렇게 가끔씩 불거지는 이상스런 사건들을 제외하면 어머니의 전반적인 나날은 특별하게 이렇다 할 책을 잡거나 나무랄 것이 거의 없는 온전한 상태였다.

그래서 잠깐 동안의 에피소드 같은 그런 이상한 일이 있을 때마다 어머니의 정신건강에 대해서 약간의 염려조차 아주 없었던 것은 아니지만, 그런 사소한 것쯤이야 이 복잡하고 바쁜 세상살이에서 변함없이 잘도 흐르는 세월과 함께 아무런 일도 없었던 듯 말끔하게 사라지고 곧 평범하고 건실한 어머니 본래의 모습으로 되돌아올 것이라고 믿어 의심치 않았다.

그럼에도 불구하고 어머니의 능력은 또 너무나 오묘했다.

어쩌면 몹시 신비스럽다고나 할까? 더욱 신비하고 신기한 것은 모든 것을 금방 깜빡깜빡 그것도 자주 매우 급한 듯이 까맣게 잊어버리는 건망증의 와중에서도 어머니는 즐기시던 술과 담배는 마치 자로 재기라도 한 것처럼 조금의 오차도 없이 여전히 잘 챙겨서 잠시도 입에서 뗄 줄을 몰랐다.

늦게 배운 도둑질 재미에 날 새는 줄 모른다는 옛말처럼 어머니는 늦게 입에 댄 술을 마치 질이 잘난 애주가처럼 다른 어떤 음식보다 입맛을 쪽쪽 다셔가며 맛있어 하시며 끊이지 않고 마셨다. 담배 역시 세상에 둘도 없는 애연가처럼 깊은 한숨을 내쉬듯이, 가슴속 깊숙이 들이마신 연기를 속이 타서 한숨이라도 내쉬는 것처럼 길게 뿜어댔다.

늘 별 안주도 없이 닭이 길쭉한 목을 하늘로 빼들고 물을 마시듯, 소주 한 모금을 천천히 마시고 이어서 담배 한 개비를 담뱃불이 꺼질 듯이 서서히 태우고는 하염없이 먼 곳을 응시하며 만사를 잊은 듯이 우두커니 한참동안을 앉아 있다가 또 잊을만하면 생각난 듯이 소주 한 잔을 조용히 비우고, 담배 한 대 태우고……, 늘 이런 식이었다.

이처럼 술을 즐겨 마시는 어머니에게 재숙이 건강을 챙기시라며 여러 가지 맛깔난 안주를 마련해 놓아도, 노인이 할 일이 없어서 시간을 보내려고 심심풀이로 목을 축이는데 그런 안주는 필요 없다며 입에 대지 않았다. 재숙의 눈에는 그런 어머니가 어떻게 보면 요즘 들어 음식을 입에 넣고 씹는 것 자체를 매우 번거롭게 생각하고 귀찮아하시는 모양으로 비쳤다. 아니, 씹는 것뿐만이 아니라 세수와 몸단장, 약간의 움직임은 물론 머릿속으로 생각하는 것조차 날이 갈수록 점점 더 귀찮고 성가신 것으로 생각하며 꺼려하시는 것 같았다.

"어머님, 연세가 들수록 자주 목욕을 하시고 옷을 갈아입어야 해요."

아들과 며느리가 이렇게 일렀지만 어머니는 완전히 뒷귀로 흘러들었다.

"무슨 소리냐? 바깥에도 나가지 않고 일을 하지 않아 땀도 흘리지 않는데……"

갈수록 어머니에겐 주변의 신변잡기 처리가 너무나 귀찮고 힘든 일처럼 느껴지는 듯했다.

술과 담배에 더하여 또 하나 빠뜨리지 않고 꼬박꼬박 챙기는 것은 역시 돈이었다.

"아이고, 내 돈! 내 용돈! 이번 달에는 아직 용돈을 못 받았어……"

"어머님, 어제 저녁에 아범과 같이 분명히 드렸어요! 어디다 두었는지 잘 찾아보세요."

"쟤가 죄 없는 엉뚱한 사람을 잡네. 돈을 받았으면 내가 왜 또 달라고 해? 듣자 하니 마치 늙은이가 돈에 걸신이라도 들었다는 말투로구나? 엉?"

"어머님, 알았어요. 곧 월급 타면 챙겨드릴게요. 조금만 참아주세요. 미안해요."

"어서 좀 다오. 주머니가 텅 비었으니 너무 허전하고 힘이 하나도 없구나……"

재숙은 이제 어머니와 똑같은 실랑이로 다투기가 싫어서 이렇게 간단하게 어머니의 거듭되는 주장을 수긍하며 그때마다 곧 다시 용돈을 드릴 것처럼 두루뭉술하게 어르며 넘어가고자 잔꾀를 썼다. 하지만 어머니는 절대로 그리 호락호락 넘어가지 않았다. 자기 몫의 소중한 용돈에 대해서만은 절대로 양보할 수 없다는 너무나 집요한 집착이었다.

　누군가 가까이서 들으면 늘 용돈 때문에 티격태격하는 이런 모습이 자칫 최근 들어 고부지간에 오직 돈을 두고 아옹다옹하는 일상의 이상한 대화라고 여길 것이었다. 마치 돈에 환장이라도 한 욕심쟁이 시어머니와 지독한 구두쇠, 수전노 며느리가 한 치의 양보도 없이 먹이를 두고 다투는 호랑이와 사자같이 으르렁대는 기막힌 형국이 되고 말았기 때문이다.

　그래도 집안에 어른을 모시는 대부분 사람들의 일반적인 생활이라는 것이 약간은 이 가정의 경우와 엇비슷하겠지만, 자질구레한 여러 가지 사건들이 연속되는 중에도 시간은 쏠쏠하게 급하다는 듯이 잘도 흘러갔다. 식구들은 나름대로의 자기 생활에 너무나 분주하여 약간은 이상한 어머니에게 특별하게 신경을 집중하며 보호를 해야 한다는 따위의 다른 생각을 할 여유도 없었고, 또한 현재 이 정도의 상황으로서는 그럴만한 특별한 이유도 없다는 생각이었기 때문이다.

그랬는데 아, 어찌 이런 일이?

그러던 중 하루는 어머니가 한밤중에 홀연히 소리 없는 연기처럼 사라져버리는 일이 일어나고 말았다. 이건 대낮에도 바깥에는 잘 나다니지 않던 어머니의 처음 있는 야밤 가출이었다. 이거야말로 참으로 이해가 불가능한 이상한 일이 아닐 수 없었다.

출필고반필면出必告反必面!

누구보다 사리가 너무나 분명하셔서 들고 나감도 그토록 확실하게 식구들에게 알리시는 분이셨기에 아무런 기척도 없이 이렇게 아무도 몰래 밖으로 나갈 평소의 어머니는 절대 아니었다. 더군다나 예전부터 어머니는 홀로 병아리같이 어린 사남매를 키우면서 혹시라도 아이들이 엄마가 저희들을 버리고 도망을 쳤다고 근심하며 불안해 할까 봐 잠깐 집을 비우는 바깥 볼 일만 있어도 자신의 거취를 분명하게 밝히시는 분이셨다. 그런 습관은 연세가 많은 지금도 변함없이 철저하게 지켜지고 있던 터였다.

깊은 야밤중이라 잠에 곤히 떨어졌던 식구들은 어느 누구도 어머니가 현관문을 열고 사라지는 인기척조차 느끼지 못했다. 불행 중 다행이랄까? 때마침 모임이 있어서 술에 잔뜩 취해 늦게 들어와 자다가 그 시간쯤 화장실에 갔던 아들 영덕이 평소에는 늘 닫혀있던 어머니의 방문이 휑하니 열린 것을 발견했고, 당연히 방안에 곱게 누워계셔야 할 어머니가 없어진 것을 알았다.

그러나 현관에 어머니의 하얀 코고무신이 그대로 놓여있어서 밖으로 나간 줄은 꿈에도 몰랐다. 그리 넓지 않은 집안에 불을 훤히 밝히고 베란다에 이어 이 방 저 방을 샅샅이 뒤지는 바람에 식구들이 깜짝 놀라서 눈을 비비며 모두 잠에서 깨고 말았다.

"이상하다. 할머니가 어디론가 사라지셨다. 지금 집 안에는 없는 것이 확실해……"

곧 부랴부랴 식구들 모두가 나서서 손전등과 라이터를 들고 경비원까지 깊이 잠든 아파트 주위부터 구석구석 훑고 다녔다. 밤중이라 크게 고함을 질러서 부르지는 못하고 혹시 어디에 쓰러지지는 않았나? 길을 잃고 이리저리 헤매고 계시지는 않나? 모두 잃어버린 아이 찾듯이 눈에 불을 켜고 찾아다녔다. 평소 바깥으로 잘 나가지를 않던 어머니여서 이 밤중에 갈만한 곳으로 짐작되는 곳은 전혀 없었다. 더욱이 걸칠만한 겉옷은 방안에 그대로 있었고, 신발과 양말 역시 신고 나가지 않으셨다. 이게 무슨 일일까? 도무지 영문을 모르는 식구들은 마치 귀신에 홀린 듯이 한참동안 구석구석을 찾아다녔으나 희미한 가로등마저 졸고 있는 조용한 아파트 단지 안에 없는 것이 확실했다.

혹시 아파트 밖으로 나갔다면 여간 큰일이 아니었다. 몸이 불편하고 정신이 희미한데다 이곳 지리에 어두운 노인이 이 깊은 야밤중에 혹시 길을 잃어 마구 내달리는 자동차에 사고라도 당하지 않았을까? 하는 불길한 생각이 식구들의 서로 마주 보는 얼굴에 그대로 그려지고 있었다.

"할 수 없다. 모두 각자 갈라져서 한길가로 가보자. 먼저 찾는 사람이 공중전화로 경비실에 연락을 하고……"

식구들은 아파트 앞의 양 갈래로 난 큰길을 이 쪽 저 쪽으로 뿔뿔이 흩어져서 샅샅이 훑기 시작했다. 깊은 밤중이라 지나다니는 행인은 거의 없어 물어볼 수도 없었다. 인적이 끊어진 도로에는 불을 환하게 밝힌 자동차만 급하게 미친 듯이 내달리고 있었다. 조금 멀리 나갈수록 여러 갈래로 뻗은 어두운 큰길에서 자그마한 노인을 찾아내기는 퍽 어려울 것 같았다.

그러나 무척 다행스럽게도 어머니는 식구들이 찾아나선지 반 시간쯤 후에 의외로 쉽게 발견됐다. 어머니는 밤중에도 차량들이 쏜살같이 달리고 있는 집에서 그리 멀리 떨어지지 않은 큰길가의 큰 가로수 아래에 하얀 석고상처럼 힘없이 앉아 계셨던 것이다. 차분하게 이곳저곳을 살피며 다른 사람보다 뒤쳐져가던 재숙이 먼저 발견했고, 서로 고함을 질러 모두 이곳으로 모였다.

"찾았다. 여기다. 여기 할머니가 계신다……"

천방지축으로 마구 쏘다니는 아기를 잃어버렸다가 찾은 듯 기쁨이 넘치는 비명에 가까운 고함소리가 밤공기를 찢으며 퍼져나갔다. 재숙은 막 파출소에 노인 실종신고부터 하려던 순간이었다.

할머니는 예상했던 대로 이불 속에서 잠을 자던 속옷차림에 맨발이었다. 하얀 머리 위에 밤이슬을 흠뻑 뒤집어 쓴 듯 머리는 젖어있었고, 그렇게 추운 날씨는 아니었으나 온몸을 사시나무 떨 듯

와들와들 떨고 계시면서도 흡사 무슨 잡귀에라도 홀린 듯 정작 자신은 지금 어떻게 처신해야할 바를 모르고 무작정 두 눈만 어지러이 방황하고 있었다. 마치 꿈속을 헤매고 있는 것처럼 의식이 절반쯤은 나가버린 몽롱하고 희미한 상태가 분명했다. 빠르게 지나다니는 차량들을 바라보는지 초점을 잃은 눈길은 하염없이 도로의 먼 곳을 향하고 있었다.

그러면서도 가끔 알아듣지 못할 말을 비 맞은 스님처럼 중얼거리고 계셨다.

"얘야, 얘야, 어디에 있느냐? 얘야, 어서 이리 좀 와 봐라……"

"어머니! 어머니! 저 여기 있어요. 추운데 이제 그만 어서 빨리 집으로 들어갑시다."

이때 재숙의 귀에는 분명히 어머니가 남편 영덕을 부르시는 것 같았고, 남편도 그렇게 알고 즉시 대답을 큰소리로 여러 번 했지만, 어머니는 그게 아닌 듯 아들을 얼핏 보고도 여전히 먼 데로 눈을 돌리며 전혀 아는 사람이라는 반응을 보이지 않으셨다. 어머니는 아무런 생각도 없이 멍하게 앉아 반딧불처럼 이쪽을 향하여 마구 달려대는 차량의 불빛만을 응시하고 계셨다. 눈에는 어떤 낯익은 모습의 무엇인가가 보이는 것 같았고, 귀에는 어떤 귀에 익은 소리가 들리는 듯 한길의 대로 쪽을 바라보던 눈길은 아직 가족을 향해서 돌리지 않았다. 어머니는 아직도 식구들의 존재를 바르게 인식하지 못하고, 어렴풋이 어른거리는 환시와 들릴 듯 말 듯 희미한 환청 같은 소리에 이끌리고 사로잡힌 듯 계속하여 정신을 차리지 못하시고 마치 무엇엔가 홀린 듯 헛것을 보고 계신 것이 틀림없었다.

점점 몰려오는 한기로 온몸을 마구 떨어대면서도 아무것도 없는 먼 허공을 향하여 자꾸 손짓을 하던 것으로 봐서 그랬다. 이건 어머니가 지금 자기 앞을 가까이 스치며 지나가는 어떤 사람을 부르는 모습과 흡사했다.

이 순간, 재숙은 잠깐의 틈새를 통해 곰곰이 생각해보니 아마도 어머니가 맏아들인 자신의 남편이 아닌 막내아들 영준을 찾고 있을 것이란 생각이 전광석화처럼 스쳤다.

그건 틀림없이 그랬다. 이 세상의 어머니라면 누구나 쉽게 생각이 미칠 것이었다. 어머니는 장남을 깊이 신뢰할망정 이런 긴박할 때는 틀림없이 오랜 기간 시골에서 함께 살아오며 고운 정 미운 정이 골고루 듬뿍 든 막내가 더 기억에 남아있을 것이기 때문이었다. 더군다나 제 수명을 다하지 못하고 일찍이 저세상으로 가버린 막내는 틀림없이 몸이 많이 쇠약해지고 일종의 정신이 혼미한 어떤 병까지 앓고 있는 요즘, 어머니의 가슴 속 깊숙이 여전히 그대로 생생하게 묻혀 있을 터였다.

순간, 재숙은 어머니의 이런 혼란스러운 모습을 보자 자식은 부모가 죽으면 산에다 묻고, 먼저 죽은 자식은 부모의 가슴속에 묻힌다는 옛말이 새록새록 생각나며, 먼저 간 사랑하는 막내자식을 잊지 못하시는 어머니의 간절한 사랑이 가슴을 아프게 적시기 시작했다.

부부는 시골에 모셔다놓고 여전히 도시생활에 잘 적응도 못하시는 외롭고 적적한 어머니에게 너무 소홀하여, 어머니가 은연중 너무나 허전하여 막내를 생각하다 그만 부지중 찾아 나선 게 아닌가 반성하지 않을 수 없었다. 그래서 손자 손녀들에게도 할머니에게 웃는 얼굴로 고마워하며 더 살갑게 대하라고 당부를 하고, 자신들도 더욱 정성을 다하여 어머니를 보살피며 모시자고 서로 다짐 또 다짐을 했다.

그런데 오비이락이랄까? 배나무에서 까마귀가 날아가자 공연히 다 익은 배가 뚝뚝 떨어진다더니 요즘의 어머니 경우가 흡사 그랬다.

갑작스런 한밤중의 사라짐으로 식구들의 간담을 철렁 내려앉게 한 그 긴장과 놀람의 여파가 채 가라앉기도 전에 비슷한 일이 며칠 뒤에 또 일어나고 말았다.

이날도 가장 먼저 퇴근한 재숙이 급한 마음으로 집에 오자마자 어머니부터 찾았는데, 늘 방안에서 텔레비전을 크게 켜놓고 이따금씩 술을 마시고 담배를 피우고 계시다가 반갑게 그녀를 맞이하시던 어머니는 보이지 않고 텔레비전은 저 혼자서 요란하게 떠들어대고 있었다.

그러나 지금은 밝은 대낮이니 앞 가게에 잠깐 무엇을 사러 가셔서 불편한 몸이라 좀 늦으시는구나 생각하며 기다리던 어머니는 한참을 기다려도 내내 기척이 없었다. 거북이 보고 놀란 가슴 솥 뚜껑 보고 놀란다고, 며칠 전 어머니의 야밤 가출로 혼이 난 재숙은 또 가슴이 두근두근 두방망이질을 하며 마구 뛰지 않을 수 없었다. 결국 짧은 가을해가 아파트 앞 동들의 건물 사이로 쫓기듯 빨리 사라지고 어둑어둑 사방에 땅거미가 내려앉자 불안감은 몰려오는 어둠과 함께 종잡을 수 없이 빠르게 큰 두려움으로 변해서 도저히 집 안에서 가만히 기다리고 있을 수가 없었다.

"혹시 오늘 오후에 우리 어머님 못 보셨나요? 머리가 하얗고 키가 작고 걸음이 느린 할머니……"

여러 동의 경비실마다 들락거리며 묻고 지나가는 행인들을 잡고 수소문을 하였으나 결국 신통한 답을 얻을 수가 없어서 할 수 없이 무거운 발걸음으로 터벅터벅 집으로 돌아와 경찰에 신고를 할까? 망설이며 부글부글 속을 끓이고만 있을 때였다.

그런데 시끌벅적하게 여러 곳을 훑으며 어머니를 애타게 찾아 다닌 홍보의 효과가 조금 후에 곧바로 나타났다. 세상에 공짜는 없다더니 직접 두 발로 뛰어다니며 부르짖은 선전효과였다.

"저쪽 동에 전혀 모르는 어떤 할머니가 불쑥 집으로 들어와서 나가지 않겠다고 버티고 있어서 난리가 났답니다."

경비원의 전화였다. 집에서 제법 멀리 떨어진 동의 같은 층수

다른 집에 머리가 하얀 나이가 많은 할머니가 들어와서 방 하나를 떡 차지하고는 주인의 말을 듣지도 않고 자기 집이라고 계속 우겨대고 있다는 것이었다. 그 집에서는 생전 처음 당하는 마치 대낮의 귀신에 홀린 듯한 이상한 일에 차마 할머니를 경찰에 신고도 하지 못하고 보호자를 찾으며 골머리를 앓고 있다는 것이었다.

재숙이 부리나케 달려가 보니 아니나 다를까? 역시 어머니가 틀림없었다. 어머니는 언제나와 같이 입고 있던 겉옷도 벗어 윗목에 던져놓고 양말도 벗어 놓은 채 정말 자신의 방에서처럼 한껏 여유를 부리고 앉아있었다.

"잠시 집안 환기를 시킨다고 문을 열어놓았는데, 갑자기 할머니가 들어와 자기 집처럼 떡하니 방안에 버티고 앉아서, 정색을 하고 당당한 자세로 오히려 나에게 누구냐고 묻는 바람에 그만 내가 헷갈릴 정도였어요……"

부랴부랴 찾아간 재숙에게 그 집의 젊은 주인아주머니가 하던 말이 이랬다. 그녀의 말처럼 어머니의 행동도 여지없이 그랬다. 전혀 꾸밈이라고는 없는 진솔함 그 자체였다.

"어머님, 이제 우리 집으로 가요. 오랫동안 어머니를 찾고 있었어요."

"뭐라고? 도대체 가기는 어딜 간단 말이냐. 여기 내 집을 이렇게 놔두고."

어머니는 그냥 우기시는 것이 아니라 생판 남의 집을 실제로 우리 집이라고 믿고 계신 것이 틀림없었다. 말씀과 표정에는 조금의 가식이나 흔들림도 없었다.

"참, 별 소릴 다하는구나. 늙은이가 이 밤에 가기는 어딜 가? 여기 내 집에 있어야지."

"어머님, 여긴 남의 집이에요. 보세요. 저기 있던 뒤주장도 없고, 텔레비전도 없고, 어머님 드시던 술병도, 재떨이도……, 아무것도 없잖아요?"

"그 참 이상하네. 말캉 어데로 치웠나? 금방 저기 있던 것들을……"

그제야 어머니의 얼굴에 약간씩 동요의 빛이 일더니 남의 집이라는 사실을 서서히 깨달으며 시인했다. 그래도 속은 것처럼 한동안 못 믿는 것 같이 한참동안 두리번거리다가 겨우 못이기는 체하고 재숙을 따라 나섰다. 그러나 아직 그 집 주인에게 미안하다는 사과의 인사 따위는 전혀 없었다.

요즘 이런 전혀 석연치 않은 일이 사랑하는 어머니에게 가끔씩 일어나고 있었다.

바로 또 그 며칠 후의 일이었다. 이날도 이와 비슷한 일이 일어났다. 잠시 참으로 오랜만에 바람을 쐬러 나오셨던 어머니가 아파트 단지 내를 주의를 기울이지 않고 몇 발짝을 걸은 모양이었다. 요즘 아파트라는 것이 동마다 모양이나 크기나 색깔이나……,

모든 것이 판에 박은 듯이 똑 같아서 처음 방문하는 낯선 이방인에게는 구분이 어렵게 되어있기 십상이었다.

특히 각 동의 입구는 그 위에 쓰인 동호수의 숫자를 보지 않으면 이곳에 살고 있는 사람이라도 헷갈려서 혼동을 하기 마련이었다. 띄엄띄엄 각기 모양이 다른 집들이 여기저기 우거진 각종 큰 나무들과 언덕과 담장과 울타리에 싸여 흩어져있던 한적한 시골 풍경에 눈이 익은 어머니는 이곳도 비슷할 것이라는 생각에 주의를 기울이지 않고 길을 걷다가, 다른 동의 비슷한 층의 남의 집 문을 착각하여 우리 집이라고 자기가 가진 열쇠로 애써 열어도 열리지를 않으니 문을 열어달라고 제법 오랫동안 요란하게 두드린 모양이었다. 그 바람에 깜짝 놀란 그 집 주인으로부터 항의가 거세었다.

이때 어머니는 몹시 화가 솟았는지 실수를 한 보통 노인들보다는 오히려 그 집 주인을 크게 나무라며 한발 더 나가기는 했다.

"왜 문을 열어주지 않는 거냐? 너희들이 지금 늙은이를 집에 못 들어오게 하려고 일부러 문을 잠가놓고 막고 있는 거지?"

문을 열고 이곳은 할머니 댁이 아니라고 설명하는 집 주인에게 미안하다는 말을 하기는커녕 어머니는 적반하장으로 그들이 계획적으로 자기를 따돌리려고 거짓말을 한다고 우겨대면서 애꿎은 주인을 큰소리로 호되게 꾸짖고 말았던 것이다. 이건 절대로 어머니의 본래 성품이나 태도가 아니었다.

게다가 이런 경우 식구들이 급히 데리러 가도 어머니는 좀처럼 의심의 눈초리를 거두지 않고 더욱이 자신의 잘못을 시인하지도 않고 오랫동안 끈질기게 억지를 쓰고 버티며 그대로 계속하여 고집을 피우기 일쑤였다. 이거야말로 매우 합리적이며 배려심이 남달랐던 어머니가 최근에 빠르게 달라지고 있는 비뚤어지고 일그러진 일면이었다.

까딱 잘못하면 젊은이들도 혼동할 수 있는 똑 같은 모양의 아파트에서 비슷한 층의 남의 집을 자기 집으로 오인하는 일은 나이든 노인들에게는 흔히 있을 수 있는 일이지만, 이런 경우 어머니는 자신의 실수를 아는지, 정말 모르는 것인지 좀처럼 인정하지 않으려 하셨다. 요즘 들어 이런 일이 부쩍 자주 일어나니 가끔 매스컴을 통해서 들은 것처럼 어머니의 눈썰미와 방향감각, 판단력, 지각력 등 여러 가지 인지능력과 감각 기능이 약간씩 둔해지고 있다는 느낌 정도는 받았다.

하지만 식구들은 여전히 어머니를 너무나 사랑하고 존경하였기에 아직도 노인들에게 흔히 있을 수 있는 나이 탓으로 돌리며 어떤 병적인 질환이라고 심각하게 받아들이지는 않았다. 이 정도야 한바탕 웃고 넘길 우스갯소리이자 대수롭지 않은 누구나 흔히 할 수 있는 단순한 실수일 뿐이라고 여기며 또 그냥 구렁이 담 넘어가듯 슬그머니 어물쩍하게 넘어가고 말았다. 모두들 이야기꺼리는 되었지만 마음에 깊이 새기지는 않았던 것이다.

하지만 재숙은 어머니의 부쩍 늘어난, 전에는 결코 없던 요즘의 이상한 행동들이 도시생활에 적응이 늦은 시골 노인들이 흔히 겪을 수 있는 일종의 부적응일 수도 있다고 생각하며 어느 정도 이해를 하면서도, 다른 한편으론 이건 아무래도 매우 심한 색다른 정신적 증상이라는 생각에 고개를 심하게 갸웃거리며 알쏭달쏭하기 그지없어 했다.

이것이야말로 민감한 며느리, 여인으로서 그녀에게 닥친 좀처럼 풀리지 않는 퍼즐이었다.

시어머니는 젊어서부터 보통사람들보다 더 정확하시고, 부지런하기는 이루 말로 다할 수 없었으며 특히 손주들의 친구들에게도 존댓말을 쓸 정도로 예의가 바르고 행동거지가 분명하신 분이셨기 때문이다. 그래서 그녀는 며느리로서 그러한 시어머니를 남달리 존경하며 세상에서 둘도 없는 가장 소중한 분으로 내심 사랑하고 있었다.

요즘처럼 쓸데없는 고집을 피우거나 가당치 않은 생떼를 마구 쓰거나 무조건적으로 우겨대거나 함부로 막말을 내뱉고 시도 때도 없이 마구 큰소리를 질러대는 분과는 그야말로 하늘과 땅의 차이만큼이나 거리가 가물가물하게 아득히 먼 분이셨다. 특히 예전에 하시던 그대로 남자를 소중하게 여기던 행동은 지금도 여전하여 갈래 길에서 남자들이 지나가면 잠시 걸음을 멈추어 그가 먼저 지나가도록 길을 비켜주었고, 연세 많은 이웃 노인들을 받들고 예우하기를 마치 시어른을 모시듯 하신 매우 예의바른 분이셨다.

그런데 아, 어찌 이런 일이? 놀라운 일은 연이어 벌어지고 있었다.

더군다나 요즘 어머니가 농담이나 장난기가 전혀 없는 말짱한 표정으로 무심코 거울을 들여다보시며 마치 누구와 대화를 하듯이 중얼거릴 때는 가까이서 듣는 식구들로 하여금 농담과 웃음이 싹 가시게 만들었고 한편으로는 섬뜩한 두려움이 일게도 했다. 혹시 몹쓸 정신병이 드셨거나 흔히 무당들이 말하는 잡귀에 사로잡히신 것이 아닌가? 하는 의심이 부쩍 들게 만들기도 했던 게 사실이다.

"아유! 저 노인이 누구여? 얼굴이 쭈글쭈글하고 머리가 솜같이 하얀 게 정말 많이도 늙었네."

"그것 참, 처음 보는 얼굴 같은데 안면이 많네……. 어쩐지 낯이 많이 익었어……. 분명 사돈댁은 아닌 것 같고? 그래, 할머니, 여기 누구를 찾아오셨소?"

어머니는 자주 거울에 비친 자기 얼굴을 빤히 들여다보며 이렇게 진지한 혼자만의 대화를 나누곤 하셨다. 거울에 비친 자신의 얼굴을 자신이 아닌 집을 찾아온 손님으로 착각하신 것이었다.

그런데다가 이런 이치에 전혀 맞지 않는 어긋난 행동을 아무런 스스럼없이 자주 할 때쯤에는 안타깝게도 그에 걸맞은 여러 가지 일들이 줄줄이 뒤를 따랐다. 어머니의 빠른 변화는 놀라움 그 자체였다. 어머니가 갑자기 제 철에 전혀 맞지 않는 옷을 꺼내서 입으시기도 하고, 속옷으로 입어야할 옷을 겉옷 위에 걸쳐 입는 등 매우 우스꽝스런 모습을 하고서도 아무런 거리낌이 없었다. 그런 이상한 차림새가 당연하다는 듯이 가끔 밖으로 나가서서 아픈 다리를 절름거리며 아파트 주위를 배회하시는 것쯤은 예삿일이 되어버렸다. 보는 사람마다 어머니를 이상한 눈으로 쳐다보았지만 당사자인 어머니는 정작 아무것도 모르고 전혀 개의치 않았다.

한번 도진 증세는 수레가 내리막길을 내려가듯, 마른 섶에 불이 붙어 타오르듯 점점 빠르게 악화되어 가고 있었다. 당연히 어머니의 그러한 행동을 보는 누구의 눈에도 요즘 어머니가 매우 이상해졌다고 보지 않을 수 없었다. 어머니의 이상야릇한 여러 가지 행동들이 보는 모두에게 그런 생각을 하도록 점점 강하게 부채질을 하고 있었다.

어느 날 아침을 함께 먹고 영덕이 여느 때와 같이 현관문을 열고 출근을 하려는데 갑자기 어머니가 배웅을 하듯 쪼르르 뒤를 따르더니 현관에서 신발을 신는 아들을 향하여 느닷없이,

"오빠야, 이렇게 아침 일찍 어디를 가는데? 나도 같이 가자."

식구들이 어머니의 그 말을 듣고 장난으로 하는 말인 줄 알고 폭소를 터뜨리자 어머니가 자기의 잘못을 퍼뜩 눈치를 챈 것 같이 머쓱해 하더니 이번에는 고개를 갸웃거리며 하던 말인즉,

"어? 오빠가 아니고 삼촌이었나?"

이런 어머니의 어쭙잖은 연기에 또 다시 집안에 폭소가 일며 발칵 뒤집히고 말았다. 하지만 이건 절대로 그냥 웃어넘길 수 있는 즉흥적인 연기가 아니었다. 이럴 때의 어머니의 얼굴을 자세히 살펴보면 평소와 같이 기분이 조금도 들뜨지 않은 호수처럼 잔잔한 상태였고, 조금의 농담 끼도 섞이지 않은 얼굴에는 진지함이 그대로 흐르고 있었다. 어쩌면 이건 어쩔 수 없는 정신적 착란에서 오는 슬픈 연기였다.

이런 일들은 집안 식구들만 있을 때는 가볍게 연세가 많이 든 할머니의 실수나 우스갯소리로 그냥 가볍게 지나칠 수 있었다. 하지만 다른 집 사람이 개입되게 되면 사정은 훨씬 다를 수밖에 없었다. 가끔 찾아오는 손주들의 친구의 경우가 바로 그랬다.

아하, 세상엔 참으로 이런 놀라운 일도?

갑작스레 사춘기 소녀가 되어버린 할머니를 어찌 상상이나 할 수 있을까?

하지만 바로 우리 어머니, 어느 날 갑자기 흰머리 소녀로 변해버린 어머니가 바로 그 가늠자가 되었다. 고등학생인 손자 정빈이의 친구가 놀러오면, 전에도 자주 본 적이 있는 아이인데도 불구하고 요즘 들어서는 처음 본 낯선 남정네를 만난 듯 얼굴을 붉히시며 보자마자 얼른 자기 방안으로 도망치듯 숨어버리시기 일쑤였다.

이런 어머니의 행동거지와 모양새를 가만히 지켜보노라면 흡사 속으로 깊이 연모하는 청년이지만 겉으로는 아닌 듯 내외하며 심하게 부끄러움을 타는 시골 처녀와 똑 같다는 생각이 들었다. 어머니는 쉬지 않고 흘끔흘끔 곁눈질을 해대고, 몸을 숨긴 채 문틈으로 빠끔히 내다보시며 바깥 거실에 있는 손자 친구의 동정을 주의 깊게 살피기도 하셨다. 그러다가 공연히 거실에 무슨 볼일이라도 있는 것처럼 몰래 살금살금 나와서 이리저리 그 친구의 주위를 분주히 왔다갔다 설쳐대시며 도통 마음과 행동의 갈피를 잡지 못하시는 것 같았다.

"할머니, 안녕하세요? 오랜만입니다."

정빈의 친구가 평소와 같이 다정스레 인사를 하며 가까이 다가가기라도 할라치면 어머니는 새색시처럼 열없어 하시며 부끄러워 더욱 몸을 도사리며 안절부절 못하셨다. 전에는 전혀 볼 수 없었던 진귀한 풍경이 최근 들어 자주 일어나고 있어서 식구들을 깜짝깜짝 놀라게 만들었다.

"아이고, 난 몰라. 몰라, 이를 어떻게 해? 부끄러워……"

자주 놀러오던 정빈의 친구도 요즘 갑작스런 할머니의 이상한 행동 변화에 놀라서 처음에는 당황하더니, 이제는 할머니의 이상한 증세를 눈치 채고 재미를 느끼며 때로는 능글맞게 짓궂은 장난기까지 발동할 정도였다. 그는 얼굴까지 돌려대며 심하게 부끄럼을 타는 할머니의 이상한 행동이 무척 재미있다며 일부러 할머니에게 가까이 다가가 농담을 건네고 놀려대기도 했다.

"할머니, 아니 아가씨, 왜 갑자기 그래요? 내가 그렇게 좋아요? 하하하……"

"어머나, 아이고, 망측해라……"

이렇게 몸서리를 치는 시늉을 하며 말씀하실 때면 흡사 나이 어린 사춘기의 아가씨가 몰래 속으로 연모하던 옆집 총각 앞에서 수줍음을 타는 행동 같기도 했다. 어머니는 정빈의 친구 앞에서 분명히 지금 자신의 존재를 먼 시공을 훌쩍 건너뛰어 어릴 적 앳된 소녀로 착각하고 계신 것이 분명했다. 이럴 때의 어머니를 가까이서 자세히 살펴보노라면 현재의 쭈글쭈글한 늙은 모습과 전혀 어울리지 않는 앳된 표정과 행동은 이미 까마득히 오래 전에 아무런 흔적도 남기지 않고 지나가버린 순진하고 어린 소녀시절의 것이 분명했다.

아마도 젊은 고등학생을 보며 과거 처녀 시절의 지나간 기억이 되살아났는지도 모를 일이지만 지금 어머니는 퍼뜩 스쳐가는 잠깐의 기억에 그치는 정도가 아니었다. 부끄럽다고 얼굴을 돌리고 눈길을 어디다 둘 줄 몰라 허둥대며 마냥 눈망울을 내리깔고, 애꿎은 손등만 만지작거리던 모습은 바로 어린 시절 소녀의 것이 분명했지만, 지금 어머니는 마치 그 시절로 환생이라도 한 듯 그 행동을 계속 되풀이하고 계신 것이었다. 이럴 때면 정말 쭈글쭈글

주름지고 시커먼 검버섯에 덮인 얼굴에 갑자기 홍역을 앓는 아이처럼 빨갛게 홍조가 일었고, 이제는 이미 노화로 굳어버린 온몸을 비비 꼬아대기도 하셨다.

"이봐요, 아가씨, 난 아가씨가 정말 너무 좋아서 미치겠어. 하하하……"

정빈의 친구가 할머니에게 슬그머니 다가가서 덥석 손목을 잡기도 하고 짓궂게 장난을 치고 치근대며 좋아하는 시늉을 하면 할머니는 그만 방으로 쏜살같이 줄행랑을 놓았다. 그럴 때의 토끼처럼 잽싸고 민첩한 동작은 평소 다리가 아프다고 꾸물대며 축 처지고 늘어졌던 모습과는 상상도 하지 못할 만큼 거리가 멀었다. 이는 보는 식구들로 하여금 웃음보다는 생의 허무와 서글픔을 느끼게 하고 있었다.

이런 어수선한 가운데에도 무심한 세월은 좁은 창살 사이로 말[馬]의 그림자가 스쳐가듯 하염없이 빠르게 흘러가고 있었다. 그것은 보통사람들에겐 그냥 강물이 넓은 강줄기를 따라 유유히 흘러가듯 평범한 세월일지 몰라도, 하루가 다르게 사랑하는 어머니에게 심히 엉뚱하기도 하고, 마음 편히 안심하지 못할 평범하지 않은 일들이 수두룩하게 이어서 발생하는 가족에겐 마치 서커스의 재주꾼이 높은 외줄을 타듯 아슬아슬하고 긴장된 시간의 연속이었다.

그런데 아니나 다를까? 이제는 어머니가 시간에 대한 인식과 관념까지 점차 허물어지며 옅어진다는 사실이 불을 보듯 확실하게 현실로 나타나고 있었다.

어머니는 타고난 성격이 부지런하고, 부지런한 사람이 흔히 그러하듯 그만큼 시간관념이 철저하고 확실한 분이셨다. 시골에서 남편도 없고 가진 재산도 없이 사시사철의 갖가지 바쁜 농사일과 여러 종류의 많은 가축을 기르자면 일촌광음불가경一寸光陰不可輕이라 촌음이라도 극히 아껴야 했다. 해가 뜨기 전 이른 새벽부터 어두운 밤중까지 제 때에 맞추어 꼭 해야만 하는 수많은 일 때문에 시간에 매우 철저함은 물론 여간 부지런하지 않고서는 그 무수히 많은 눈앞의 일들을 때맞추어 올바르게 해나가기가 힘든 형편이었다.

그토록 밤낮없이 고생하며 어린 사남매를 키우면서 아이들이 약속을 철저하게 지키는 것과 시간에 맞춰 자기 할 일을 하나하나 빠짐없이 확실하게 해 나가도록 교육을 매우 엄하게 시키시며 그만큼 스스로도 모본을 보이며 책임을 다하시던 분이 바로 어머니였다.

"얘들아, 어서 일어나서 밖으로 나와서 맡은 일들을 해라. 벌써 해가 떠서 똥구멍을 찌르겠다."

"좀 더 자자, 좀 더 자자, 하면 가난이 도둑놈처럼 몰래 집으로 들어온단다."

"절대로 게으름 피우지 마라. 몸이 편하면 따라서 입도 편한 법이란다."

"잠은 늙어서 죽으면 땅속에서도 얼마든지 푹 잘 수 있다."

영덕은 어릴 적에 어머니가 훈계하며 자주 입에 담고 나무라고 타이르던 말들이 귀에 딱지가 앉을 만큼 자주 들어서 지금도 귀에 쟁쟁쟁 울리고 있었다. 아침이면 늦잠을 자지 못하도록 잠을 깨워 짐승들에게 먹이를 주고 마당을 쓸게 했고, 자신의 할 일을 스스로 찾아서 하고 게으름을 피우지 못하도록 나름대로의 크고 작은 일을 맡기고, 그 많은 임무들을 깔축없이 잘 해나가도록 꾸준하게 경계하며 확인하셨다.

자식들을 이토록 부지런하도록 무진장 닦달하며 그러기 위해 그만큼 어머니 자신은 자기관리에 더욱 철저함은 물론 자녀들이 약간만 나태하고 자세가 흐트러져도 눈물이 핑 돌만큼 호되고 따끔하게 나무라기를 주저하지 않으시던 분으로 동네사람들 모두가 하나같이 인정하고 있었다. 그런 어머니의 꾸준한 격려와 가르침 덕분에 사남매는 올바르게 자라면서 동네 사람들로부터 늘 착하고 정직하고 부지런하다는 칭찬을 들을 수 있었다.

최근까지도 늘 그토록 빈틈없이 모든 생활에 쉬지 않고 일정하게 똑딱거리는 벽시계의 추처럼 철저하시고 정확하시던 어머니가 어느 날 갑자기 새벽녘에 일어나셔서 저녁밥을 달라고 방문을 쾅쾅쾅 마구 두드리며 큰소리를 쳤다. 식구들은 모두가 곤한 잠에 떨어져 있었다.

"애야! 오늘은 왜 저녁밥을 주지 않느냐? 무슨 일이 있었나? 저녁을 굶었더니 등가죽이 뱃가죽에 달라붙도록 너무 배가 고파서 도저히 잠이 안 온다. 아무리 바빠도 제발 먹을 것 좀 다오……"

어머니의 태도는 너무나 당당하셨다. 지금 때마침 늦은 저녁때가 되어 배가 몹시 고프니 당장 저녁밥을 먹어야겠다는 당연한 생각이었다. 추호도 꾸며낸 기색은 없었다. 그러나 안타깝게도 현재의 시각은 새벽이었다. 깜짝 놀라 먼저 잠을 깬 재숙은 어리둥절할 수밖에 없었다. 어머니보다는 오히려 자신이 혹시 착각하여 시계를 잘못 보지나 않았나 싶어 한동안 의심을 해야 할 정도였다.

"어머님, 지금 새벽이에요. 어제 저녁에는 모처럼 끓인 청국장이 옛 맛 그대로 맛있다며 밥을 많이 드셨잖아요?"

"무슨 소리냐? 겨우 점심 한 술 먹고 나서 지금까지 쫄쫄 그냥 굶었다. 하마나 저녁밥이 나올까? 이제나 저제나 얼마나 기다렸는지 아느냐? 아이고, 배고파 죽겠다. 어서 밥이나 한술 좀 다오. 반찬은 없어도 된다."

할 수 없이 재숙이 눈을 비비며 일어나 어제 저녁 먹던 그대로 대충 밥을 차려드리니 어머니는 정말로 배가 심하게 고팠던 듯 눈 깜짝할 사이에 밥그릇을 몽땅 비우던 것이었다. 재숙은 어제 저녁도 많이 드시고 또 이어서 이렇게 새벽에 다시 음식을 많이 드시는 어머니를 보며 사람의 두뇌가 생각하기에 따라 잔뜩 부른 배도 빠르게 고파지는 신체의 오묘한 변화에 너무나 깜짝 놀라며 혀를 내두르지 않을 수 없었다.

그러나 요즘 어머니는 몸뿐만 아니라 정신의 변화는 신비롭고 신기하셨다. 이상하리만큼 신기하고 더욱 신기하여 어머니를 대하는 여러 사람을 크게 놀라게 만들었다.

요즘 어머니는 그랬다. 이렇게 시간적으로 가까운 일들은 자주 잊기도 하시고 전후좌우가 뒤바뀌고 헷갈려서 걸핏하면 혼동을 하시면서도 수십 년 전에 있었던 일, 어른들의 제삿날이나 아들딸의 생일은 물론 어린 시절에 있었던 사소한 일들을 곧잘 말씀하셨는데, 마치 금세 공책에 적어둔 것을 외운 듯 아주 정확했다.

어머니의 최근 기억상태를 찬찬히 살펴보면 상식을 훌쩍 뛰어넘을 정도로 보통 사람의 기억과 마치 정반대라도 되듯 너무나 다른 것이 볼수록 신기하기 이를 데 없었다. 그건 가장 가까운 최근의 일들일수록 더 많이 잊어버리거나 자주 틀리며 혼동을 하셨고, 먼 과거의 오래된 일들일수록 마치 금방 눈으로 본 듯 더욱 자세히 잘 기억하는 것이 분명했다.

그래서 한동안 모두의 기억에서 까마득하게 사라졌던 아련히 먼 과거, 기억의 저편 너머로 아스라이 사라졌던 많은 일들이 최근 들어 이 가정에서는 가뜩이나 정신이 희미한 어머니의 입을 통해서 다시 새롭게 재생되어 때때로 아름다운 이야기의 꽃을 피우고 있었다.

이렇게 얼마 전까지만 해도 전혀 경험하지 못했던 이상한 상황이 시어머니에게 계속되자 재숙은 서서히 다가오는 두려움으로 변해버린 불안이 점차 그 도를 더하며 점점 진해지더니 순간순간 더럭 겁이 나지 않을 수 없었다.

그랬는데 아뿔싸! 이를 어쩌나?

이제 어머니는 분명히 자기들을 지켜주던 강력한 보호자라는 든든한 버팀목에서 마침내 식구들의 보호를 받고, 식구들이 지켜주어야 할 대상으로 변했다는 생각은 막연한 두려움과 공포가 되어 시시때때로 이 가족들을 엄습하고 있었다.

혹시 정신이 없는 어머니가 깜빡 잊고 문을 열어두셔서 못된 도둑놈이 들어와 집안 살림을 도둑질해 간다든가? 부엌에서 어떤 실수를 하셔서 그릇을 깨드린다든가? 목욕탕 물을 잠그지 않아 욕실에 물이 넘치고 또 바깥에서 길을 잃고 헤매는 정도는 별 문제가 되지 않았다. 그런 것쯤은 얼마든지 가볍게 치유가 가능하기 때문이었다.

하지만 혹시 가스레인지에 음식을 데우시다가 깜빡 잊고 불이나 내지 않으실까? 담배를 피우시다가 이불이나 옷가지에 불이나 옮겨 붙지 않을까? 이것저것 마구 함부로 만지시다가 어디 예리한 것에 크게 다치지는 않으실까? 혹시 젖은 손으로 전기 기구를 만지다가 감전은 되지 않으실까? 무심코 바깥으로 나가 헤매다가 교통사고나 당하지 않으실까?……, 이런 심각한 것들이 늘 직장 때

어머니의 용돈

문에 곁에서 오로지 돌보지 못하는 시어머니에게 붙어 다니는 식구들의 진한 걱정거리였다.

　요즘 들어 몸이 눈에 띄게 쇠약해진 어머니가 어쩐지 이상하게 그 차돌처럼 여물던 마음까지 변한다고 생각하고 있었는데 날이 갈수록 미끄러운 얼음판에 대책 없이 급하게 미끄러지듯 더욱 급한 속도로 아주 몰라보게 많이 변하고 있었다. 갑작스런 변화, 그건 단순한 변화를 넘어 모든 영육靈肉간의 극심한 악화에 가까웠다.

　재숙은 어머니가 누구보다 사랑하는 손자에 대한 태도의 변화가 바로 그 척도라고 생각되며, 이제는 혹시라도 노인에게 흔히 있을 수 있는 그런 만일의 경우에 대한 걱정까지 아니 할 수 없었다.

　고등학교에 다니는 아들 정빈은 마치 초등학교 저학년 학생처럼 갖은 어리광을 부리며 사랑하는 할머니에게 더욱 살뜰한 사랑을 받으며 바쁜 중에도 할머니에게 가까이 다가가려고 무던히 애쓰고 있었다. 세상에 할머니만큼 그 손자를 사랑하는 사람이 또 어디에 있을까? 같이 있거나 떨어져 있거나 손자야말로 자식에 비교할 수 없을 만큼 눈에 넣어도 하나도 아프지 않을 귀엽고 사랑스러운 법이었다. 정빈은 그런 할머니의 진한 사랑을 늘 피부로 느끼고 있었지만 새벽부터 밤늦게까지 공부에 쫓기다보니 좀처럼

그 짙은 사랑에 가까이 다가갈 수가 없었다. 그래서 할머니의 사
랑을 확인하기 위해서 늘 이른 새벽마다 학교로 출발하기 전에 현
관에 서서 앵무새처럼 똑 같은 말로 외치던 것이었다.

"할머니, 저 오늘 학교에 다녀올게요!"

"아이고! 우리 맏손자 어서 잘 다녀오시게! 공부 열심히 하고 찻
길 조심하고……"

매번 변함없이 똑같은 두 사람, 조손 사이의 대화였지만 서로
오가는 정의 깊이는 날이 갈수록 더욱 애틋해지고 있었다. 서로
마주 대하는 시간이 점점 줄어들고 있었기 때문이다.

정빈은 혹시라도 할머니의 대답이 늦거나 없으면 그냥은 절대
로 현관을 떠나지 않았고, 마찬가지로 할머니의 승낙이 없는 한,
바깥으로 한 발자국도 떼어놓지 못하겠다는 듯 대문을 활짝 열어
두고 바르게 선 채로 몇 번이고 되풀이하여 고래고래 큰소리로 외
쳐댔다.

"할머니, 저 학교에 다녀오겠습니다. 할머니, 우리 할머니……"

시어머니 역시 이렇게 새벽마다 어리광을 부리는 덩치가 산만
한 다 큰 손자의 재롱이 무척이나 반갑고 고마운 모양이셨다. 그
래서 딴 볼일을 보다가도 새벽녘에 손자가 혼자서 일찍감치 밥을
먹고, 큰 가방을 둘러메고 집을 나갈 때쯤이면 문설주에 토끼처럼
귀를 쫑긋 세워서 대고는 손자의 부르는 소리를 은근히 기다리곤
하셨다. 베란다에서 다른 일을 보시다가도 항상 손자 쪽으로 귀를

크게 열어두고 계시다가 손자의 등교 인사말이 들리면 부리나케 쫓아와 늘 하던 것과 똑같은 말로 정든 배웅을 하시던 것이었다.

그러던 것이 요 몇 달 사이에 하루가 다르게 어머니의 상태가 마치 자신에 대해서 아무것도 모르는 전혀 다른 사람처럼 변해가고 있었다. 밖으로 드러나는 겉모습은 무엇인가 깊은 생각에 골똘한 것 같으면서도 정작 발을 붙이고 세상을 살아가는 일상적인 일에는 강 건너 산에서 훨훨 타고 있는 불길을 구경하듯이 너무 무관심하여졌다.

결국 손자 정빈이 현관에 서서 한참동안 앵무새와 같이 고함을 여러 번 질러대도 들으셨는지, 못 들으셨는지 방안에 우두커니 앉은 채로 아무런 반응이 없는 날들이 자주 이어지고 있었다.

이건 손자에게 뿐만이 결코 아니었다.

어머니는 일찍부터 남편 없이 자녀들을 키우면서 특히 장남인 영덕을 집안의 기둥으로 의지하며 아들의 일거수일투족에 대한 관심과 걱정은 너무 지나치다고 할 정도로 집착이 매우 강하셨다. 요즘에도 술과 친구를 좋아하는 아들의 귀가가 많이 늦어지는 날이면 마치 사랑하는 연인을 기다리듯 초조하여 조바심을 내며 잠시도 느긋하게 가만히 앉아 계시지 못하고 대문을 들락날락거렸다. 그러다가 기다림이 더 길어지면 아픈 다리에도 불구하고 그만 분주하게 아파트의 계단을 오르락내리락 하시며 불안과 초조로 안절부절 못하던 것이 바로 어머니의 성정이었는데, 이것 또한 요즘은 아들의 늦은 귀가에도 아예 관심도 없는 듯 아랑곳하지 않았다. 늦게 들어온 아들을 보고도 크게 반기지도 않을 뿐만 아니라 그냥 닭이 말뚝에 매인 소를 보듯 무관심으로 일관하고 계셨다.

그런데 이런 지나친 현상 또한 늘 일정하게 지속적이지 않고 때로는 이랬다 저랬다 들쭉날쭉하여 아직 이렇다 할 어떤 섣부른 판단을 내리기에는 무척 알쏭달쏭하고 모호하기 그지없었다. 어머니는 가끔 때로는 정신이 없는 것 같기도 했지만, 십중팔구 대부분의 일상생활에는 예전과 같이 태도가 분명하고 정신이 말짱하여 무어라고 이렇다 할 단정을 내리기가 심히 어중간하기만 했다.

특히 집에 손님이라도 오는 날이면 어머니는 갑자기 환골탈태라도 하듯 예전의 건강했던 모습으로 급히 돌아가 순식간에 확 변하셨다. 오랜만에 초인종이 울리고 현관이 떠들썩해지면 어머니는 누구보다 먼저 앞으로 나가서서 손님을 반갑게 맞이하며, 그간의 활기가 없고 축 늘어져있던 잔뜩 침체된 태도가 갑작스레 어디론가 감쪽같이 달아나버리던 것이었다. 어머니는 식구들하고만 있을 때보다 정신이 더욱 멀쩡해지시고 초롱초롱 맑아져 새로운 기운이 넘쳐흐르는 바람에 모처럼 온 손님들은 어머니의 보통 때의 정신이 흐릿한 상태를 도무지 눈치 채지 못할 정도였다.

어머니의 생신날이나 명절날은 물론이거니와 가끔 시동생 내외와 또 멀리서 시누이 부부가 아이들을 데리고 한꺼번에 놀러와 집안이 온통 잔칫집처럼 왁자지껄 떠들썩하게 되는 날이면, 어머니는 그만 그 시끌벅적한 잔치의 주인공이 되기를 절대로 주저하지 않으셨다. 조금 전까지 혼자 또는 식구들만 있을 때의 약간 희미하던 정신은 온데간데없이 어디론가 씻은 듯이 날아가 버렸고, 한층 기분이 좋아진 시어머니는 먼저 흐릿하던 눈망울부터 초롱초롱 마치 어두운 밤하늘에 반짝이는 별들처럼 다시 빛났다. 오랜만에 접하는 벅찬 흥겨움에 잔뜩 겨운 나머지 일행들을 반갑게 맞으시며 말씀도 많아지셔서 온통 그 자리를 주도해 나가는데 아무런 손색이 없었다.

어머니의 훌륭한 장기라 할 수 있을 만큼 모처럼 놀러온 여러 손주들의 이름을 일일이 부르며, 미리 생각해둔 듯 그가 가진 저마다의 장점을 몇 가지씩 들추어내어 크게 부각시키며 칭찬하시고, 앞으로의 큰 성공은 이미 따 놓은 당상이 틀림없다고 추켜세우시기에 여념이 없었다.

그러면 당연히 칭찬은 고래도 춤추게 한다고 할머니의 훈훈한 덕담은 당사자인 손주들은 물론이고 그보다 더욱 그 부모들의 기분을 한층 더 돋우어 그 자리에 참석한 모두는 전혀 부족함이 없는 다소곳한 어머니의 오래 묵은 단골손님이 되곤 했다.

거기다가 어머니는 여분으로 한술을 더 띠시는 것도 결코 잊지를 않으셨다.

오늘 참석한 모두가 들으라는 듯이 시동생을 곁에다 가까이 불러놓고 큰소리로 부엌에서 일하고 있는 이 집의 여주인인 큰며느리의 과장된 자랑을 늘어놓던 것으로 결국 오늘의 전체 분위기를 한 사람도 빠짐없이 한 곳으로 싸잡아 모아서 크게 압도하시고 말았다.

"그래, 네 형수만한 며느리는 정말 요즘 세상에 눈을 닦고 찾아보아도 보기가 어렵지. 암, 그렇고말고……"

이렇게 크게 운을 떼고는 모두가 함께 다 듣도록 한참동안 뜸을 들이다가는 이윽고,

"글쎄, 늙은이에겐 힘없는 서방보다 돈이 제일이라는 말이 있는데, 요새 네 형수가 용돈을 듬뿍 듬뿍 많이 주어서 내가 정말 부족함이 없이 풍족하게 잘 쓰고 있단다. 거기다가 직장일로 눈코 뜰 새 없이 바쁜데도 시간만 나면 불편한 나를 저쪽에 있는 이동 걸상(휠체어)에 태워서 유원지와 공원으로 데리고 다니면서 구경도 시켜줘서 내가 요새 넓은 세상의 참 좋은 구경을 많이 한단다. 도회지엔 정말 온갖 것들이 다 있더구나. 어디 그 뿐이냐? 사흘이 멀다 하고 맛있는 음식들을 밖에 데리고 나가 많이 사주기도 하고, 또 집에서 손으로 만들어 주기도 해서 내가 요즘 이렇게 살이 포동포동 찌고 있단다……"

어머니는 나무젓가락 같이 뼈가 앙상한 팔을 훌쩍 걷어붙이며 매우 큰 힘이라도 주어지는 듯 손을 쑥쑥 내밀었다.

더욱이 어머니는 이쯤에서 끝나지 않고 자신의 말이 사실이라

고 더욱 확실하게 합리화를 시키기라도 하듯 믿음이 가는 꽤 여러 가지 정황들을 두루뭉술하게 둘러대시는 탁월한 능력까지 보이셨다. 듣는 모두가 그 한껏 포장된 말씀에 약간씩 반신반의 하면서도 어쨌든 좋은 것이 좋다고 듣는 모두의 기분은 찢어질 듯 좋아지기 마련이었다.

"요새 아무리 생각해봐도 내가 참으로 늦은 복이 아주 크게 터진 늙은이가 분명하구나. 네 아버지를 병으로 일찍 저세상으로 보내고, 우리 것이라곤 밭뙈기 한 평 없는 지독한 가난 속에서 너희들 사남매를 오직 굶기지 않고 키운다고 잘 가르치지도 못했는데……, 어쩌면 지지리도 어려운 가난뱅이 홀어미의 자식들에게 저렇게도 좋은 며느리들과 든든한 사위가 들어왔느냐고 고향 밤나무골에서는 보는 사람마다 온통 칭찬들이 자자하단다……."

이건 아무리 생각해도 과장되고 꾸며댄 이야기가 꽤 많은데 어머니는 마치 드라마에 출연하는 배우가 대사를 잘 외우듯 아무런 스스럼도 없이 모두 골고루 듣기 좋은 말들만 골라서 실타래처럼 줄줄 늘어놓으셨다. 이건 요즘 정신이 많이 희미해지시면서 나온 더욱 세련된 칭찬이 아닐 수 없었다.

그러나 여러 사람들과의 환담으로 바쁜 와중에도 가끔 어머니의 온전치 못한 기억력의 흐릿한 증상이 전혀 없었던 것은 아니었다. 손주들의 칭찬을 줄줄이 늘어놓다가도 갑자기 그의 이름이 생각나지 않는 듯 한참동안 말씀을 잇지 못하고 골똘한 생각에 잠긴 듯 심히 초조해 하시다가는 결국 이렇게 묻곤 하셨다.

"외손자 막둥이 쟤 이름이 뭐였지? 요즘 건망증이 하도 심해
서……"

또 어떤 때는 늘 사용하던 낱말이 생각이 나지 않아 자주 말을
멈추시고 한참동안 더듬거리기도 하셨다.

"그 왜 너희들이 공책에 글씨를 쓰는 그것이 뭐지? 연필은 아니
고……"

"할머니, 볼펜 말씀하세요? 아니면 사인펜? 만년필?……"

열심히 할머니의 이야기를 듣고 있던 손주들이 냉큼 이렇게 여
러 가지 필기용구를 주워대면 그제야 깜짝 놀란 듯,

"그래, 맞다. 볼펜. 아이고, 그것이 왜 그렇게 입안에서 뱅뱅 돌
면서 생각이 안 나는지……"

말없이 가만히 지켜보던 재숙 부부의 눈에는 몹시 바쁜 즐거움
속에서도 어머니의 이런 순간적인 깜빡거림이 전보다 매우 잦고
심한 것을 느낄 수 있었지만 오랜만에 어머니를 본 다른 사람들은
모처럼의 즐거운 분위기에 휩싸여 무심코 지나가는 것 같았다.

어쨌든 한바탕 흥겨운 만남은 주인공인 어머니로 인해 더욱 무
르익어갔고, 시동생은 물론 동서와 시누이와 그 남편이 어머니의
칭찬을 듣고 기분이 더 없이 흐뭇해진 것은 물론이다. 그 효과는
당장에 나타나 어머니와 헤어져서 집을 나서면서 모두가 이구동
성으로 그 공을 어머니를 모시고 함께 살고 있는 맏며느리인 재숙

에게로 돌려대며 한마디씩 거들었다.

"형님은 요즘 어른을 모시기도 어려운 일인데 이토록 어머니에게 정성을 다해 잘해주시니 얼마나 고마운지요……"

"어머님이 늘 저토록 건강하고 즐겁게 사시는 것은 모두가 형수님의 자상한 보살핌 때문임이 분명합니다. 늘 고맙게 생각하고 있습니다……"

모두들 더욱 고맙다며 수차례 꾸벅꾸벅 인사를 할 때면 마음뿐이지 실재로는 어머니를 위해서 아무것도 해드린 것이 없다는 생각에 재숙은 계면쩍어 얼굴이 홍당무처럼 붉어질 지경이었다.

3

또 바로 이 무렵이었다.

바쁘고 행복하면 시간이 빨리 흐르듯 모두가 바쁜 이 가정에도 결코 가지 않으면 세월이 아니라는 듯 무심한 세월이 옅은 구름 사이로 달이 지나가듯이 급하게 흘러가던 어느 날이었다. 요즘 부쩍 늘어난 어머니의 보통과 다른 각양각색의 결코 범상치 않은 말과 행동으로 인해서 영덕 부부가 어머니의 이상한 증세를 두고 심히 고민하고 걱정하며,

한 사람은 이 정도면 아직은 괜찮다 하고 다른 사람은 일단 병원부터 가봐야 한다하며 부부간에 옥신각신 잦은 갈등을 일으키고, 함께 보고 들은 똑 같은 사안인 어머니의 상태를 두고도 몇 차례나 왈가왈부하였지만 얼른 이렇다 할 속이 시원한 결정은 내리지 못하고 있던 바로 그 무렵이었다.

부부는 퇴근과 동시에 이어지는 하루하루를 심한 근심에 싸여서 살며, 어머니가 하루 속히 본래의 건강하고 정정한 모습을 되찾기를 바랐다. 아직 어떤 섣부른 판단이나 결정도 내리지 못하고 어머니의 눈치를 살피고 행동을 예의 주시하며 차일피일 하루하루 결정을 뒤로 미루며 나름대로의 깊은 고민에 빠져있던 어느 날이었다.

이날도 역시 재숙이 집에 홀로 두고 온 어머니에 대한 걱정을 잠시 잊고 학교에서 정신없이 아이들을 돌보며 가르치고 있던 중이었다. 갑자기 교무실에 급한 전화가 와 있다고 여자 사환이 숨을 헉헉대며 급하게 뛰어와 알렸다. 아직 교실마다 전화기도 없고 물론 핸드폰도 없던 시절이었다.

그런데 달려 내려간 교무실의 전화기에는 당장이라도 목구멍에 깔딱깔딱 숨이 넘어갈 듯이 급한 사람은 바로 재숙이 살고 있는 아파트의 경비실 아저씨였다.

"사 사 사모님! 크 크 큰일 났어요. 지 지 집에 불, 불이 났어요……"

전화를 걸어온 경비원의 다급한 목소리가 전화선을 녹일 듯이 울려댔다.

"예? 뭐라고요? 우리 집에 부 부 불, 불이 났다고요? 우리 어머니는요?"

깜짝 놀란 재숙은 숨이 곧 넘어갈 지경이었다. 반대로 긴급을

전한 경비원의 자세는 금방 누그러졌다.

"아. 예. 소방서에서 나와서 일단 불길은 잡혔으니 너무 걱정은 하지 마시고요. 그리고……"

재숙은 경비원의 말은 더 이상 들을 필요도 없다는 듯이 전화기를 그대로 던지듯이 내려놓고 당장 옆 반 선생님의 차를 부탁해서 타고 부리나케 집으로 날아왔다. 그러나 출동한 수많은 불자동차와 경찰차 때문에 아파트 입구에서 내려서 뛰다시피 걸어와야 했다. 넓은 아파트의 여러 갈래 길과 주변의 골목까지 이미 붉은 불자동차들이 가득하게 점령하여 왱왱거리고 있었다. 온통 아파트 일대는 붉은 자동차들로 붉게 물들어 있었고 수많은 사이렌 소리와 호루라기 소리가 귀를 가득 채우고 있었다.

겨우 가쁜 숨을 몰아쉬며 집 앞에 도착해보니 여기저기 여러 대의 소방차에서 뻗은 사닥다리와 여러 줄의 굵직한 호스가 거미줄처럼 그녀의 집 주위로 높다랗게 얽혀있었다. 이제 막 사다리와 호스를 내리고 있는 중이었다. 그 사다리와 호스 사이로 아파트를 올려다보니, 아뿔싸! 그녀의 집 뒤쪽 부엌이 있는 곳으로 난 유리창 위편으로 신문지 서너 장을 활짝 펼친 넓이만큼 새카맣게 그을려 있었다.

불탄 모습에 재숙은 다시 현기증이 일며 아찔해지지 않을 수 없었다. 다행히 소방관들이 화재가 생각보다 쉽게 말끔히 진화되었다고 큰소리로 떠들며 희희낙락하는 모습을 보자 재숙은 그나마 차돌처럼 바짝 긴장되었던 마음이 조금 놓이긴 했다. 아직 재숙의 집은 물론이고 이어진 위층과 아래층 또 이웃한 옆집들의 완전히 젖은 벽과 창문을 타고 물방울이 뚝뚝 떨어져 내리고 있었다.

많은 사람들이 저 멀리서 삼삼오오 짝을 지어 둘러서서 웅성거리며 불이 난 집을 구경을 하고 있었다. 그 중 여인들이 내뱉는 고음의 큰소리가 재숙의 귀에까지 들렸다.

"저길 봐, 정말 큰일 날 뻔 했네. 아이고, 불길이 위로 조금만 더 올라갔다면……. 소방차가 조금만 늦었어도 어쩔 뻔 했어? 아유, 생각만 해도 너무 끔찍해……"

"그래 말이야, 가끔 이상하게 옷을 차려입고 절뚝거리며 나다니던 그 하얀 촌 늙은이가 불을 냈다지 않아?"

그 소리를 듣는 순간 한동안 망연자실하여 구경꾼처럼 불탄 자기의 집을 구경하던 재숙은 다시 화들짝 놀라며 급히 정신이 제자리로 돌아왔다. 잠시 깜빡했던 어머니에 대한 걱정이 전광석화처럼 되살아나 조급증이 일도록 채근했다.

"아하, 이봐요, 아저씨, 우리 어머님은요?"

재숙은 대뜸 소방대의 철수를 여느 구경꾼들처럼 물끄러미 지켜보고 서 있는 아파트 경비 아저씨를 잡고 물었다. 조금 전 학교로 전화를 걸어온 사람이었다.

"정말 큰일 날 뻔했습니다만 제가 화재 비상벨이 울리자마자 곧바로 소방서에 원체 신고를 빨리했지요. 조금만 우물쭈물하다

늦었어도 정말 큰 사고로 번질 뻔했습니다. 거기다가……"

또 다시 경비원의 자화자찬이 길게 늘어졌다. 이에 발끈한 재숙
이 빽 소리를 내질렀다.

"글쎄, 우리 어머니는요?"

"아, 예. 할머니는 별 탈 없이 집안에 그대로 무사히 계십니다.
제가 우리 아파트 옆 동에서 아무것도 모르고 근무하던 경비원들
을 순식간에 모두 이쪽 화재 현장으로 불러 모았죠. 그리고……"

경비 아저씨가 역시 자기의 공로를 크게 앞세우며 계속 무슨 말
인가를 더 보태고 있었으나 재숙의 귀에는 시어머님이 무사하다
는 말 외에는 다른 말은 단지 새들이 쩩쩩쩩……, 짓는 소리처럼
한마디도 활짝 열린 그녀의 귀로 들어오지 않았다.

이에 재숙이 겨우 놀란 가슴을 쓸어내리며 한숨을 돌리고 급히
집으로 들어가려고 엘리베이터 쪽으로 걸어가는데, 출동한 소방
관들 중 나이가 지긋한 사람이 우주인처럼 머리에 덮어썼던 복잡
한 소방 모자를 벗어젖히며 갑자기 잘못을 저지르고 도망치려는
아이처럼 큰소리로 그녀를 불러 세웠다. 그녀와 경비원과의 이야
기를 엿들은 그는 단단히 화가 나 있는 것이 분명했다. 그의 큰 목
소리가 제법 떨리고 있던 것으로 미루어 그랬다.

"이봐요. 아주머니! 아무리 먹고살기가 힘들고 인정이 야박한
세상이라고는 해도 어떻게 그럴 수가 있습니까? 저렇게 치매에 걸
린 노인을 돌보는 보호자도 한사람 없이 집 안에 혼자 둔다는 게

어디 말이나 됩니까? 이 정도여서 망정이지 더 큰 사고라도 났으면 어쩔 뻔 했습니까? 자칫 위층을 불태우고 사상자라도 났으면 어떻게 책임을 질 겁니까? 어디 불길이 사람의 사정을 보아가며 번지는 것도 아니고……"

"뭐라고요? 아니, 아저씨, 방금 치매라고 하셨습니까? 우리 어머님이……"

"그렇죠. 확실한 치매죠. 시쳇말로 노망이고 망령이 들었단 말입니다. 그것도 중증이에요. 매우 중증, 심각해요……, 일단 집에나 들어가 보세욧!"

그는 전문 의사처럼 확실한 진단을 내리며 아직도 화가 풀리지 않았는지 서슬이 시퍼래서 다른 직원들을 향하여 공연히 버럭버럭 소리를 질러댔다.

'아하, 치매, 치매라고? 우리 어머님이 나이가 아주 많으면 걸린다는 바로 그 노인성 치매라는 병에 걸렸다고……'

재숙은 언젠가 연속극에서 본 그야말로 중구난방, 식구들의 말에는 전혀 아랑곳하지 않고 미친 듯이 불쑥불쑥 화를 쏟아내며, 공연히 큰소리를 지르고 마음에 안 든다고 아무에게나 주먹질을 해대고, 정신없이 이리저리 마구 설쳐대던 치매에 걸린 할머니의 어지러운 행동들이 주마등처럼 또렷이 떠올랐다.

극 중의 노인은 멀쩡한 얼굴로 식구들을 향해 보통사람은 입에 담지도 못할 험한 욕설을 마구 퍼부어대며 아무것도 아닌 일을 빌미로 괜한 시비와 싸움을 걸고, 공연히 애꿎은 식구들을 의심하며 옥박지르고 그러다가 더욱 화가 치밀면 가재도구를 이리저리 발로 차버리고 마구 집어던지고, 그래도 분이 풀리지 않으면 걸리는 대로 사람을 때렸다. 그야말로 요조숙녀로 늙은 할머니의 탈을 쓴 못된 짐승에 버금가는 막무가내 행동으로 식구들을 심하게 괴롭히고 있었다.

'아뿔싸! 그래. 맞아. 바로 그거였어. 치매였어. 치매가 맞아, 확실해 어머니가 바로 그 치매란 병에 걸린 것이었어! 우리는 바보처럼 그런 치매를 앓고 계신 환자를 두고 건망증이 심해졌다느니, 자꾸만 전에 없던 이상한 행동을 한다느니, 몸이 아프면 정신도 따라서 쇠약해진다고만 생각하며, 저러시다가 곧 몸이 나아지면 따라서 영육 간이 다함께 예전의 건강을 되찾을 것이라고 믿고 바라며 그토록 엉뚱한 고민을 하고 있었다니? 우린 정말 미련스러웠어……'

재숙은 무엇보다도 이번 화재로 불행 중 다행스럽게도 늦게나마 어머니의 확실한 병명을 알게 되었다는 생각이 먼저 들었다. 이에 참으로 감사의 마음까지 일었다.

병을 제대로 알고 자꾸 자랑하면 뛰어난 의사와 좋은 약사가 여기저기서 많이 몰려든다는 옛말도 생각났다. 본래 남들보다 좋은 건강을 타고나신 어머니였으니, 늦은 감은 있지만 이제부터라도 치료만 잘하면 쉽게 회복이 될 수 있을 것이라는 믿음과 아울러 희망이 무럭무럭 피어올랐다. 후회하는 그때가 가장 빠른 때라고 뒤늦게나마 병명을 알았으니 차라리 잘 되었다는 어머니의 건강에 대한 자신감이 부쩍 그녀를 안도케 하고 있었다.

또 이상하고 엉뚱한 많은 일을 저지르던 어머니의 병을 알고 나니, 얼핏 주위에서 이해가 되지 않던 어머니보다 더 이상하고 괴상망측하기까지 한 행동을 일삼던 주변 노인들이 저절로 이해가 되었다. 이제까지 겉으로는 보통사람과 똑같은 모습의 멀쩡한 저분은 왜 도저히 이해가 가지 않는 희한한 행동을 오래도록 똑같이 되풀이하고 있을까? 라고 강한 의문을 가졌던 경우가 가까운 주위에도 여러 건이나 있었던 것이다.

그 중에서도 재숙이 때로 밀리는 바쁜 일에 쫓겨서 학교에 남아 일을 하다가 조금 늦게 퇴근을 하다 보면 마치 알람 시간이라도 맞추어 놓은 듯 운동장 아래로 흘러내리는 전혀 깨끗하지 못한 하숫물에서 늘 목욕을 하듯 온몸을 씻는 할아버지가 한 분 있었다. 여름이건 추운 겨울이건 노인은 옷을 홀랑 벗어던지고 하수도에서 흘러내리는 물을 바가지로 퍼서 비누칠도 하지 않고 딴에는 뽀드득 뽀드득 온몸을 깨끗하게 씻어댔다. 가끔 놀래서 눈을 흘끔거리며 지나가는 사람이나 때로는 벌거벗은 자기를 놀려대는 짓궂은 아이들이 있어도 할아버지는 전혀 부끄러워하거나 개의치 않았다. 날마다 목욕탕에서 목욕을 하듯 꽤 오랫동안 그렇게 온몸을 씻고는 벗은 채로 옷가지를 들고 근처에 있는 자그마한 자기 집으로 들어가던 것이었다.

선생님들은 모두들 그 사실을 익히 잘 알고 있었지만 자신과 아무런 상관없는 미친 노인의 짓거리라는 듯 어느 누구도 그 노인의 이야기를 끄집어내는 사람은 없었고, 자신도 역시 그러했었다.

이와 마찬가지로 사람들은 자신과 직접 관련이 없으면 아무리 깊은 병을 앓으며 고통에 빠져있을 지라도 남에게 조금도 관심을 가지지 않는 것이 요즘의 차디 찬 세상인심이었다.

'저 할아버지는 도대체 하루도 빠짐없이 왜 더럽고 냄새나는 물에서 몸을 씻을까?'

이렇게 머릿속에 가득 의문을 품으면서도 겉으로 누구에게도 할아버지에 대해 말을 하지 않기는 재숙도 마찬가지였다. 단지 모두들 길옆에 앉아서 한 푼씩 구걸을 하고 있는 거지를 당연한 것으로 보듯 이상하게 미친 노인이 하는 별난 행동일 뿐이라고 관심을 두지 않는 것이 분명했다. 벌써 할아버지의 하수도 목욕은 근 삼 년을 훨씬 넘어서고 있었지만 비가 오나 눈이 오나 많은 주위 사람들의 무관심 속에서 쉼 없이 계속되고 있었던 것이다.

'맞아, 그 할아버지도 노인성 치매를 앓고 있는 것이 분명해. 내일 학교에 가면 할아버지의 가족들을 찾아서 병원에 가도록 알려 줘야지……'

그러고 보니 또 한사람, 친구의 시어머니는 몇 달 전부터 늦은 점심 식사를 끝내면 남루한 누더기 같은 옷을 걸치고 사람들이 많이 붐비는 번화가의 한쪽 모퉁이에 빈 그릇을 앞에 놓고 쪼그리고 앉아 있다가 저녁에 길을 오가는 사람들이 불쌍하다고 던져주는 잔돈푼이 조금 쌓이면 얼른 그것을 집어서 주머니에 넣고, 또 기다리다가 돈이 쌓이면 주머니에 넣고……, 하여 늦은 밤이면 제법 많은 돈을 챙겨서 들고 집으로 돌아온다고 했다.

"시어머니가 왜 저러시는지 도저히 이해가 안 돼. 아무리 나가지 말라고 막아도 막무가내야. 혹시 나와 시어머니를 함께 아는 사람이라도 만날까 봐 부끄러워 죽겠어. 쓸 만큼 용돈도 드리는데……. 사람 힘으로는 어쩔 수 없는 아주 별난 구걸하는 잡귀가 씌었는지, 아니면 현금에 대한 견물생심의 도가 너무 지나친 것인지, 아이고, 정말 도대체 왜 저러는지 모르겠어……"

전화를 걸어온 친구는 시어머니의 이상한 행동에 대한 이야기를 간절한 하소연과 함께 끊임없이 늘어놓았다. 남편과 손자들이 구걸을 하는 할머니를 찾아가서 동냥 그릇을 빼앗고 할머니의 손을 꼭 잡고 집으로 질질질 끌다시피 하여 돌아와도 바로 그때뿐, 다음날 저녁이면 마치 누구와 약속이나 한 듯 또 다시 거리로 나간다는 것이었다.

"어머니가 어린 소녀시절에 부모님을 일찍 잃고 불쌍한 걸인 소녀로서 생활을 했었다는 소문이 있었는데, 나는 그것이 말짱 뜬 소문이고 자상한 어머니를 욕하고 폄하하는 거짓말인 줄 알고 믿지 않았어. 그런데 어머니가 나이가 많이 들어 그때 경험한 처절하게 어렵던 시절 생활이 살만해진 지금에 와서 오히려 마치 향수병처럼 도진 것 같아……"

하루는 아무리 말려도 듣지 않는 어머니를 두고 괴로워하던 남편이, 연세가 많은 어머니에게 구걸행각을 시킨다고 철면피 인간이라고 자신에게 마구 욕을 퍼붓던 친구의 거센 비난을 받았다. 그래서 친구에게 어머니의 과거를 말하며, 어쩌지 못하는 운명적 사정을 제발 좀 이해해 달라고 애원을 하던 말을 우연히 듣게 되었다고 친구가 재숙에게 말했다.

'맞아, 과거에 깊이 집착하여 어릴 적 행동을 되풀이하는 그 친구의 시어머니도 역시 일종의 치매를 앓고 있는 것이 분명해. 친구 역시 그것도 모르고 나처럼 깊은 고민에 싸여서 괴로워하고 있는 거야. 어서 병원에 가서 적절한 치료를 받을 수 있도록 당장 전화를 해줘야지……'

이런 생각을 하다 보니 생각의 끄트머리에 마치 끈끈이주걱이라도 붙은 듯 요즘 시어머니 때문에 너무나 깊은 고민에 빠져서 헤매던 또 다른 친구가 불현듯 생각났다.

딸이 아닌 세상의 며느리들이 대부분 보통 그러하듯 친한 친구끼리 만나면 다른 데서는 차마 말 못하던 시어머니와의 매끄럽지 못한 관계를 허심탄회하게 털어놓으며 시어머니를 모시고 사는 고부갈등의 수많은 애로사항에 대한 갖가지 푸념을 주저리주저리 늘어놓는 경우가 비일비재, 너무나 많았다.

그 친구 역시 요즘 시어머니의 기행적이라 할 이상야릇한 행동 때문에 어쩔 수 없이 골머리를 앓고 있었다. 학교 공부가 짧아 좋은 직장에 취직도 하지 못하고 거기다가 걸핏하면 이리저리 직장을 자주 옮겨 다니던 남편이 요즘은 그나마 실직을 당하는 바람에 친구는 네 명이나 되는 어린 아이들을 키우며 시어머니를 모시느라 안 그래도 쪼들리는 빠듯한 살림이 더욱 숨통을 조였다.

최근 들어 그런 어려운 집안 사정을 누구보다 더 빤히 잘 아시는 시어머니는 식사 때가 되면 아이들이 반찬투정을 하듯 자기 밥상 위에 좋아하는 값비싼 고기반찬이 올라오지 않으면 아예 숟가락을 들지도 않고, 그길로 쪼르르 파출소로 달려가서 며느리가 저희들끼리만 밥을 먹으면서 자기에게는 밥을 주지도 않고 쫄쫄 굶겨서 지금 배고파 죽겠다고 고발을 한다는 것이었다.

식사 시간이면 늘 밥상머리에 앉아계시던 시어머니가 갑자기 자리에 없다 싶으면 조금 후면 여지없이 시어머니가 경찰을 대동하고 웽웽웽 마구 사이렌을 울리는 경찰차를 타고 집으로 왔다. 아무것도 모르는 함께 온 경찰관은 시어머니의 말만 듣고, 왜 연세가 많은 노인을 굶기느냐며 다짜고짜 큰소리를 치며 이건 노인학대가 분명하다며 심하게 추궁을 하여 너무 귀찮기도 하고, 이웃에서 사람들이 우르르 몰려나와 불구경을 하듯 와글와글 수군대는 바람에 참으로 곤욕스럽고 부끄러워 죽을 지경이라는 것이었다.

하도 자주 그러는 관계로 요즘은 주위의 파출소마다 시어머니의 그런 버릇을 알게 되어 경찰관들이 자기의 말을 곧이듣지 않으니까 시어머니는 점점 더 행동반경을 넓혀서 아주 먼 곳의 파출소까지 달리다시피 가서 고발을 계속하고 있다는 것이었다.

하루는 화가 난 남편이 시어머니를 요양원에 맡겼더니 사흘도 안 돼 요양원에서도 이 노인은 성격이 너무나 유별나서 도저히 자기들 힘으로는 더 이상 돌볼 수가 없다며 데리고 가라고 해서 요즘 이러지도 못하고 저리지도 못하고 골머리를 썩이고 있다는 친구의 하소연이었다.

'그래 맞아, 그 친구의 시어머니도 역시 치매에 걸린 것이 분명해. 전문적인 병원에서 치료를 받을 수 있도록 빨리 알려 주어야지……'

재숙은 오늘 알쏭달쏭하기 그지없는 이상한 행동과 말투로 식구들에게 끊임없이 많은 의문과 걱정을 자아내던 시어머니가 다름 아닌 치매라는 병에 걸렸다는 확신을 얻고 나자 그동안 단순한 세상의 흔히 있는 이야기일 뿐이라고 듣고도 무심코 지내왔던 그 치매라는 이상한 병에 대한 주변의 적잖은 갖가지 사례들이 연이어서 흡사 같은 꾸러미에 엮인 굴비처럼 자꾸자꾸 뇌리에 떠올랐다.

어머니의 용돈

오래 전 텔레비전에서 본 '치매 걸린 애완견'이란 이상한 제목의 생소한 뉴스를 보며,

'저건 단지 꾸며낸 이야기겠지? 설마 만물의 영장이라는 나이 많은 사람의 뇌에 걸린다는 치매라는 병이 나이가 좀 들었다고 동물에게까지 걸릴 리야?'

라며 절반 이상을 의심을 하며 대수롭지 않게 웃어넘겼다. 이제는 그것이 '아, 정말 그럴 수도 있겠어'라는 쪽으로 빠르게 이해가 되던 것이었다.

그날 뉴스에서 기자는 치매 걸린 애완견을 취재하여 학자들의 동물에 대한 연구 결과와 설명을 곁들이며 죽을 때까지 밖에서 돌아오는 주인을 식구들보다 몇 갑절이나 더욱 반갑게 맞이하고, 끊임없이 온몸을 다해 재롱을 부리며 늘 활달하게 건강할 줄만 알았던 요즘 애완견들이 동물 의료가 발전하고, 먹이 개선에 따른 영양이 좋아진데다가 애완견을 위한 용품과 각종 놀이기구의 발달과 거주환경의 개선 등에 힘입어 수명이 급격하게 늘어나면서 치매증세도 노화와 함께 빈번하게 늘어나고 있다는 것을 알았다.

밤중에도 아무 일없이 일어나서 그냥 마구 짖어대고, 방향감각이 사라져 집을 찾지 못하고 이리저리 방황하며, 좋아하던 놀이와 장난감이 변해 식구들에게 재롱을 피우던 것이 급격히 줄어들고, 무기력하게 축 늘어져 활동성이 약화되는 등의 증세가 나타나면 그게 바로 반려견 치매였다. 11살 된 강아지의 28%(반려묘는

30%), 15년 된 강아지의 68%(고양이는 50%)가 치매를 앓고 있다는 동물학자들의 연구결과가 발표가 되었다고 알렸다.

기자는 인간이나 동물이나 수명이 많이 늘어나면서 어쩔 수 없이 치매라는 무서운 병을 감수해야하며 그런 약간의 중세가 보이면 미리부터 경계하며 조심을 해야 한다며 특별히 주의할 것을 강조했다. 그때까지만 해도 건강한 어머니에게는 아무런 이상이 없었고 그렇다고 집에 강아지나 고양이를 기르지도 않던 재숙은 그런 것쯤은 아무런 상관도 없는 완전히 남의 일일 뿐이라고 전혀 주의를 기울이지 않았던 것이다.

이런 망중한忙中閑이랄까?

재숙이 오늘 자기 집에 불이 나서 가슴이 철렁 내려앉고 그야말로 혼비백산하여 정신없이 바쁜 와중에도 일단 어머니가 안전하시다는 것과 아울러 오랫동안 속을 썩이던 어머니의 병명을 알았다는 안도하는 마음으로 한가하고 희망적인 생각들을 하며 활짝 열려있던 현관문으로 들어서다가 하마터면 또 다시 까무러치도록 놀라지 않을 수 없었다.

아뿔싸! 우리 집에 어찌 이런 일이?

재숙은 넋을 잃고 입을 쩍 벌린 채 눈앞에서 벌어지고 있는 기막힌 광경을 보았다. 상상을 뛰어넘는 그 희한한 장면에 일면 도취라도 된 듯, 그냥 아무런 생각도, 행동도 할 수가 없어 멍청한 그대로 우두커니 한참 동안을 목상처럼 서 있어야만 했다.

비교적 넓은 거실은 불을 끄느라 여러 개 소방 호스에서 집안을 향해 집중사격하듯 마구 쏘아대어 뿌려진 많은 물로 그득하였다. 누군가 그 질펀한 물 위에 뒤로 벌렁 누운 채로 열심히 개헤엄을 치는 시늉을 하고 있었다. 딴에는 열심히 헤엄을 치겠다고 두 발로는 번갈아 철벙철벙 물장구를 치고, 두 손으로는 연신 배와 가슴과 얼굴 위로 바닥의 물을 퍼붓듯이 끼얹고 있었다. 그러다가는 그것이 그렇게도 재미가 있는지 호호호……, 까르르, 까르르……, 자지러질 듯이 웃어 젖히기도 했다. 마치 세 살 바기 아이가 엄마 앞에 놓인 큼지막한 너른 함지박에서 물장난을 치며 어리광을 피우는 것처럼 천진난만한 것이 딴에는 마냥 즐거워보였다.

그러나 너무나 안타깝게도 그 중심에 있는 오늘의 주인공은 전혀 귀여운 어린애가 아니었다. 그렇다고 수영을 즐기는 싱싱한 소녀도 결단코 아니었다. 머리가 목화솜을 쓴 듯 새하얀 벌써 칠순을 넘긴 바로 시어머니였다. 더구나 어머니는 지금 젖먹이 어린애처럼 옷일랑 홀러덩 벗어던지고, 몸에는 팬티 한 장도 걸치지 않은 완전한 알몸 상태 그대로였다. 온몸을 빈틈없이 뒤덮은 고목나무껍질처럼 거무스름하고 쭈글쭈글한 살갗의 몸매가 더없이 서글펐다. 아니 지금 하염없이 이를 지켜보는 며느리의 진한 슬픔을 아낌없이 자아내게 하고 있었다.

어머니는 지금 엄마 앞에서 신나게 물장구를 치며 한껏 귀여움을 부리는 어린아이처럼 온전한 무아지경에 빠져 있었다. 재숙이 너무나 놀란 나머지 혹시 이 장면을 누군가 몰래 볼까 싶어 주위를 두리번두리번 살피면서 어머님, 어머님, 어머님 크게 여러 번을 연거푸 불렀지만 어머니가 전혀 반응을 보이지 않던 것으로 미루어 그랬다. 어머니는 지금 완전히 어린 시절의 즐거운 물놀이에 몰입해 있었다.

'아하! 그래. 맞아. 어린 시절로 돌아가 다시 어린애가 되는 저런 게 바로 치매라는 거로구나!'

재숙은 다시 한 번 요즘 평균 수명이 가파르게 높아지면서 부쩍 늘고 있다던 노인들의 치매에 대해 마치 교과서를 펼쳐 든 기분이었다. 지나간 매우 어지럽던 차츰차츰 그 도를 짙게 더해가던 어머니의 몇 개월 동안의 여러 가지 이해가 어렵던 사건들이 다시금 녹화된 영상처럼 또렷이 뇌리를 점령해 왔다.

'아, 오호라. 참으로 허무한 인생, 짧으면 짧아서 허무하고, 길면 길어서 결국은 이렇게 허무한 인생, 과연 우리의 인생이란 무엇일까? 어떤 것이 인생의 참모습일까?'

바야흐로 인류가 그토록 바라고 고대하던 인생 백세시대가 도래했다고 덩실덩실 춤을 추고 크게 박수치고 노래하며 좋아하던 사람들의 환희가 오늘은 너무나 덧없이 느껴졌다. 오래 사는 것보다 사는 그날까지 남의 손을 빌리지 않는 몸과 마음이 모두 건강한 인생이 진정 행복한 인생이라며 건강의 중요성을 힘주어 역설

하던 어느 노교수의 외침이 새삼스럽게 찡하고 가슴에 와 닿았다.

그러나 사람은 누구나 자신이 타고나고, 그래서 그 범주 내에서 살아가면서 보다 더 나은 미래를 끊임없이 추구하면서도 결국 나중에 깨닫고 보면 미리 정해진 운명이란 인생에 씌워진 굴레의 테두리 안을 다람쥐가 쳇바퀴를 돌 듯 뱅뱅뱅, 무작정 돌며 결코 크게 벗어나지를 못하는 존재이다.

그러다가 인생에 있어서 싫어도 조우하게 되는 갖가지 질병, 그 중에서도 자신의 존재조차 완전히 잊어버리는 치매라는 병을 생각하면 참으로 깊은 절망에 빠져들지 아니할 수 없는 것이다. 꼼짝달싹도 할 수 없는 짙은 절망이 자신도 모르는 사이에 그만 그를 이 세상에 태어나 살았던 크고 작은 흔적마저 깡그리 망각의 깊은 구렁텅이로 몰아넣고 마는 것이다. 이처럼 인간의 삶은 덧없고 그래서 한편 억울한 것이었다.

정말 그랬다. 이 세상에 공연히 절망을 하고 싶은 사람은 아무도 없을 것이었다. 하지만 아무리 많이 배우고, 모든 것을 갖추고 화려하고 멋있는 인생을 살던 사람이라도 치매라는 그 병의 낌새라도 채는 순간, 누구나 죽음보다 더 깊은 절망의 구렁텅이로 빠져들 수밖에 다른 도리가 없는 것이 바로 사람이란 존재의 한계였다.

어쩌면 치매는 그 기막힌 절망조차도 망각하게 하는 극도의 잔인한 병이었다. 무지개가 화려함으로 우리를 속여도 우리는 그 무지개를 좋아하고, 그림자가 우리를 놀라게 해도 우리는 그 그림자를 항상 가까이 달고 살아야하듯, 누구나 치매라는 무서운 병을 생각하면 할수록 무한정으로 두렵지 않을 수가 없지만 많은 사람들에게 나이와 함께 아무런 예고 없이 눈에 보이지도 않는 바람이 불어와 나뭇가지를 흔들듯 몰래 찾아오는 그 병을 아직까지는 어찌할 도리가 없는 것이었다.

　이건 정말 안타까움을 넘어 매우 서럽고 억울한 일이었다. 따지고 보면 시어머니는 아직 치매와 같은 노인병에 빠질 나이는 아니었다. 연세도 그렇게 많지 않았지만, 누구보다 평생 동안 지나치다고 할 정도로 자신의 관리에 철저하셨다. 매사에 사고방식이 매우 건전하여 엉뚱한 옆길로 흐르는 것을 용납하지 못하셨고, 모든 행동거지가 너무나 분명하고 긍정적이어서 그런 병이 가까이 다가올 빌미를 절대로 주지 않으실 확실한 분이었기에 지금 더욱 아깝고 애처로운 생각이 드는 것이다.
　언젠가 젊어서 죽은 친척 장례식장에서 조문객 중의 어떤 연세가 많은 어르신이 너무나 슬퍼하는 고인을 떠나보낸 미망인을 향해 하던 말이 오늘 어머니의 치매를 알게 된 재숙의 가슴에 무겁게 와 닿았다.
　"어허, 너무 그리 슬퍼하지 마시게. 감나무에서 떨어지는 것은 다 익은 홍시뿐만이 아니라 아직도 푸르고 싱싱한 땡감도 있기 마런이라네. 오는 순서는 있어도 가는 순서는 없는 것이 바로 우리의 인생이란 것이라네……"

참으로 그랬다. 치매라는 몹쓸 병 역시 절대로 나이순이 아닌 것이다. 재숙은 어머니의 이처럼 허물어지고 일그러진 모습을 앞에 두고 갑작스레 주체하지 못할 억울함과 서러움이 한꺼번에 밀려오는 밀물처럼 북받치며 감당 못할 울음이 마구 터져 나왔다. 물장구를 치며 즐거워서 웃는 시어머니 앞에서 젊은 며느리는 큰소리로 울음보를 터뜨리고 말았다. 두 눈에서는 대롱대롱 눈물방울이 매달려 앞을 가렸다.

"안 돼! 우리 어머니만은 절대로 안 돼! 아직 너무 일러! 이건 너무 억울해. 어머니는 이제부터라도 이 세상을 즐길 권리와 자격이 충분히 있는 분이야! 꼭 그렇게 되어야만 해! 청상과부로 사남매를 키우느라 고생만 잔뜩 하신 이 세상에서 가장 장한 우리 어머님은 아직은 아니야, 절대로 이럴 수는 없어……"

재숙은 마치 자기가 낳은 애기처럼 어머니를 살살 달래서 젖은 몸을 닦고, 옷을 입히면서 계속 그렇게 부르짖으며 흐느끼고 울먹였다. 눈물이 볼을 타고 계속하여 흘러내려 어머니의 모습조차 희미하여 잘 보이지 않았다.

어머니는 정말 이렇게 허무하게 쓰러져서는 결단코 안 될 너무나 아깝고 귀한 존재였다. 남편 없이 어린 사남매를 키워내며 고생이란 고생은 혼자서 뒤집어 쓴 분이었다. 그 시절 고생을 하지

151

않은 사람이 과연 몇 명이나 되랴마는 어머니는 참으로 남다른 가난 속에서 모진 고초를 당하며 오직 슬하의 자식들이 무탈하게 커가는 모습만 바라보며 성실하고 올곧게 살아온 분이었다. 아무리 하늘이 무심하다고 해도 이렇게 쓰러지기엔 정말 아까운 분이었고 참으로 억울한 분이셨다. 재숙은 이 집으로 시집을 오기 전부터 남편으로부터 어머니의 모진 고생과 그것을 슬기롭게 극복한 성실성에 대해서 하도 여러 번 많이 들어서 마치 자신이 직접 경험을 한 듯 꿰듯이 훤히 알고 있었다.

시어머니는 의령 시골 산중의 그 어려운 삶 속에서 오직 자식들만을 생각하며 피 끓는 청춘을 무로 담은 지처럼 삭이고, 자식들만을 위해 육신을 온전히 지키며 올곧게 살아온 세상 어머니들의 표상이 될 사람이었던 것이다.

사랑하는 자식들을 굶기지 않기 위해 자신의 배가 쫄쫄 곯는 것은 아랑곳 않고, 겨울에는 불린 콩을 맷돌로 갈아 두부를 만들어 팔고, 다른 계절에는 멀리 의령장까지 가서 새우젓을 떼어와 잡을 손잡이도 없는 그 무거운 옹기 독을 이고 산골 마을들을 헤매고 다니며 팔고, 일거리가 있는 농사철에는 날품팔이를 하며 온갖 정성을 자식들에게만 쏟아 부었다.

오로지 암탉이 여러 마리의 노란 병아리를 따뜻한 날갯죽지 밑에 품고 부리로 먹이를 콕콕 쪼아서 잘게 부수어 주워먹이듯, 자신의 치마 밑에 옹기종기 모여든 자식들을 키우는 일밖에는 다른 것에는 결코 관심도 없고 아무것도 모르는 분이셨다. 재숙은 시집을 온 지 스무 해를 훌쩍 넘기면서야 시어머니가 온몸과 마음을 다해 겪은 고달팠던 인생여정을 송두리째 더 잘 펠수 있었던 것이다.

그래서 오늘 이렇게 빨리 치매라는 몹쓸 병으로 급하게 시들어 버린 할미꽃 같은 어머니의 화상을 보며 항의를 할 만한 마땅한 상대도 없이 다만 속에서 마구 치밀 듯이 솟아오르는 가슴 시린 억울함을 이기지 못하고 통곡만 하고 있는 것이다.

"엄마, 울 엄마, 추워, 마이 추워……"

즐겁던 물장구의 재롱이 끝나자 갑작스런 체온 저하와 엄습하는 추위로 아랫니와 윗니를 딱딱 마주 부딪치며 다시 어린아이가 된 어머니는 아예 며느리인 재숙을 엄마라고 부르며 갑자기 얼음장처럼 차가와진 덜덜 떨리는 바싹 마르고 여윈 몸뚱이를 주체하지 못하고 무조건 따뜻한 온기를 찾아서 며느리의 품속으로 파고들며 저절로 온몸을 더욱 가까이 밀착시키며 맡겨대고 있었다. 며느리를 자신의 어릴 적 엄마로 혼동하고 있는 것이 분명했다.

재숙은 우선 진짜 엄마가 되어 자신의 아기처럼 추워서 온몸을 떨고 있는 어머니의 머리를 가슴깊이 꼭 감싸 안았다. 그리고는 남은 한손으로 어머니의 몸을 깨끗이 닦아 물기를 말렸다. 그러자 어머니는 포근한 엄마 품에 안긴 아기처럼 당장 조용해졌다. 재숙은 조용해진 어머니를 곱게 안아서 화재 진압 때 물이 들어오지 않은 안쪽의 마른 방으로 옮겼다. 어머니는 마치 양순한 어린 새끼 양처럼 고분고분 재숙에게 안기었다. 어머니를 마른 자리에 눕히고 나머지 옷을 마저 입혔다. 어머니는 재숙이 이끄는 대로 팔을 맡기고 다리를 들어 옷을 입었다. 전기장판의 따스한 온기가 채 오르기도 전에 어머니는 쌔근쌔근 잠이 들었다. 편안하게 잠이 든 어머니의 얼굴이 더욱 사랑스럽게 보였다.

어머니는 요즘 재숙이 느끼지 못하는 짧은 세월 사이에 너무나 많이 수척해져 있었다. 탄탄하던 육신에서 탄력과 윤기는 빠르게 빠져나가 푸석푸석 했고, 젓가락처럼 마른 팔다리와 뼈마디는 가시처럼 앙상해졌다. 기름기가 빠진 검은 온몸의 살결은 유월의 겉보리 이삭처럼 까칠까칠 거칠었다.

사람이란 정신이 맑지 못하고, 잘 움직이지 못하면 육체도 따라서 근육이 빠르게 빠지며 급하게 쇠하는 모양이었다. 그나마 옷을 입었을 때는 미처 잘 몰랐지만 오늘 야윌 대로 야윈 벗은 몸을 보고 나니 새삼스레 가슴이 너무나 아려왔다. 게다가 재숙은 깃털처럼 가벼워진 어머니를 안고 방으로 옮기다가 한 발자국을 떼어놓을 때마다 마치 허깨비같이 더욱 가벼워진 어머니가 안쓰러워 하염없이 눈물이 솟아났다.

정말 그랬다. 먹고 살기가 빠듯하다는 이유로, 직장 생활에 바쁘다는 구차한 구실을 대며, 이렇게 눈 깜빡할 사이에 노쇠해지는 어머니를 두고 마치 백년 천년 무진장 오래 살 것처럼 생각하며,

아들이나 딸에게 한 것처럼 살뜰하게 챙기며 돌보지 못하고 그냥 방치하다시피 내팽개친 무심했던 자신이 원망스럽기만 했다.

그런 중에도 재숙은 지금 크게 안도하고 있었다. 어머니가 치매 환자라는 사실을 확실히 알고 나니 점점 어둡던 새벽이 밝아오듯 어렴풋하게나마 길이 보이며 한결 한숨이 놓였다. 아는 것이 힘이고 더 많이 아는 것만큼 더 큰 힘이 되듯 이런 우여곡절 끝에 불행 중 다행하게도 병명을 알게 된 것은 어머니를 위해 여간 고마운 일이 아니라는 생각이 들었다.

지금까지 막연한 가운데 짙은 어둠속을 헤매다가 불빛을 만난 듯 정확한 병명을 안다는 것은 이처럼 중요한 것이었다. 어머니의 평소와 달랐던 애매모호한 증세에 대한 오해와 방황이 드디어 끝이 나고 환자로서의 처치 방법이 눈에 보이기 시작한 것이다. 치료를 위해서 병원에 다니고, 때맞추어 약을 드시게 하고, 식구들이 정신을 집중하여 환자를 대처하는 효율적인 간호 방법을 배우고 익히면 그까짓 치매쯤은 당장은 어느 정도 해결이 될 것이었다. 또 병을 숨기지 않고 자랑하다보면 좋은 치료 방법이 여기저기서 봇물이 터지듯 많이 들어오는 법이기도 했다.

이에 따라 재숙 부부는 첫 번째 조치로 식구들에게 비상을 걸어 환자로서의 어머니를 돌보는 갖가지 임무 부여를 했다. 이럴 땐 우선 온 가족부터 모두 간병인이 되어 마음을 병을 앓는 어머니에게로 모아야 한다는 생각이었다. 물론 부부는 그 중심에 서서 24시간 내내 긴장을 늦추지 않고 대기를 해야 했다. 그러나 직장을 다니고 학교에 다니며 하나같이 바쁜 가족들로서는 이런 긴박한 상태로 언제 끝날지도 모르는 장기간을 꾸준히 견딜 수 없는 노릇이긴 했다.

그러나 사태는 그리 호락호락하지 않게 변하고 있었다. 온 식구들이 마음을 바짝 다잡고 어머니의 일거수일투족에 정성을 기울이는 것보다 어머니의 상태는 더욱 빠르게 악화의 길로 질주하며 내닫고 있었다. 어머니는 갈수록 갑자기 짓궂은 변덕쟁이가 되어 사소한 것에도 자주 투정을 부리는 아이같이 이랬다저랬다 마음이 자주 변했다. 그에 앞서 우발적이고 돌출적인 행동은 더욱 빨리 앞을 다투듯이 저질러대고, 식성도 까다로워지며 시시때때로 변하여 식사 때마다 크게 왕짜증을 내며 걸핏하면 숟가락을 내던지고……, 모든 것이 하루가 다르게 식구들을 괴롭히는 나쁜 방향으로 변해갔다.

빠르게 매우 급한 듯이 참으로 놀라운 변화가 더욱 무쌍해졌다. 어머니는 유순한 암소처럼 티 없이 순진한 눈을 껌뻑거리며 식구들과 잘 어울리고 말을 고분고분 잘 따르다가도 어느새 엉덩이에 뿔난 망아지가 되어 아무것도 아닌 사소한 일에도 입에서 거품을 토하며 벌컥벌컥 마구 크게 화를 내며, 무작정 곁에 있는 사람을 의심하여 잘못을 뒤집어씌우며 호되게 나무랐다. 턱도 아닌 것을 해달라고 지나친 억지와 생떼를 쓰며 막무가내로 대들기도 하고, 어떤 때는 별일도 아닌 극히 사소한 것을 두고 마치 목숨이라도 걸린 듯 고래고래 큰소리를 질러대며 역정을 내는 등 마치 마른 하늘에 날벼락이 치듯 변덕스러워지셨다.

어머니는 본래 도랑물이 꼬불꼬불한 산골짜기의 좁은 도랑 길을 따라 졸졸졸……, 돌부리는 피해서, 막힌 곳은 돌아서 조용히 흘러가듯 성격은 차분하고, 남의 사리를 먼저 생각하여 배려하고, 때로 힘들고 섭섭해도 남에게 결코 싫은 내색을 나타내지 않고 속으로 삭이는 성정이 매우 유순한 분이셨다. 늘 변함없이 푸른 산과 그 사이를 조용히 흘러내리는 맑은 시냇물을 닮은 전형적인 온유한 시골 분이셨다.

그러던 것이 요즘은 그 성질과 태도가 하늘과 땅의 차이만큼이나 확연하게 변하여 마치 엉뚱한 다른 사람이 된 듯 사소하고 어쭙잖은 일에도 시도 때도 없이 불쑥불쑥 활화산처럼 분노를 발하시는 것을 볼 때면 저분이 과연 우리 어머니가 맞는가? 하는 의문을 하루에도 여러 번씩 하게 만들었다. 성질은 마른 섶을 태우는 불처럼 급해지고, 거칠어져 무엇을 요구할 때에는 장난감을 사달라고 마구 떼를 쓰며 온몸을 던져 졸라대는 철부지 아이들은 저리 비켜나라고 할 정도로 심하게 억지를 부려대고, 남의 말은 귀머거리처럼 듣는 둥 마는 둥 무시하는 막무가내 심술궂은 할머니가 되어버렸다.

특히 집안일을 비롯한 모든 주변의 세상일이 자기와는 아무런 상관이 없는 남의 일인 것처럼 무관심하였고, 마찬가지로 평소 아끼고 절약하던 가족 공동의 돈이나 물건에는 아무런 관심이 없다가도, 오직 자기 몫의 용돈을 챙기고 요구하실 때는 찰거머리처럼 더 없이 집요하셨다. 그러다가 일단 돈을 받으시면 목적을 이룬 개구쟁이처럼 곧 마음을 놓고 언제 그랬느냐는 듯 잠잠하며 극히 천연덕스러워지셨다.

또 속으로 참으며 겉으로는 잘 드러내지 않던 화와 역정을 아무런 일이 없는데도 걸핏하면 불쑥불쑥 내지르곤 하셨고, 그것도 사생결단이라도 하듯 아주 격렬할 때가 잦았다. 마치 평생 동안 인내하며 억눌렸던 가슴속에 켜켜이 쌓인 수많은 응어리들을 이제와서 한꺼번에 몽땅 풀어내기라도 하려는 듯 필사적이었다.

그 중에서도 요즘 들어 식성의 변화는 매우 유별나고 남달랐다. 어찌 보면 좋아하는 것이 평소와 거꾸로 뒤바뀌어 정반대가 된 것 같았다. 전에는 입에도 대지 않으려던 음식을 매우 맛있다며 곧잘 드셨다. 평생을 바다가 없는 의령의 두메산골에서 태어나서 자라다가 근처 이웃 마을로 시집와서 오직 그곳에서 터를 잡고 살아오신 만큼 징그럽다며 드시기를 꺼려하던 것이 바로 생선회였는데 어느 날부터인가 갑자기 무척이나 맛있다며 좋아하셨다. 그래서 요즘 영덕이 가끔 생선회를 사가지고 오면 너무나 맛있다며 마치 걸신이라도 들린 듯 그것만 찾아서 드셨다. 어떤 때는 욕심 많은 아이처럼 다른 식구들의 몫까지 독차지하여 눈치도 없이 씹지도 않고 그냥 삼키듯 드시는 바람에 식구들을 깜짝 놀라게 하셨다.

그뿐만이 아니었다. 치매를 앓고부터 예전에는 싫어하고 기피하던 음식만을 오히려 더욱 찾아서 드시려 하는 것 같았다. 아이들의 먹거리라며 입에도 대지 않던 피자와 아이스크림과 느끼한 음료수까지도 마다하지 않으셨다. 오죽하면 그런 식 어머니를 두고 영덕이 요즘 우리 집에는 애들이 셋으로 늘었다고 농담까지 할 정도였다.

더군다나 요즘 어머니는 세 살배기 아기처럼 집안의 구석구석을 네발로 엉금엉금 기어 다니며 마구 일을 저지르기 시작하셨다. 갖가지 장난감으로 소꿉놀이를 하는 아이들처럼 쓰레기통에 참기름, 들기름, 콩기름……, 등 여러 가지 기름을 있는 대로 찾아서 쏟아 붓고 밀가루를 붓고 맛있는 음식을 만드는 것처럼 휘저으며 야단법석을 떠셨다.

마치 한의사라도 된 듯 여러 가지 반찬과 간장과 된장과 고추장을 함께 버무려 여러 개의 그릇에 죽 담아놓기도 하셨다. 아마도 어릴 때의 소꿉놀이를 생각하시는지 본인은 매우 즐거운 모양이었으나 이를 지켜보며, 혹은 그 뒤를 졸졸졸 따라다니며 못하도록 말리고 미리 감추며 온갖 뒤처리를 하는 식구들의 눈에는 이러한 흰머리 노인의 어리광은 아이들 같이 전혀 귀엽지 않았다.

주정뱅이와 조현병(정신분열병) 환자와 치매 어머니!

영덕은 최근 들어 어머니의 정신이 혼미한 어지러운 행동의 변화를 걱정스레 지켜보며 나름대로는 깊이 느끼는 것이 하나 있었다. 서로 전혀 모르고 아무런 상관도 없는 두 사람이 오히려 피를 나눈 친형제보다 더 흡사하게 닮은 사람이 있듯이, 전혀 다른 세 종류 환자들 간의 너무나 많이 닮은 공통점이었다. 어쩌면 어머니의 치매라는 병에 대한 이해와 재발견이었다.

물론 각 분야의 전문가들은 얼토당토않은 어림도 없는 억지로 우겨대는 소리라고 손사래를 치며 반대를 하겠지만 자꾸만 생각나는 이들 세 부류들의 유사점을 영덕은 결단코 아니라고 말끔히 지워버릴 수가 없었다.

그가 느끼는 이들의 공통점의 내용은 이랬다.

먼저 그는 어려서부터 가까이서 보아온 어머니의 인생 전반을 통해 흐르는 지극한 온유함과, 어떠한 모진 고난이라도 혼자서 스스로 참고 견디는 마치 인동초를 닮은 인내심과 아울러 온 세상이 다 변해도 결코 변하지 않을 꿋꿋한 강인함을 너무나 사랑하고 존경했었다. 어머니는 지독한 가난 속에서도 자식들뿐만이 아니라 친척이나 동네 사람들에게도 남달리 따뜻한 사랑을 베풀려고 노력하시던 분이라는 것을 그는 수많은 경험을 통해 잘 알고 있었다.

어머니는 그런 따뜻한 마음을 가졌으니 남보다 어려운 여건에

서 남들과 비교할 수 없는 수많은 고통을 결코 겉으로 드러내지
않고 깊숙한 속으로만 삭여내고 감내하며 살아야 했음은 물론이
다. 그러한 어머니의 겉으로 내색하지 않는 오래 참음과 남에 대
한 많은 배려와 어려운 가운데서의 희생적 베풂은 분명히 어머니
의 가슴속 깊이 결코 적지 않은 스트레스가 되어 차곡차곡 쌓였을
것이 분명했다.

영덕은 요즘 어머니가 치매로 인해서 범상치 않게 완전히 다른
사람이 된 듯 이상하리만치 순식간에 격렬하게 변해버리는 일거
수일투족을 바라보노라면, 늘 몇 잔 술만 마시고나면 사람이 금세
완전히 다른 사람처럼 변해 앞뒤를 구분하지 못하고 눈에 띄는 사
람마다 공연히 험한 말을 해대고 싸움을 걸며, 아무에게나 미친개
처럼 덤벼들어 강짜를 부려대며, 입에 담지 못할 욕지거리를 시궁
창처럼 끝없이 마구 쏟아내던 상습적 주정뱅이로 유명한 몇몇 친
구들이 생각났다. 이들 지독한 주정뱅이 친구와 치매 걸린 어머
니, 이 둘은 증세가 너무나 엇비슷하여 피장파장이라는 생각이었
다.

거기다가 또 하나 더.

위험천만한 난동을 부리며 종내는 사람들의 아까운 목숨까지
도 가벼이 여기고 위협하던 조현병(정신분열병)을 앓는 정신질환
자들이 있다. 그러다가 폭발했던 거친 감정이 가라앉고 잠잠해져
본래의 정상적인 정신으로 돌아올 때면 나약하고 여리고 착한 모

습으로 변하던 것도 덩달아 그의 뇌리에 떠올랐다.

'아하, 그래 맞았어, 어머니의 치매와 주정꾼 친구들과 정신질환자들은 누구도 부인 못할 정말로 흡사한 닮은 점이 있어. 그것도 아주 많이……'

주정뱅이, 평소에는 멀쩡하다가 일단 어느 정도 술만 취하면 앞뒤를 전혀 가리지 못하고 사람이 완전히 미친 듯이 변하여 전혀 사리에 맞지 않는 주정을 마구 부려대는 그들 역시 대부분 평소에는 보통사람들보다 훨씬 더 마음씨가 따뜻하고 깊은 정이 많다. 마음은 얕은 바람에도 부서질 얇디얇은 유리조각보다 더 없이 여리고, 부끄럼을 타는 어린 소녀처럼 나약한 착한 사람들이었다.

영덕이 친하게 지내며 가까이서 살펴본 주정꾼은 직장에서도 속으로는 싫어도 그 싫다는 표정도 차마 겉으로 내색하지 못하고, 자신의 일을 철저하게 끝내놓고 남의 밀린 일까지 도맡아서 해주었다. 다른 사람의 어려운 부탁을 매몰차게 거절하지 못하며, 남의 사정을 먼저 생각하느라고 정작 자기 몫은 강하게 챙기거나 주장하지 못하던 착한 사람들이었다.

그런 사람들일수록 지나치게 남을 우선시하고 남의 사정을 깊이 배려하는 생활로 평소의 사회, 가정, 직장생활에서 많은 스트레스가 차곡차곡 쌓였으나 마땅하게 속 시원히 해소할 방법이 없다가 때마침 긴장된 마음을 한없이 누그러뜨리며 편하게 만드는 술이 많이 취하면 바로 그 술의 마력적인 힘을 빌려 사람이 완전히 돌변한 듯 술주정을 부려대던 것이었다. 주정뱅이의 술주정은 바로 술이 그에게 한꺼번에 많은 힘을 주어 앞뒤를 돌아보지 않고 쌓였던 스트레스를 한꺼번에 해소하게 하는 일종의 최면제였다.

또 그가 본 조현병이란 무서운 정신병을 앓는 사람들도 역시 마찬가지였다.

그의 옆집에 살던 젊은 청년 환자는 병원에 때맞추어 다니며 약을 잘 복용하고 관리를 잘할 때에는 너무나 선하고 착한 마음씨라 밤늦게 길 가에서 쪼그리고 앉아 작은 소쿠리에 채소나 과일을 담아놓고 장사를 하는 할머니를 보면 안쓰러워 그냥 그곳을 모른 체하고 지나치지 못하고 안 팔린 과일을 몇 소쿠리 사서 가방에 넣어왔다. 잔뜩 시들어버린 채소를 사오고, 길가에 앉아 추위에 떨고 있는 걸인에게 윗도리를 벗어주고, 어려움에 처한 불쌍한 사람을 만나면 돕지 않고는 도무지 견딜 수 없어했다.

그러다가도 빠짐없이 챙겨먹어야 하는 조현병 치료약이 복용하면 깊은 잠에 빠지는데다가 뱃속이 느끼하고 너무 괴로운 관계로 얼마간 먹기를 소홀히 하면 그만 병이 심하게 도져서 정신이 혼미하게 되어 머릿속에서 일어나는 의심과 분노, 헛것의 현상인 환청과 환시와 환촉 등 여러 가지 심한 착란 작용으로 집을 뛰쳐나가 방황하거나 때로는 막무가내 폭력을 행하는 위험한 사람으로 변해버리던 것이었다.

그는 이런 두 부류 사람들의 진면목을 보면 볼수록 요즘 어머니가 앓고 있는 치매라는 병으로 고생하기 전 모습의 경우와 너무나 흡사하기도 하고, 거의 일맥상통하는 묘한 공통점이 새록새록 생각나서 크게 놀라지 않을 수 없었다.

이로 미루어 볼 때 마음씨가 온유하고 사랑이 많던 어머니 역시 평생을 두고 무작정 인내하며 특히 근자에는 사랑하던 막내아들까지 먼저 저세상으로 보내며 가슴속 깊이 켜켜이 쌓였을 수많은 스트레스가 사람을 완전히 엉뚱한 사람으로 만들어버리는 치매라는 병으로 나타났거나, 아니면 적어도 병을 촉발시키는 주된 인자로 작용한 것이 분명하다는 생각이 들지 않을 수 없었다.

영덕은 생각할수록 어머니와 같은 치매환자와 직장의 주정꾼 친구들과 주위에서 자주 보는 정신질환자와 같은 종류의 사람들이 성격상 유사점이 많다는 생각이 자꾸 들었다. 그것은 바로 마음씨가 너무나 여리고 착해서 마음속으로는 싫어하면서도 그것을 당당하게 거절하지 못하고 오로지 묵묵하게 수용하고 오래도록 참기만 하는 데서 오는 지나친 스트레스가 원인이라는 생각을 지울 수가 없던 것이었다. 주위를 살펴보면 지독한 놈, 못된 놈, 나쁜 놈이라고 욕을 먹는 사람 중에는 주정꾼도, 정신질환자도 치매에 걸린 사람도 찾아보기 힘들다는 것이 이런 생각을 더욱 굳게 만들고 있었다.

"어르신, 비름빡(벽, 바람벽)에 똥칠할 때까지 오래오래 사시길 빕니다……"

이 시쳇말은 예전 시골에서는 명절에 이웃의 연세가 높은 어른들에게 인사를 갔다가 나이가 많은 어르신들의 무병과 장수를 비는 좋은 인사말이었는데, 난데없는 불청객인 치매가 등장하여 난무하는 지금에 이르러서는 장수하는 노인들을 극도로 비하하여 분노케 하는 몹쓸 언어가 되어버리고 말았다.

요즘 재숙의 가족들은 어머니의 행동을 지켜보며 더욱 그런 생각이 들지 않을 수 없었다. 대변을 변기에서 누지 않고 몰래 신문지를 깔고 누고 그것을 신문지에 그대로 꼭꼭 말아서 마치 아이들이 만들기용 찰흙을 감추듯 신발장 깊숙이 소중한 물건처럼 숨겨두기도 하고, 때로는 그것을 먹을 음식처럼 출근하는 아들의 가방 속에 넣어두기도 하는 등 식구들을 깜짝 놀라게 했다. 어떤 때는 아이들이 마구 흙장난을 치듯 이곳저곳 벽에다가 아무렇게나 마구 회칠을 하듯 처바르는 바람에 냄새가 온 집안에 등천을 하여 밖에서 집으로 돌아온 식구들을 혼비백산하게 만들었다. 노인의 변은 그 냄새가 유별나게 지독하여 귀여운 갓난애의 것에 비할 바가 아니었다.

그런 중에도 다행스러운 것은 몸이 불편한 어머니가 집 바같으로 나가지 않아서 이런 괴상한 일들이 가족들만의 문제로 끝나길 망정이었지 혹시라도 복도나 승강기나 이웃의 다른 집까지 어머니의 이런 이해 못할 손길이 닿아서 점점 넓게 번져나갔다면 이 또한 적잖은 문제가 발생하였음은 불을 보듯 뻔한 일이었다. 그런 생각으로 부부는 어머니의 다소곳한 기행을 그나마 다행으로 여기며 조용히 놀란 가슴을 쓸어내리며 안도할 수 있었다.

이렇게 일찍이 경험을 하기는커녕 감히 상상조차도 하지 못했던 기상천외한 일들이 평생 동안 너무나 존경하고 사랑하며 집안의 기둥같이 믿었던 나이 든 어머니에 의해 하루에도 몇 가지씩 연일 벌어졌다. 어떤 것은 아무도 몰래 슬그머니 조용하게 저질러져 식구들은 심한 피로감을 느끼며 빠르게 지치기 시작했다. 모두가 바짝 신경을 곤두세우고 불침번을 서듯이 굳게 지켰으나 경찰 열 명이 도둑 하나를 지키기 어렵다는 말과 같이 은근히 슬쩍슬쩍 행해지는 일까지 감당을 해 낼 수는 도저히 없었다.

"식구들이 서로 사랑하며 오순도순 살아가는 집이야말로 땅에 있는 소중한 천국이란다."

"부자라서 집이 크고 넓다고 해서 절대로 행복한 것이 아니야. 식구들이 모두 건강하고 마음이 맞아야 행복한 것이야……"

평소 늘 형제자매간의 우애를 강조하던 어머니의 말씀은 곧 그 당사자인 어머니로 인해 황폐해진 집안 분위기와 함께 공허한 공염불이 되어 허공으로 아득히 날아가 버렸다. 식구들은 이제 그만 어머니에게 항복이라도 하듯 모두들 두 손을 번쩍 들고 말았고, 집에 들어오면 슬금슬금 어머니를 기피하기 시작했다.

"아, 세상은 넓고 치매 환자도 정말 너무 많은 것 같아."

요즘은 어머니 때문에 늘 퇴근을 하면 곧바로 옆도 돌아보지 않고 일찌감치 귀가를 하던 영덕이 오늘은 모처럼 늦게 집에 돌아오더니, 오늘 오랜만에 만난 친구와 술을 한잔 나누었다며, 시어머니의 뒤처리로 분주한 가운데 그를 기다리던 아내에게 불쑥 꺼내는 말이 이랬다.

"당신도 잘 아는 모 대학총장 부인의 운전기사로 있는 바로 그 친구가 오늘 갑자기 긴히 의논할 일이 있다며 전화를 해서 저녁 겸 술자리를 같이 하며 하소연을 실타래처럼 늘어놓는데 듣고 보니 심상치가 않더군."

"그러면 그 친구 분의 부모님 중 한분도 치매에 걸렸다는 이야기로군요?"

"아니야, 그 친구는 조실부모하여 어린 시절을 친척집에서 작은 일꾼처럼 어렵게 살았지. 마치 예전 시골 여자 아이들이 가난하여 하나라도 먹을 입을 줄이기 위해 도회지로 월급도 못 받고 먹여주기만 하는 식모살이를 간 것처럼 말이야. 당연히 공부도 많이 못했고……. 내가 먼저 요즘 무척 힘들고 괴롭다며 어머니의 치매 이야기를 하니까 그는 대뜸,

"아, 나에게도 치매에 걸린 부모님이라도 한 분 있었으면 이 세상에 더 바랄 것이 없겠어."

라고 말하더군. 그래서 요즘 어머니로 인해서 식구들이 당하는

여러 가지 기막힌 고충을 자세히 털어놓으니 내 이야기에 크게 공감하며 경청하던 그가 갑자기 손뼉을 딱 치더니,

"맞다, 맞아. 우리 사모님도 치매에 걸린 것이 거의 분명하군. 난 그것도 모르고……, 오늘 자네를 만나자고 한 것도 바로 사모님 때문에 너무나 골치가 아파서였어."

"느닷없이 그가 내 치매 이야기에 오랜 항해 끝에 신대륙이라도 발견한 듯 놀라서 이렇게 말하는 거야."

남편이 늘어놓은 친구가 자가용 기사로 모시고 있는 대학 총장 부인이라는 사람의 증세는 참으로 묘하고도 묘했다.

"대학 총장으로 있는 남편에 버금가도록 많이 배우고 교양이 철철 넘치며 평소 말없이 근엄하던 사모님이 요즘 너무 이상해. 글쎄, 하루는 갑자기 자기 물건이 없어졌다고 나를 공연히 흘끔흘끔 의심의 눈초리로 쳐다보며 화가 잔뜩 나서 서슬 시퍼렇게 마구 설치지 않겠어? 기사로 여러 해 그분을 모셨지만 그토록 급하고 예의에 어긋나는 과격한 행동은 정말 요즘 처음 보는 장면이었어."

"그는 운전기사로서 사모님이 하자는 대로 이리 가라면 이리 가고, 저리 가라면 저리 가고 시키는 대로 할뿐인데, 무슨 귀중한 것을 잃었는지 요조숙녀같이 조용하던 사모님은 그날따라 온종일 노발대발 씩씩거리며 뜬금없이 화를 내고, 마치 무엇에 급하게 쫓기는 듯 연신 안절부절 못하며 초조한 빛이 온몸에 역력하더라는

거야. 그랬는데 그가 우연히 발밑에 떨어진 노란 작은 고무줄밴드를 발견하고 무심코 주워서 차창 밖으로 던져버리려고 하는데, 바로 그 순간 사모님이 마치 기절이라도 할 듯이 깜짝 놀라며 벽력같이 소리를 치더라는 거야."

"아, 안 돼, 제발……, 어머나. 아니? 온종일 찾았는데, 그게 어디서 났지? 빨리 이리 줘. 빨리, 빨리……"

"친구가 그 노란 고무줄밴드를 사모님께 주었더니, 그 순간 얼굴이 함박꽃처럼 환하게 펴지며, 그것을 아주 진귀한 보석처럼 받아서 얼른 고급 핸드백에 넣더라는 거야. 친구가 얼핏 보니 그 백속에는 똑 같은 노란 고무줄밴드가 그득했다고 하더군. 그랬는데 더 이상한 것은 사모님이 매우 고마워하며 명절 때 외에는 잘 주지 않던 돈 봉투를 주더라는 거지. 평소에는 바늘에 찔려도 피도한 방울 나오지 않을 만큼 지독하게 인색한 분이었는데……"

남편은 아무래도 그 사모님의 노란 고무줄밴드에 대한 지나친집착이 너무나 이상하다며 고개를 절레절레 흔들며 한동안 말을쉬더니 다시 이었다.

"친구가 그동안 그의 가슴속에 사모님 때문에 차곡차곡 가득쌓였던 다른 데서는 말 못할 깊은 고민을 나를 믿고 속이 시원하게 털어놓았어."

"오늘 자네 어머니의 여러 가지 이상한 행동에 대한 이야기를듣고 보니, 우리 사모님의 증세도 일종의 치매와 비슷하군. 아니,

치매가 확실해. 틀림없어. 아직 연세도 중년인데 말일세. 며칠 뒤에 내가 장난 삼아 노란 고무줄밴드를 주운 체하고 집어 들었더니 사모님이 깜짝 놀라며 어서 달라고 급히 조르더군. 그럴 때의 사모님은 평소와는 전혀 달랐어. 마치 잡아먹을 먹이를 앞에 둔 야생 동물처럼 눈이 이글거려서 멀건 대낮인데도 두렵기까지 하더군.

그래서 그것을 얼른 건네주었더니 마치 진귀한 보석을 받아 든 듯 금세 얼굴이 봄꽃처럼 환하게 피어나며 또 현금봉투를 주지 않겠어? 요즘 사모님은 노란 고무줄밴드를 핸드백도 모자라 양쪽 속주머니에 그득하게 넣고 다니며 때로는 그것을 만지작거리며 마냥 즐거워하다가도 혹시 누가 훔쳐가지나 않나 주위 사람들을 의심의 눈초리로 감시하며 노심초사하고 있어. 그래서 나도 걸핏하면 순간적으로 호전적이 되고 포악해지는 사모님의 기분을 달래기 위해 잔꾀를 하나 쓰지 않을 수 없었다네. 흐흐흐…….

미리 문방구에서 노란 고무줄밴드를 한 봉지 사모님 몰래 사서 숨겨두고 때때로 강아지에게 간식을 주듯 한 개씩 주었는데, 사모님은 그때마다 뛸 듯이 고마워하며 봉투를 내밀어서 그렇게 받은 돈 봉투가 엄청 많다네. 이상하게도 요즘은 잔소리도 없어지고 사모님의 모든 관심은 오로지 그 작은 노란 고무줄밴드에 한정되며 갈수록 집착이 더욱 심해지고 있다네."

"내가 듣기에도 자네가 모시는 사모님이 아이들처럼 갑자기 어린 시절 어쭙잖은 장남감에 온통 마음이 깊이 못 박혀 정신이 변해버린 과거 유아 지향적 치매가 분명한 것 같네. 마치 어린이들이 딱지나 구슬 같은 장난감을 목숨처럼 아끼듯이 말일세. 지금 한창 고민하고 있을 가족들에게 알릴 필요가 있겠는데? 하루라도 빠른 치료를 위해서 말일세."

남편이 친구에게 그렇게 권유를 했더니,

"고맙네. 오늘 자네 덕분에 오랫동안 속을 썩이던 깊은 고민의 해결 실마리를 찾았네. 일자리는 다시 구해야겠지만……"

이렇게 친구가 결심을 하며 고마워하더라는 남편의 말이었다.

남편은 집으로 돌아오면 언제나 그랬던 것처럼 요즘은 아들의 귀가를 기다리지도 않고 평소보다 일찍 주무시다가 새벽에 다시 일어나곤 하시는 어머니의 주변을 일일이 살펴보고 이불을 다시 덮어드리며 어깨를 토닥여 주고 나서 다시 부부가 거처하는 방으로 돌아왔다.

"당신 이야기를 듣고 보니 치매 환자를 돌보는 가족 간은 물론이고 나이 든 부모를 둔 사람들과 치매라는 병의 수많은 증세에 대한 잦은 공유가 얼마나 중요한지 모르겠군요."

"허허허……. 그렇소? 당신도 어머니 때문에 치매라는 병을 알게 되어 이상한 병을 앓는 여러 노인의 가족들에게 치매에 대해 알려주었다고 하지 않았소? 참으로 고맙고 매우 다행스러운 일이

오. 그런데 요즘 들어 또 누구에게 무슨 짚이는 것이라도 있소?"

"있고말고요. 노인의 나이가 80을 넘어서면 자그마치 열 명에 한둘 정도 이상이 치매에 걸린다는데, 알고 보니 그보다 훨씬 젊은 나이에도 치매를 앓는 환자들이 너무 많아요."

"그야 우리 어머니를 보더라도 뻔하지 않소? 고령화시대인데 어머니는 노인치고는 아직 새파란 젊은 나이가 아니오?"

"고등학교 동창생인 친구의 친정아버지가 아내가 암으로 얼마 전에 먼저 세상을 떠나 외동딸인 친구 가족과 함께 사시는데, 평생 고등학교 선생님으로 계시다가 퇴직을 하신지 얼마 되지 않아 온종일 아무 말도 없으시고 도통 집 밖으로 한 발짝도 나가시지를 않더라는 거예요.

그런데 놀랍게도 최근 들어 담배도 피우지 않으면서 날마다 마치 청소부처럼 길거리를 돌아다니면서 수많은 담배꽁초를 주머니마다 가득 주워다가 방안에 모으고, 하루에도 여러 개의 라이터를 사가지고 와서는 담배꽁초와 함께 방안에 수북하게 쌓아놓고는 날마다 그 담배꽁초와 라이터를 만지작거리며 즐거워한다는군요. 마치 중고등학교 시절에 선생님이나 어른들 담배를 숨겨두고 몰래 피우던 것처럼 말이에요.

식구들에게 점점 방안 그득히 쌓여가는 그것들을 치우기는커녕 건드리지도 못하게 하여 온 집안에 담배 냄새가 진동을 하지만 어찌할 수가 없어서 골치가 아파 죽겠다는 친구의 전화를 받고 깜

어머니의 용돈

짝 놀라서 치매에 대해 알려주었어요.

이번에는 친정집 바로 근처에 살고 계신 이모님이 요즘 이상한 행동을 자주하여 늘 아무 일 없이 조용하던 친정 마을이 발칵 뒤집히다시피 되었다고 하더군요."

"아니? 이모부님이 일찍 추락 사고를 당하여 돌아가시고 외아들과 단 둘이 사시던 그분 말이오? 장모님 바로 아래 동생인 그 이모님도 우리 어머니처럼 남편도, 재산도 없이 아들을 키운다고 숱한 고생을 하셨다고 들었는데, 아직 연세도 그리 많지 않을 것인데 그분에게 무슨 일이라도 있었소?"

재숙은 우선 남편이 자기의 친정 이모에 대해서 관심을 가지고 있는데다가 그 가정의 사정을 잊지 않고 소상히 알고 있는데 대해서 고마움을 느끼며, 더욱 편안한 마음으로 그녀가 살던 친정 마을에서 최근에 있었던 남도 아닌 이모님의 이야기를 실타래처럼 늘어놓기 시작했다.

"주택의 알루미늄새시 설치를 업으로 하는 노총각인 아들이 일거리가 생기면 지방으로 다니며 여러 날 동안 현지에 묵으며 노동일을 하는데, 최근에 이모님이 집에서 아들의 구두나 운동화를 비롯해 신발이란 신발은 새 것이나 헌 것이나 모두 한데 모아 정성들여 빨아 빨랫줄 높이 집게로 집어서 말린다고 늘어놓고는 공연히 이웃사람들을 의심하며 몇 호 안 되는 작은 마을을 향하여 고래고래 큰소리를 질러댄다는 거예요.

이 연놈들, 신발 도둑들아, 우리 아들 신발 내놔라. 천벌을 받을 놈들, 누가 신발을 몽땅 훔쳐갔느냐? 좋은 말 할 때 빨리 내놔라, 빨리 가져와……

밤낮을 가리지 않고 이렇게 소란을 피우자 이웃사람들이 너무 시끄러워 처음 며칠간은 무슨 일인가 싶어 나가서 빨랫줄 높이 씻어서 말리려고 늘어놓은 많은 신발을 내려서 가져다주면, 이모님은 멀쩡한 것을 곧 다시 빨아서 그대로 다시 늘어놓고는 또 소리를 질러대곤 했대요."

재숙은 그토록 성격이 온순하시고 조용하시며 남의 사정을 먼저 배려하며 자상하시던 이모님의 갑작스런 거친 변화가 도대체 믿어지지 않고 너무 기가 찬다는 듯 한숨을 연거푸 내쉬더니 다시 말을 이었다.

"한동안 그러시더니 요즘은 상태가 급속도로 심해지서서 아예 아들의 신발을 찾는답시고 이집 저집을 돌아다니며 함부로 남의 집 대문을 열어젖히고 신발장을 마구 뒤지며 소리친다는 겁니다.

이놈들, 신발 도둑놈들아, 우리 아들 신발 내놔라. 빨리 내놓지 못하겠느냐?……

마을 사람들이 아들인 저의 이종사촌 동생에게 어머니를 어떻게 좀 해보라고 해도, 그 역시 요즘 벌이도 시원찮고 게다가 나이든 어른을 방안에 묶어두겠소? 낸들 어찌하겠소? 라며 수수방관하는 바람에 마을이 계속 시끄럽다고 하는군요. 정말 안타까워요."

아내와 마찬가지로 영덕도 이야기를 듣다보니 처이모가 저질러대는 그 이상스럽고 괴상망측한 사태가 충분히 짐작이 되며, 어쩌지 못할 걱정으로 한숨이 푹푹 절로 쏟아져 나왔다. 바로 어머니 때문이었다. 나이가 들면 자신도 모르는 사이에 치매라는 무서운 병에 걸리기 십상이고, 지금 자신들이 어머니에게서 처절하게 경험하고 있듯 직장생활을 하면서 밤낮없이 이어지는 환자의 수발과 뒤치다꺼리는 결코 만만치가 않은 것이었다.

환자가 어린아이처럼 남의 말을 잘 알아듣지를 못하고 넋이라도 나간 듯 정신이 거의 없거나 아주 혼미한 상태로 이리저리 마구 뒤지며, 모든 것을 뒤죽박죽으로 만들어 어지럽히며, 잠시도 쉴 새 없이 분주하게 저질러대는 예상도 못하는, 돌보는 사람들의 상상을 초월하는 이상하고도 괴상한 행동은 그 가족들로 하여금 지나친 긴장과 수많은 일거리로 연일 파김치가 되도록 만들었다. 치매는 가족들에게서 부모님에 대한 애틋한 사랑과 효심과 마지막 인내심까지 깡그리 빼앗아버리고 결국 조금 남은 연민의 정나미마저 말끔히 앗아가 버리는 무서운 병이 아닐 수 없었다.

이래저래 영덕의 걱정은 구름이 짙어지듯 늘어만 가고 있었다. 그 중에서도 가장 큰 걱정은 요즘 세태에 대한 것이었다. 이건 혹시 하늘이 갑자기 무너져 내릴까? 아니면 혹시 땅이 아래로 푹 꺼지지 않을까? 따위의 쓸데없는 기우가 아니었다. 요즘 들어 치매를 잃고 계신 어머니의 힘든 뒷바라지를 하면서 부쩍 두 배, 세 배로 늘어난 걱정의 하나였다.

그건 현대 젊은 세대에 대한 안타까운 고민이었다.

세상은 너무나 빠르게 편리를 따라 변화를 거듭하고 있는데, 그중에는 지혜롭고, 긍정적이며, 바람직한 변화도 없지는 않지만, 요즘 젊은 세대의 너무나 야멸치고 자기중심적인 이기심은 예전에는 결코 상상도 못했던 매우 유별난 것이라, 생각이 제법 깊은 영덕으로서는 걱정이 아니 될 수 없었다.

그가 어릴 적 시골에서는 남자나 여자가 보통의 어른들만큼 제법 나이가 들어도 결혼을 하지 않고 독신으로 살다가 죽게 되면, 온 동네 사람들이 모두 나서서 정식으로 상여를 매는 장례식을 치르지 않고, 몇몇 지인들이 슬그머니 나서서 시신을 멍석에 둘둘 말아서 지게에 지고 깊은 산속으로 들어가서 큰 나무 밑을 파고 요즘 수목장을 하듯이 곧바로 묻어버리고 마는 것을 본 일이 더러 있었다. 물론 무덤에는 봉긋한 봉분도 없었고 달리 아무런 표시도 하지 않았다. 그것은 아기들이 그 흔한 홍역, 장질부사 등 각종 전염병으로 죽었을 때 흔히 하던 아기장례 같은 극히 간단한 장례였다.

이처럼 결혼을 하지 않은 남녀는 비록 나이가 많이 들어도 역시 성인이 아니라 하여 죽어서까지 어른 대우를 하지 않았던 것이다. 설사 그들에게 보통의 어른들처럼 산소(묘)를 만들어 준다고 하여

어머니의 용돈

도 결혼을 하지 않아 자식이 없으니 그 묘를 해마다 돌볼 사람이 없다는 현실적 이유도 얼마쯤은 작용을 했을 것이었다.

그런데 요즘 많은 젊은이들이 인생최대의 중요사인 결혼을 두고 필수가 아닌 선택에 불과하다고 생각하며 가볍게 여기고 더러는 아예 결혼을 하지 않으려 하고 또 떠밀려서 결혼을 해도 아기를 낳지 않으려고 하는 이기적 경향이 너무나 농후한 것이 사실이다. 그래서 당연한 결과로 출산율이 곤두박질치더니 갈수록 점점 더 바닥을 기고 있다. 길거리에는 남녀가 아닌 남자끼리와 여자끼리의 행렬이 주를 이루고 당연한 결과로 어린 아기를 품에 안고 다니는 젊은이보다 강아지나 고양이를 아기처럼 안고 다니는 사람이 몇 곱절 더 많은 세상이다.

인간의 삶은 살아볼수록 참으로 신기하고 너무나 묘하다.

인생은 지식이 아니라 직접 경험을 해봐야 그 진정한 가치를 알 수 있는 것이 아주 많다. 특히 그런 것 중의 하나가 바로 결혼이다. 인생은 결혼을 해 남남으로 만난 부부가 부대끼며 살아봐야 진정한 삶의 묘미를 알 수가 있는 것이다. 자신이 결혼을 하여 직접 아기를 잉태하고 산고를 치르며 낳아서 키우는 부모가 되어보지 않고서는 자기를 낳아준 부모의 사랑과 수고와 그 깊은 마음을 알 수가 없기 마련이다.

요즘 더욱 빨라지고 있는 고령화를 훌쩍 뛰어넘은 초고령화로 인하여 부양해야 할 노인들은 급하게 눈덩이처럼 늘어나고 있다.

그에 정비례하여 치매를 비롯한 중병에 걸린 노인들은 급속하게 불어나고 있는데, 그들을 마땅히 부양하고 돌보아야 할 젊은이들은 결혼도 하지 않고 아이도 낳지 않으므로 결국 부모가 되지 않으려는 사람들이 빠르게 늘어나고 있다는 것이다.

　요즘 젊은이들이 부모들 품안에 자식보다 훨씬 더 사랑스럽고 귀엽다는 손주들을 안겨주지 못하는 것은 차치하고라도, 부모로서의 경험도 없는 저들이 진정으로 치매와 중풍, 파킨슨병……, 등 고질적 노인병을 앓고 있는 늙은 부모를 위해 힘들고 성가시기가 이루 말할 수 없는 간병의 뒷바라지를 마음을 다하고, 정성을 다하고, 뜻을 다하고, 힘을 다하여 잘 해낼 수 있을까? 하는 염려가 늘 영덕의 마음에 두고두고 켕기던 것이었다.

4

어머니가 치매환자라는 사실을 확실히 알고, 온 식구들이 정성과 힘을 다해 보살피며 모셨지만, 하루가 멀다 하고 극도로 정신이 혼미해지고 계신 어머니가 시도 때도 없이 마구 저지르는 다양한 여러 가지 일들을 감당해내기는 결코 만만치 않았다. 철없는 어린아이 이상으로 기이한 일거리를 마구 양산하는 치매 노인을 뒷바라지하는 일은 심하게 보채며 갖은 떼를 쓰는 귀여운 애기를 돌보는 일에 결코 비할 바가 아니었다.

아이를 낳으면 육아휴직을 하듯 부부 중 한 사람이 직장을 쉬거나 그만 두고 어머니를 전적으로 돌보지 않는 한 이제 별다른 뾰족한 방법은 있을 수 없었지만, 물려받은 재산 없이 오로지 맞벌이를 하여 자식들을 공부시키며 그냥 그런대로 빠듯하게 살림을 유지하며 살아가는 형편에 누구도 아직 일을 아주 그만 두기에는 어려운 실정이었다. 그렇다고 언제 끝날지도 모르는 막연한 병을 앓고 있는 어머니를 돌보아줄 간병인을 따로 대기도 어려운 형편이었으며, 부모를 돌본다는 명목의 휴직제도는 아직 이 세상에 없었을 때였다.

너무나 길고도 긴 세월이 흐른 듯, 서너 달쯤 후에는 할 수 없이 어머니를 요양병원에 입원시키기로 부부가 함께 동의하지 않을 수 없었다. 평생을 죽도록 고생만 하신 이 세상에 단 하나 밖에 없는 홀어머니를 집에서 잘 돌보지 못하고 결국 저희들만 편하게 지내려고 값싼 병원에 내다버리듯이 고려장을 시킨다는 주위 사람들의 눈총이 따가웠고, 부부 스스로도 마음이 몹시 켕기고 아팠지만 지금으로서는 도무지 어쩔 수 없는 노릇이라는 판단이었다.

"옛날 고려장도 실제는 양식을 아끼기 위해서 무조건 일을 하지 못하는 나이가 많은 건강한 부모를 깊은 산중에 내다버린 것이 절대로 아니에요. 지금으로 말하면 바로 치매에 걸려 마치 짐승처럼 변해버린 부모를 감당하기 어려워서 깊은 산중에다 버린 것이 분명해요. 생각해 보세요. 만약 정신이 온전히 건강하다면 아무리 깊은 산중이라도 평생 동안 살아서 그곳 지리를 훤히 꿰고 있는 노인이 엉금엉금 기어서라도 길을 찾아서 집으로 돌아오기 마련이었겠지요……"

어느 역사 교수의 텔레비전 강연이 지금 새로이 가슴 깊이 와 닿으며 더욱 마음을 아리게 했다. 재숙은 이 기막힌 상황에서 며느리로서 할 만큼은 어느 정도 했다는 생각도 들었다. 누가 뭐라고 해도 어머니의 간병에는 주부인 그녀가 모든 일거리의 중심에 서서 무던히 애쓰지 않을 수 없었기 때문이다.

만약 사랑하는 아들이 이처럼 몹쓸 병에 걸렸다면 어떻게 했을까? 라는 양심의 가책도 들었다. 하지만 몇 개월이란 결코 짧지 않은 세월이지만 직장생활을 하며 치매 환자를 돌보는 가족들에게는 몇 년 이상으로 몹시 고달프고 힘들어 마치 여러 해가 지난 것처럼 길게 느껴지며, 거기다가 모든 생활이 그야말로 엉망진창이 되어버렸기 때문에 어쩔수 없었다.

더군다나 모든 사람들이 아프면 당연히 병원에 가서 치료를 받고 증세가 더 심하면 입원을 하기 마련인데, 비록 노인이지만 환자인 어머니의 병의 확실한 치료를 위해서는 시설이 완비된 병원만큼 좋은 곳이 없다고 스스로 자위를 하기도 했다. 그래서 요즘 노인요양병원들이 우후죽순처럼 많이 생겨나고 있는 것이란 생각도 들었다.

그렇지만 여전히 마음 한 구석엔 누군가가 부모를 내다버리는 못된 불효녀라고 그녀의 머리채를 뒤에서 잡아당기는 것 같이 여간 찜찜하지 않았다.

그러나 다행히도 지금 어디로 가는 줄도 모르고 계속하여 이상한 의미 없는 말을 중얼거리는 어머니를 차에 모시고, 시내에서 한참 멀리 떨어진, 양 옆으로 푸른 소나무들이 빼곡한 제법 긴 산길을 따라 오르며 찾아간 병원은 의외로 규모가 컸고, 겉모습부터가 새로 단장을 한 듯 깔끔했다. 넓은 잔디밭이 이어진 널찍한 로비에는 푸른 줄무늬가 쳐진 흰 환자복을 입은 머리가 새하얀 노인 환자들이 온통 꿀통 앞의 벌 떼처럼 많이 붐비고 있었다.

그런데 얼핏 보기에도 이상한 점은 병원 주위에서 우글거리는 많은 사람들은 모두 똑같은 환자복을 입은 나이가 많은 노인 환자들뿐이었고, 보통 옷을 입은 면회를 온 가족이나 친지 혹은 친구들은 거의 눈에 띄지 않던 것이었다.

"아마도 주택가에서 꽤 멀기 때문에 면회를 온 가족들이 없는 모양이군."

재숙이 이야기를 나누는 사람도 없이 뿔뿔이 흩어진 환자들만 보여 어떤 특수한 사람들만 가둬놓은 수용소처럼 무언가 약간은 어색하고 썰렁하게 느껴지는 분위기가 이상하다고 생각하고 있을 때 같은 생각이 들었는지 남편이 한 말이었다.

"그러고 보니 와글와글 붐비는 많은 환자들에 비해서 오가는 간호사나 간병인이나 의료진이 잘 보이지를 않는군요? 아마도 이게 일반병원과 노인요양병원의 차이점인가 보군요? 많은 환자들을 돌보려면 아무래도 많은 일손이 필요할 텐데……"

재숙도 오늘 처음 온 병원이지만 어쩐지 일반 병원에서 보던 풍경과는 맞지 않은 매우 단출하고 한산한 느낌이 들어 중얼거리듯이 그렇게 말했다.

어머니의 용돈

민가에서 멀리 떨어진 곳이어서 새로 까맣게 포장된 산길을 따라 꽤 올라간 산중턱의 사방이 훤히 툭 트인 맑은 숲속에 위치한 병원은 오래된 호텔을 개조하였다고는 하나 깨끗했다. 새로 막 꽃나무를 심고 여러 종류의 수목 갱신을 마친 주위의 자연경관과 잘 어우러져 아늑한데다 더 없이 아름답고 조용해 보여서 노인들의 요양에는 안성맞춤이란 생각이 절로 들었다.

환자들과 비슷하게 나이가 많아 보이는 의사는 친절하게 병원에 잘 다니지 않아 쭈뼛거리는 어머니를 편안하게 구슬려 말을 시키고 여러 가지 검사를 했다. 어머니는 의외로 면접시험을 보는 수험생처럼 바짝 긴장을 하면서 당초 생각했던 것보다 비교적으로 답변을 차분하게 잘했다.

그러나 오랜 시간에 걸친 언어능력, 기억력, 시공간 능력, 계산능력, 손놀림……, 등 여러 가지 종합적인 검사 결과 역시 노인성 치매가 확실하다는 진단이 나왔고, 그것도 상당히 많이 진행된 중증이라는 의사의 말이었다.

게다가 의사의 진단을 뒷받침이라도 하듯 이어서 실시한 뇌의 시티(CT) 촬영 결과는 처음 보는 사람에게도 눈에 확 띌 만큼 확연하게 섬뜩하여 재숙 부부를 놀라게 할 정도였다. 최근의 가까운 기억을 관장하는 전두엽의 뇌세포는 하얗게 죽어있고, 과거, 그것도 아주 멀고 오래된 어릴 때를 기억으로 겨우 떠올릴 수 있는 부분만이 조금 남아있다는 의사의 사진 설명이었다.

"아, 그래도 배웠다는 우리가 어머니가 이 지경이 되도록 무심하였다니……"

부부는 크게 후회하고 한탄하며 뉘우침의 긴 한숨을 토해내야 했다.

하지만 재숙 부부는 늦게나마 병원에 어머니를 모시고 오기를 잘했다고 서로 안도하며 입원 수속을 밟고 있는데, 그제야 집으로 돌아가지 못하고 가족을 떠나 혼자 병원에 입원해야 한다는 상황을 인식하였는지 어머니는 아들과 며느리의 옷자락을 꼭 부여잡고 아픈 다리를 더욱 절룩이며 가는 곳마다 졸졸 따라다니며 아들과 며느리의 곁을 떠나지 않으려고 안간힘을 쓰고 계셨다. 굳은 인상을 더욱 크게 찡그리고 하늘이 무너져 내릴 듯 큰 걱정에 휩싸여서 요즘 좋아하시던 음료수를 사서 드려도 입에 대지를 않으셨고, 잔뜩 화라도 난 듯 안절부절 못하시며 어떤 위로의 말에도 일체 반응을 보이지 않으셨다.

"어머니, 며칠만 약 잘 드시며 치료를 받고 계세요. 몸이 좋아지면 곧 모시러 올게요……"

"싫다. 싫어. 집에 갈란다. 어서 집으로 가자……"

부부는 두려움에 싸인 채 심드렁하게 겨우 말씀하시는 어머니가 안쓰럽기 그지없었으나 할 수 없이 떨어지지 않으려고 온몸으로 저항하며 보채는 어머니를 억지로 떼어 밀듯이 입원을 시켰다. 마치 어린 자식을 낯선 사람 손에 맡기듯이 어르고 달래며 겨우 떼어놓고 병실을 서둘러 떠나려는데 어머니가 갑자기 소중한 무엇을 잊어버린 듯 제법 또렷하게 큰 소리를 버럭 질렀다.

"내 돈, 내 용돈은 꼭꼭 때 맞춰서 가지고 와야 한다! 알겠지?"

"예? 용돈을요? 아, 예. 물론이지요. 어머니, 꼭꼭 챙겨드릴 테니 조금도 걱정하지 마세요!"

깜짝 놀란 재숙이 얼떨결에 이렇게 대답을 했다. 도저히 못미더웠던지 재차 재숙의 다짐을 받은 후에야 어머니는 마음이 놓였는지 또 본래의 넋을 잃은 듯 흐릿한 상태로 돌아가셔서 비 맞은 중처럼 엉뚱한 중얼거림을 계속하시고 계셨다.

부부는 집으로 돌아오자 당장 어머니로 인하여 장맛비처럼 쏟아지던 무수한 할 일은 줄어들어 손발은 편했으나, 마음 한 구석은 후련하기는커녕 가슴에 큰 구멍이라도 뻥 뚫린 듯이 허전하고 허탈했다. 특히 떨어지지 않으려고 바동대며 애걸을 하던 어머니의 마지막 애처롭던 모습이 계속하여 두 사람의 뇌리에 맴돌며 눈시울을 촉촉이 적시고 있었다.

비록 불치의 병 때문이긴 하지만 함께 오순도순 부대끼며 살던 가족과 이런 일로 떨어지는 것이 이토록 외롭고 슬플 줄은 미처 상상도 하지 못했었다. 이건 앓던 이빨이 빠져 시원한 것과는 전혀 다른 상황이었다. 집안은 물론이고 마음이 갑자기 꽉 차 있던 단지를 모두 비워낸 듯 텅 빈 듯 허전했다. 그래서 심히 두려움까지 드는 느낌이었다.

재숙은 어머니가 기거하던 방에 들어서서 여기저기 마구 흐트러진 어머니의 낡고 빛바랜 옷가지들, 그리고 늘 어머니와 함께하던 소주병과 재떨이를 보자 또 다시 눈물이 왈칵 솟으며 풍선에서 바람 빠지듯 온몸의 힘이 쭉 빠지며 허탈해지고 말았다.

'이게 아니야. 자식이 이래서는 결단코 안 되지. 몸뚱이가 편한 게 결코 전부가 아니야……'

당장 병원으로 달려가 다시 어머니를 집으로 모셔오고 싶은 생각이 굴뚝같았으나, 그러기엔 또 다시 부닥칠 현실의 벽이 더 없이 높게 느껴졌다. 재숙은 어머니를 집에서 모시듯이 자주 병원으로 면회를 가서 보살피며, 어깨를 토닥여주며 위로를 해야겠다고 다짐하는 것으로 허전한 마음에 약간의 위로를 삼으며 만족해야 했다. 당장 이번 일요일에는 어머니가 좋아하시는 여러 가지 잡곡을 넣어 모두백이찰떡을 빚고 소주와 담배도 충분하게 챙겨서 면회를 가리라 마음먹으며 그것으로 겨우 바람맞은 촛불처럼 마구 흔들리는 마음을 가라앉힐 수 있었다.

저녁이 되어도 모든 식구들은 갑자기 조용해진 텅 빈 집안이 오히려 어색하여 아무도 말을 하는 사람이 없었다. 어머니의 빈자리는 이토록 컸다. 특히 부부는 어머니를 아무도 몰래 깊은 산중에 버리고 온 것처럼, 무슨 큰 죄나 지은 듯이 곁눈질로 서로의 눈치를 슬금슬금 살피며 얼굴을 똑바로 응시하지 못하고 눈길이 마주칠 때마다 고개를 떨어뜨리곤 했다. 부부는 저마다 천하에 몹쓸 난데없는 죄인이 되었다는 생각뿐이었다.

"여보, 너무 상심하지 마시오. 곧 어머니의 상태가 좋아지면 다시 집으로 모시고 오자고요."

이윽고 영덕이 점점 허전해지는 마음을 내비치지 않으려고 아내를 위로하며 말했다. 이건 차라리 자신에 대한 스스로의 위안에 가까웠다.

"당연히 그래야지요. 우리 학교 선생님도 요양병원에 계시던 시어머니를 병이 많이 나아서 며칠 전에 집으로 모시고 왔다고 하더군요. 전에 이야기 했던 이상한 성폭행을 당한 할머니 말이에요."

"아, 알지. 알고말고. 세상에 힘없는 늙은 할머니만을 골라서 성폭행을 일삼는 별 희한한 놈이 다 있다고 언론에서도 퍽 요란하게 떠들썩했잖아? 그때 나도 크게 분개를 했었지. 세상에 병의 종류가 허다하게 많다지만 어찌 늙어서 힘 없이 쪼그라든 할머니를 표적으로 삼아 으슥한 곳으로 끌고 가서 강제로 욕을 보이는 별 괴상망측한 놈이 다 있을까? 하고 말이야……"

"맞아요. 바로 그 할머니가 젊은 미치광이에게 성폭행을 당하지 않으려고 죽을힘을 다해 반항을 하다가 몸을 많이 다치고, 거기다가 강제로 욕을 당한 후유증으로 치매 증상까지 심했었는데, 요즘 의술과 약이 너무나 좋아서 비교적 빠른 시일에 할머니의 몸과 마음이 상당히 회복이 되었다는군요."

영덕은 성폭행을 당한 그 할머니와 비슷한 연세의 어머니가 계시기 때문에 희귀한 노인 성폭행 사건의 전말을 자세히 살폈었다. 재숙은 세상에 도저히 있을 수도 없고 또 있어서도 안 될 이상한 성폭행을 당한 노인이 바로 같은 학교 선생님의 시어머니라서 그 내용을 소상하게 잘 알고 있었던 것이다.

"노인의 빠른 회복이라? 그것 참 듣던 중 반갑고 고무적인 소식이로군. 나이가 많으면 단순한 낙상도 낫기가 매우 어려운 법인데, 하늘이 도왔군. 어머니도 하루 빨리 그렇게 회복이 되어야 할 터인데……"

"너무 걱정하지 마세요. 세상에 우리 어머님만큼 마음이 굳고 정신력이 강한 노인이 또 있을까요? 저는 어머님의 병이 곧 나아서 평소의 그 남다른 강단을 찾을 거라고 굳게 믿어요."

부부는 이런 기대에 찬 희망적인 말을 주고받으며 어머니가 계시지 않아 허전해진 마음을 서로 어루만지며 달래주고 있었다.

그러나 세상일은 그렇게 마음먹은 대로 호락호락하지도, 형통하지도 않았다. 눈에 보이는 급한 불을 끄고 나면 흐지부지 곧 꺼질 듯이 타던 불이 전혀 엉뚱한 불씨가 되어 다시 활활 타올랐다. 그러면 그 다음에 일어난 불이 금세 발등에 떨어진 더 다급한 불이 되고 말았다.

조금이나마 덜 급한 것을 다음으로 미루고 나면 그 틈새로 더

급한 새로운 것이 자리하여 더욱 급하게 재촉을 하기 마련인 것이 바로 사람이 살아가는 세상사의 묘한 이치였다. '하늘 아래의 즐겁고 슬픈 모든 일들이 이 또한 곧 지나가리라'라는 말처럼 결국 모든 것은 흐르는 세월 따라 빠르게 지나가긴 하지만, 당장은 눈 앞에서 애간장을 말리며 마음을 바짝바짝 조이며 불태우기 마련인 것이다.

게다가 '눈에서 멀어지면 마음에서도 멀어진다'는 말은 절대로 헛말이 아니었다. 어머니의 경우가 바로 그 가늠자와도 같았다. 온 식구가 여러 달 동안 온통 밤낮으로 눈코 뜰 새 없이 지켜보며 매달려야했던 어머니였으나 일단 입원을 시켜서 급한 불을 끄고 나니, 지금 눈앞에서 보이지 않는 어머니는 식구들의 우선순위에서 점점 뒤로 한 계단씩 밀려나고 있었다.

'내일은 무슨 일이 있더라도 면회를 꼭 가야지. 그야말로 하늘이 두 쪽이 나지 않는 한……'

부부는 늘 저녁에 집에 돌아오면 이렇게 서로 굳게 마음의 다짐을 하곤 했지만, 다음날이면 재숙의 학교에서 피치 못할 급한 사정이 생겨서 할 수 없이 그 이튿날로 미루어졌고, 또 오늘은 손꼽아 기다리고 계실 어머니를 생각하여 조급증이 일며 일찌감치 준비를 끝내고 꼭 면회를 가려고 하면 뜬금없이 남편으로부터 전화선을 달구는 급한 전화가 오던 것이었다.

"여보, 회사에 급히 처리할 일이 생겨서 오늘은 도저히 어려워.

갑자기 관공서에서 무슨 일인지 고발이 들어왔다며 업무 감사를 나와서 마구 설치고 다니네……"

이뿐만이 아니었다. 무슨 절호의 좋은 기회라도 맞은 듯 아들과 딸, 가까운 친척과 친구, 직장…… 여러 곳에서 당장 피하지 못할 매우 급하고 중요한 일들이 사전에 약속이나 해 둔 듯이 빈틈없이 촘촘하게 이어서 나타나고 있었다.

"할 수 없지요. 아마도 어머니가 오래 앓고 계시는 동안에 알게 모르게 우리 모두에게 하나씩 하나씩 밀쳐두었던 일들이 엄청 많이 쌓였던 모양이에요. 그런 것들이 밀물처럼 한꺼번에 와르르 닥쳐오니……"

재숙이 오늘도 여전히 어머니의 면회를 가지 못하는 것을 안타까워하며 이렇게 말하면, 남편은 거기다가 한술을 더 떠서 더욱 느긋하게 말하던 것이었다.

"괜찮아. 병원에서 알아서 잘 돌보아주고 있을 거야. 그래서 뭐니 뭐니 해도 환자에게는 전문 병원이 제일 좋다는 것 아니겠어?……"

이렇게 차일피일 하루하루 미루다가 재숙이 남편과 겨우 날을 받아 어머니의 첫 면회를 간 것은 입원한 지 두 달이 후딱 지나가 버린 뒤였다. 부부는 죄송스러운 마음으로 병원에 도착하자마자 곧바로 어머니의 병실을 찾았다. 이날도 병원에는 많은 환자들이 밖으로 나와서 우글대며 어지러이 왔다 갔다 하고 있었으나 어쩐지 면회 온 가족도 없고, 환자들끼리 서로 사귄 친구도 없는 듯 각자 혼자서 뿔뿔이 이리저리 헤매듯 서성대고 있을 뿐이었다. 역시 간호사나 요양보호사 등 병원 직원들도 잘 눈에 띄지 않았다.

하지만 부부는 그런 것에 아랑곳하지 않고 더욱 조급해지는 마음을 가까스로 누르며 급히 어머니의 침대로 달려갔으나 어찌된 일인지 거기 침대 위에 누워 계셔야할 어머니가 보이지 않았다. 지금쯤은 병세가 많이 호전된 어머니가 자기들을 손꼽아 가다리다가 벌떡 몸을 일으켜 반갑게 맞이할 줄 알았던 기대는 당장 와르르 깨어지고 말았다.

"아이고, 어서 오너라. 두 눈이 쏙 빠지도록 얼마나 기다렸는지 아느냐?"

잔뜩 기대했던 어머니의 이런 반김은커녕 어머니의 모습도 보이지 않으니 이런 놀랍고 황당한 일이 다시 있을 수 없었다. 어머니의 행방을 물어보려 했으나 어찌된 일인지 병실 옆의 간호사실엔 간호사가 없었고, 복도에는 청소하는 사람도, 병실엔 간병인도 한사람 보이지 않았다. 급한 나머지 여기저기 띄엄띄엄 침대에 누워있던 노인들에게 어머니와 비어있는 침대의 환자들에 대해 물어보아도 그들은 들었는지 못 들었는지 마치 꿀 먹은 벙어리처럼 반쯤 뜬 두 눈만 멀뚱멀뚱 끔뻑거릴 뿐이었다. 지금 침대에 누워있는 노인들은 무슨 말인지 알아듣지도 못했고 대답을 할 만한 최소한의 상태도 못 되어 보이는 증세가 매우 심한 중환자들뿐이었다.

자세히 살펴보니 어머니의 침대에는 사람을 묶을 때 사용한 것으로 보이는 긴 끄나풀만이 여기저기 몇 줄 매달려 있을 뿐이었다. 이에 불현듯 불길한 생각이 든 재숙 부부는 어머니와 함께 있는 환자들에게 드리려고 가지고 간 묵직한 음식보따리를 내팽개치다시피 버려두고 어머니를 찾아 병원을 뒤지기 시작했다. 2층과 3층의 여러 병실을 뒤졌으나 하나같이 여기 저기 몇몇 노인들만 누워있는 똑 같은 병실들만 죽 늘어서 있었다. 4층 옥상으로 통하는 문은 철문이었고 바깥으로부터 굳게 잠겨 있었다. 그러나 그 바깥에서는 분명히 제법 많은 사람들이 몰려다니는 듯 여러 사람들의 웅성거리는 소리가 모기소리처럼 가냘프게 들렸고 이따금씩 젊은 사람의 힘찬 고함소리도 들렸다.

"아래 1층에는 돌아다니는 노인들이 많았는데, 위층에는 병원이 이토록 조용할 수가? 환자들을 모아놓고 무슨 건강에 대한 강연을 하고 있나? 이건 아무래도 뭔가 심상치 않은데?……"

부부는 서로 똑 같이 이렇게 중얼거리며 고개를 갸웃거리며 서로의 얼굴을 마주 쳐다보았다.

드디어 어떤 굳은 결심을 한 듯 영덕이 손으로 굳게 잠긴 철문을 쾅쾅쾅 연이어 여러 번을 두드리다가 급기야는 발로 철문을 쿵, 쿵, 쿵 크게 걸어차기 시작했다. 쇠꼬챙이나 몽둥이 같은 것을 찾아보았으나 주위엔 아무것도 없었다.

어쩔 수 없이 한동안 그러기를 되풀이하며 계속하고 있는데, 얼마쯤 지나자 꿈쩍도 않던 무거운 철문이 아주 조심스럽게 소리 없이 스르르 열리더니 젊은이 하나가 그 사이로 빠끔히 얼굴을 내밀었다. 그가 얼마나 신중하고 조심스럽게 주위를 살피던지 흡사 고양이에게 쫓기던 쥐가 도망쳐 들어간 구멍에서 밖을 내다보며 자기를 쫓아오던 고양이의 동정을 살피는 형상이었다. 영덕은 고개를 약간 내밀고 요리조리 주의 깊게 바깥의 동정을 살피는 젊은이를 확 밀쳐버리고 옥상으로 성큼성큼 걸어 나갔다. 여필종부女必從夫라, 재숙도 덩달아 남편의 뒤를 따라 뚜벅뚜벅 걸어 나갔다.

"안 돼요. 안 돼, 거긴 외부인 출입금지에요, 출입금지 구역이요……"

깜짝 놀라 밀려나서 벌렁 나자빠졌던 젊은이가 벌떡 일어서서 부리나케 뒤를 쫓아오더니 양팔을 벌리고 그들 앞을 가로막아 섰다. 그러나 그는 잔뜩 화가 난 영덕의 상대가 되지 못하고 비틀거리며 곧 다시 옆으로 밀려났다.

얼마 가지 않아 부부를 막아선 것은 옥상에 새로 지은 커다란 가건물이었다. 가로와 세로가 각 수십 미터의 크기였다. 부부는 조용히 그들을 막아선 커다란 가건물의 문을 밀치고 그 안을 들여다보다가 갑자기 멈춰 설 수밖에 없었다. 깜짝 놀란 눈은 더욱 크게 떠였고, 입은 딱 벌어져 다물어지지 않았다.

'아니? 세상에 어찌 저런 일이? 아, 어떻게 저럴 수가?……'

교실 두세 개쯤 크기의 가건물 내부에는 많은 노인들이 무더기로 군데군데 운집하여 마치 신체검사를 받는 신병들처럼 서성대고 있었다. 어떤 노인들은 송장처럼 아예 물이 질편한 시멘트 바닥에 그대로 벌렁 드러누워 온몸을 덜덜덜……, 사시나무 떨 듯마구 떨어대고 있었다.

남녀 노인들은 모두 하나같이 속옷 하나도 걸치지 않은 완전히 발가벗긴 알몸 상태였다. 한쪽에서는 옷을 입은 위에다가 물 장화를 신고 비닐 앞치마까지 두른 젊은이들이 이쪽과 저쪽에 서서 마치 돼지우리에서 돼지를 씻기듯 노인들을 향해 세찬 물줄기를 대포처럼 쏘아대고 있었다. 그럴 때마다 군데군데 무리를 지어 서있던 노인들은 차가운 물줄기를 피해 양떼처럼 이리저리 우르르 몰려다녔다.

물을 뿌려대는 젊은이의 말투는 너무나 크고 거칠었다. 신병들 훈련을 시키는 교관의 욕지거리는 저리 비켜나라고 할 정도로 우렁차고 험악하기 이를 데 없었다. 거동이 불편하고, 행동이굼떠서 우왕좌왕하고 있는 노인들을 향해 이 놈, 저 놈, 이 년, 저년……, 같은 말은 보통 예삿말이었다.

"멍청한 늙은이, 지금 정신머리를 어디 쏟고 있어? 빨랑 저리가지 못해?……"

"바보 같은 놈, 네놈은 저리 비켜서란 말이야. 지지리도 못난 병신 새끼…… "

그들은 명령대로 잘 움직이지도 못하고 눈치도 없는 아픈 노인들을 향해 입에 담지 못할 험한 욕지거리를 시궁창처럼 퍼부으며 걸핏하면 신경질을 내며 강짜를 부려대고 있었다. 마치 영화 속의 강제 수용소나 개나 돼지를 사육하는 동물농장의 우리를 연상하게 하는 장면이었다.

부부가 기절할 만큼 입을 벌린 채 놀란 눈을 깜빡이지도 못하고 이리저리 둘러보는데, 그 한쪽에 꼼짝 없이 송장처럼 누워있는 몇몇 노인들 중에 재숙의 시어머니가 있었다. 어머니는 곁의 다른 노인들보다도 더 피골이 상접하고 힘이 없이 축 늘어져 있었다.

두 달여 남짓 만에 어머니는 너무나 바짝 여위어서 얼굴을 잘 알아보지도 못할 지경이었다. 차가운 물줄기가 자신의 몸을 덮쳐도 피할 기력이 아예 없었고, 그럴 때마다 다만 매우 괴로운 듯 핼쑥한 얼굴만을 찡그릴 뿐이었다. 추위로 아랫니와 윗니가 딱딱 마주치고 있었다. 재숙은 얼마 전 집에 불이 났을 때 물장난을 치시던 여위고 수척했던 어머니의 모습이 잠시 뇌리에 떠올랐으나 그때와는 정말 비교도 할 수 없는 파리하고 기진맥진한 모습이었다.

그렇게 노인들을 몰아치며 설쳐대던 그들이 언뜻 옷을 입은 채로 있는 외부인인 재숙 부부를 발견하고 갑자기 전장의 포화처럼 마구 쏘아대던 물대포를 잠그더니 급히 노인들을 병실 쪽으로 몰아넣었다. 그러자 언제 서로 연락을 했는지 여태껏 흔적도 보이지 않던 몇몇 여자 간병인들이 우르르 부리나케 쫓아 나오더니 벌벌

떨고 있는 노인들의 물기를 대충 닦아주고 옷을 입혔다. 그들은 몰래 땅속 깊이 숨겼던 큰 비밀이라도 들킨 듯 낯선 이방인인 재숙 부부를 크게 의식하여 두 사람의 눈치를 보느라고 정작 노인들에 대한 예우나 처치는 완전 여벌이었다.

"음, 놈들이 벌이는 익숙한 솜씨로 봐서 이건 완전히 상습적으로 하던 짓거리가 분명하군……"

영덕이 크게 신음소리를 내면서 이렇게 말했고 재숙도 그 말에 저절로 동의가 되어 고개를 끄덕였다. 부부는 너무나 놀란 나머지 숨이 가빠지며 피가 거꾸로 흐르는 듯 정신까지 아찔해지는 것 같았다. 그간 이토록 숱하게 당하며 생고생을 했을 어머니를 생각하니 마치 자신들이 직접 저지른 죄악처럼 후회가 온몸으로 덮쳐왔다. 그럴수록 어머니의 차마 눈 뜨고 볼 수 없는 허약하고 초췌하게 변한 모습이 가슴을 마구 아프게 찌르며 죄송함과 안쓰러움과 부끄러움으로 몸둘바를 모르게 만들고 있었다.

이 세상에서 가장 소중한 어머니의 일인데, 여러 곳을 속속들이 미리 잘 알아보지도 않고 단지 병원이라면 모두 같을 것으로 믿고 이런 막돼먹은 곳에 덥석 어머니를 맡긴 자신들의 소홀했던 불찰이 점점 더 무거운 죄의식으로 다가왔다.

부부가 당황하여 제대로 어찌할 바를 모르고 있는데 그제야 마치 아픈 노인들을 짐승 다루듯이 다그치며 제 멋대로 마구 설쳐대던 젊은이들과 어디선가 불쑥 나타난 직원들은 변명을 실타래처럼 주저리주저리 늘어놓기 시작했다.

"죄송합니다. 일손은 부족하고 노인들이 하루에도 몇 번씩이나 대소변을 싸고 또 자신이 싼 대변을 만지작거리며 장난을 치는 바람에 모처럼 온몸과 손발을 깨끗이 씻긴다는 게 오늘 어쩌다가 그만······."

"냄새가 심한 노인들을 좀 더 깨끗하게 관리한다는 게 오늘은 좀 지나쳤습니다······."

그들의 씨알도 먹히지 않을 구차한 변명에 재숙은 더욱 기가 차고 말문이 막혔다. 세상에 싼 것이 비지떡이라더니 결국 이 모양이 꼴이군. 어쩐지 다른 병원보다 입원비가 좀 싸다고 생각했을 때, 아무런 의심 없이 약간의 주의조차도 기울이지 않은 게 화근이긴 했다.

'모름지기, 예부터 세상에 공짜는 없다고 했는데······'

하지만 아무리 그렇다고 하더라도 힘이 없어 잘 기동도 못하고 정신이 없어 앞뒤도 구별하지 못하는 아픈 노인들을 정성을 다해 봉양하며 돌보지는 못할망정 짐승처럼 마구 대하는 건 결단코 사람이 할 짓이 아니었다. 이건 분명한 노인 학대였고 가볍지 않은 범죄행위였다. 병원 입구에 걸어놓은 '우리는 노인 환자들을 친부모처럼 모시겠습니다'라는 병원의 구호가 맹탕 헛것이고 눈속임이라는 생각이 절로 들었다.

게다가 남녀 노인을 구분하지도 않고 옷을 홀라당 벗겨서 한꺼번에 가두어 놓고 아무리 여름이라지만 단체로 얼차려 기합을 주듯 차가운 세찬 물대포를 마구 쏘아대며 목욕이랍시고 몸을 씻기는 건 이미 노인에 대한 예우나 청결의 차원을 떠나서 자신들이 인간이기를 포기한 몰염치의 극치를 이루는 야비한 처사가 분명했다.

세상일이란 저희들 딴에는 아무리 꼭꼭 숨기려고 해도 이미 하늘이 알고 땅이 알고 동시에 자신도 아는 법이었다. 겉으로 드러난 이런 한 가지를 보면 능히 그 뒤에 숨겨진 열 가지, 백 가지를 알 수 있는 것이 또한 사람이었다. 아무리 어두운 한밤중에 숨어서 은밀하고 비밀스럽게 하는 일이라도 날이 훤히 밝아 대명천지가 되면 그 실체가 고스란히 적나라하게 드러나는 것이 세상사의 정해진 이치였다.

아무도 몰래 훔친 도둑들의 행위가 그렇고, 주고받는 두 사람밖에 모르던 뇌물 수수가 시간이 흐르면 저절로 밝혀지는 이치가 바로 그랬다. 낮 말은 새가 듣고 밤 말은 쥐가 듣는다는 옛말은 절대로 그냥 지어낸 우스갯말이 아닌 것이다.

이토록 버젓한 외양의 건물과 값싼 병원비로 생활에 쪼들리는 환자들을 유인해 놓고, 장기간 치매로 돌보기에 지친 가족들이 일단 노인을 병원에 맡기고 가면, 귀찮은 존재를 내다버린 듯이 좀처럼 찾아오지 않는다는 것을 이들은 오랜 경험으로 알고 있었던 것이 분명해 보였다. 특히 갑작스런 치매라는 유별나고 이상하고 너무나 성가신 병으로 그 뒷바라지에 많은 고생을 할 수밖에 없던 중증 치매노인 환자 가족들의 경우는 두 번 다시 환자의 뒤도 돌아다보고 싶지 않을 것이니 더욱 그럴 수밖에 없을 것이었다.

민가에서 멀리 떨어진 산중턱에 위치한 병원에서는 환자들을 유치하기 위하여 입원비를 저렴하게 하고 그 대신 수익을 높이고 각종 경비를 아끼기 위해 간호사와 요양보호사 등 의료 인력을 대폭 줄였다. 병원 측의 이런 꼼수를 교모하게 이용하는 직원들은 거기서 한 발짝 더 앞서나가 일손이 부족하다는 핑계로, 또 멀리서 힘들여 출근을 한다는 것을 구실 삼아 자신들의 편안과 안일을 추구하며, 그 대신 정신이 희미하여 불평이나 항의를 하지 못하는 애꿎은 환자들을 대상으로 참으로 가증한 짓거리를 서슴지 않았을 것이 불을 보듯 훤했다.

이들은 산중으로 즐거운 소풍을 나온 것처럼 저희들끼리 모여서 희희낙락하며 놀다가 몸이 많이 불편하고 정신이 혼미한 불쌍한 환자들을 공연히 업신여기고 구박하며 심하게 나무라다가 자기들이 해야 할 일이라도 생기면 귀찮아하며 환자들을 윽박지르며 갑질을 해대었을 것이었다.

윗물이 맑아야 아랫물도 깨끗한 것처럼 이 병원의 경영자나 의료진이나 하다못해 식당 일이나 청소 등 허드렛일을 하는 사람들까지 모두가 한통속이 되어 기본적 윤리가 허물어진 채 짜고 치는 화투놀이를 하고 있었다. 최소한의 윤리마저 저버린 극히 비양심적인 사람들인 만큼 아무도 보지 않는 외진 곳에서나 야밤중에 정신없는 환자들의 요구사항 쯤은 쇠귀에 경 읽기로 묵살했을 것이다. 환자들을 먹이고, 입히고, 뒤처리를 하고, 겉으로는 간호를 한답시고, 오늘 재숙 부부가 본 것 외에도 또 무슨 엉뚱하고 못된 짓거리를 얼마나 더 자행했을지는 대강 짐작이 되었다.

침대에서 갑갑하여 밑으로 내려오려고 날뛰고, 수액 바늘을 뽑아버리고, 대소변을 보려고 침대에서 나와서 걷고, 기저귀에 싼 대변으로 장난을 친다고 팔다리를 꽁꽁 묶어놓은 탓인지, 아니면 그 이상의 다른 학대가 있었던지, 두 달 남짓 만에 어머니는 엉금엉금 기어서도 잘 다니지 못하는 완전히 중환자의 몸이 되고 말았다.

본래 낙상을 당하여 앓아누운 채 꼼짝 못하는 노인들의 근육 감소는 그야말로 순식간의 일이었다. 근육을 키우는데 비하면 근육의 빠짐은 너무나 빠른 것이다. 한 달 만에 일 할 이상씩의 근력이 사라진다는 의사들의 말은 직접 모시는 노인들의 몸을 통해 금방 알 수가 있다.

특히 몸의 움직임이 굼뜨고 뼈에 칼슘이 부족한 골다공증이 대부분인 노인들은 교통사고뿐만이 아니라 집안에서도 잘 넘어지고, 미끄러지고 혹은 어지러워 쓰러졌다. 편평한 길에서도 발을 헛디뎌서 쉽게 사고를 당하기 마련인데, 이렇게 사고를 당해 입원하여 침대에 꼼짝 못하고 가만히 누워 있게 되어 사용하지 않는 노인의 몸은 급격히 쇠퇴하여 한두 달만 지나도 휠체어에 앉아서 야 겨우 움직일 수 있는 앉은뱅이로 전락하게 되는 것이다. 신체 의 오묘한 진리는 나이가 많을수록 움직이지 않으면 근육이 더욱 빠르게 줄어들기 마련인데다 그 회복은 극히 더뎌지게 되는 것이 다.

오늘 어머니의 상태가 흡사 이와 같았다. 그간에 마치 낙상이라 도 당하여 근육이 모두 사라진 듯 어머니는 잘 움직이지도, 몸을 잘 가누지도 못하는 상태로 전락하고 말았다.

바로 이때, 서툰 솜씨로 무척이나 낑낑대며 지푸라기처럼 풀풀 날아가 버릴 듯이 가벼워진 어머니를 들어 침대에 겨우 누이는 나 이가 지긋한 간병인 듯한 사내는 꼼짝도 못하게 눈에 띄게 악화된 환자의 상태가 그의 눈에 보기에도 너무 확연하자 매우 계면쩍다 는 듯 더듬으며 말을 했다.

"할머니가 영양제 바늘을 자꾸 잡아 뽑는 바람에 손을 잠시 조 금 묶어 두었습니다."

"내가 보기엔 두 다리와 발도 꼼짝 못하도록 꽁꽁 묶어두었던 모양인데요? 할머니의 다리와 발에도 영양제 주사를 꽂아두고 있 었나요?"

재숙이 어머니의 팔과 다리 주변에 줄줄 매달린 여러 가닥의 굵 직한 끈을 손으로 집어 들어 가리키며 발끈하여 따지고 들었다.

"아, 예, 가끔, 아주 가끔요……. 자꾸 침대 밖으로 내려오려고 발버둥을 쳐서요! 아래로 떨어져 혹시 다치시기라도 할까 봐……. 정말 너무 위험했거든요."

"항의도 못하는 노인을 밤새도록 움직이지도 못하도록 꽁꽁 묶어놓고 당신들은 모여서 떠들고 놀며 늘어지게 잠이나 잔 것 아니에요? 그러다가 낮이 되면 변을 쌌다는 빌미로 마구 욕을 해대고 나무라고, 목욕을 시킨답시고 발가벗겨 놓고 물대포나 쏘아댔지요?"

"아닙니다. 절대로 그럴 수야 없지요. 저희들도 집에는 부모님을 모시고 사는데……. 정말 그랬다면 천벌을 받을 일이지요……"

직원은 가슴이 따끔하게 찔리는지 얼굴을 붉히며 반벙어리라도 된 듯 더욱 심하게 말을 더듬었다.

어쨌든 재숙 부부는 어머니를 이런 곳에 더 이상 맡겨둘 수는 없다는 생각이 절로 들었다. 그것이야말로 진짜 현대판 고려장이고, 강제노동 수용소이며, 무책임한 노인의 방치에다가 몹쓸 부모 학대라는 생각이었다.

영덕은 더욱 병약해진 어머니를 볼수록 자꾸만 부글부글 끓어오르는 홧김에 당장 원장을 찾아가서 멱살이라도 잡고 따지려다가 그만 두고 말았다. 이들은 인술이 아니라 이미 돈밖에 모르고, 돈을 위하여 일찌감치 인간이기를 포기해버린 돈의 노예로서 기본적 양심도 상실한 사람들이었다. 아무리 옳은 말을 해도 두 귀를 꼭꼭 틀어막고 있는 그들에게 어차피 쇠귀에 경 읽기요, 맹탕 쓸데없는 헛수고를 하는 것 같았기 때문이다.

과히 인면수심人面獸心이라.

어둠이 빛을 두려워하듯 이들은 밝은 빛을 두려워하고 있었다. 그것은 바로 자신들이 감추고 숨긴 것이 빛에 훤히 드러날까 봐 조마조마 걱정되기 때문이었다. 사람의 모양새를 하고 짐승 같은 일을 마구 저지르는 저들이 허튼 마음을 버리고 올바르게 개과천선하여 올바로 바뀌기를 바라는 것보다는 '절보다는 차라리 중이 떠나는 것이 낫다'는 속담이 생각났다. 지독한 철면피인 저들에게 거세게 항의를 하고 잘못을 차근차근 따지고 들어도 이미 쇠약해진 어머니의 몸이 제자리로 돌아오지는 못한다는 생각도 톡톡히 한몫을 했다.

그래서 침묵이 금보다 나은 경고라고 생각하며 그냥 아무런 말도 하지 않고 어머니를 모시고 집으로 돌아왔다. 부부는 오는 내내 형편없이 쇠약해진 어머니를 지켜보며 생각할수록 괘씸하고 억울하여 끊임없이 화가 치밀어 올랐으나 이미 모래밭에 엎질러진 물잔이고 죽은 아이 불알 만지기일 뿐이었다.

더군다나 집에 와서도 어머니가 이제는 전혀 기동도 못하시고 몸통은 물론 팔다리조차 잘 움직이지 못하는 기막힌 상태를 보자 잠시 수그러들었던 울화통이 다시 불타듯 치솟아 올랐다. 이때 문득 어디선가 책에서 읽었던 노인들의 낙상에 대한 이야기가 또 다시 떠올랐다.

"노인들은 대부분 뼛속에 칼슘이 매우 부족해 심한 골다공증 상태이기 때문에, 약간만이라도 넘어지거나 교통사고 등으로 낙상을 당해 침대에서 움직이지 못하고 누워있게 되면, 특히 하체의 근육이 한 달 만에 많게는 약 2할 정도씩 빠르게 빠져나가 육 개월을 누워 지내면 잘 걷지도 못할 뿐만 아니라 몸을 움직이거나 가눌 수조차 없게 됩니다. 그래서 가벼운 낙상사고가 결국 죽음으로 연결되기 십상이지요……"

오늘의 어머니가 바로 그 본보기라는 생각이었다. 움직이지 못하는 당사자의 답답한 입장을 떠나 부부는 그런 어머니를 볼수록 죄스러운 마음이 들고, 불쌍하다는 생각이 들며 안쓰러워 가슴이 부들부들 떨렸다. 그래서 부부는 이번 일을 거울삼아 어머니를 더욱 잘 모셔보자는 다짐으로 겨우 치미는 화를 다스리고 있었다.

그런데 세상에 어찌 또 이런 희한한 놀라운 일이?

집에 도착할 때까지 전혀 움직이지도 않고, 정신 줄마저 거의 놓고 계신 줄 알았던 어머니가 아들의 등에 업혀서 자기 방에 들어가 겨우 벽에 등을 기대고 앉으시자마자 갑자기 생각이 났는지 아주 또렷한 목소리로 크게 한마디 하셨다.

"주머니에 돈이 한 푼도 없구나! 용돈 좀 다오. 늙으면 돈 맛으로 사는 법이란다."

재숙은 용돈을 달라고 또렷하게 말씀하시는 어머니가 이번에는 놀랍도록 반갑고 그토록 고마울 수가 없었다. 이제까지 이미 드린 용돈을 다시 달라는 어머니의 소리만 들어도 경기가 날만큼 지겹던 그 소리가 마치 정신을 잃고 죽었다고 단념했던 외동아들이 부스스 깨어나며 물을 달라고 하는 소리처럼 들렸다. 자기를 그토록 성가시게 하시던 입원 전의 비교적 건강한 어머니를 다시 만나는 기분은 온통 감사함과 고마움으로 가득 찼다.

재숙은 뛸 듯이 기쁜 마음으로 얼른 지갑을 열어 장기간의 병원비로 계산하러 가져갔던 돈에서 그간 못 드렸던 두 달 치 용돈에다가 이번 달 것까지 미리 헤아려 듬뿍 어머니의 손에 꼭 쥐어드렸다. 이때 양 볼을 타고내린 눈물이 돈을 꼭 잡은 어머니와 며느리의 손 위에 뚝뚝 떨어졌다.

"아이고, 고맙구나. 이 많은 돈을 손에 쥐고 나니 저절로 힘이 나는구나! 역시 세상에서 돈이 제일이로구나……"

얼른 돈을 받아 꼭 거머쥔 어머니의 얼굴에 모처럼 희미한 화색이 도는 것 같았다.

5

식구들은 어머니를 집으로 모셔오자 겉으로는 대답도 없는 어머니에게 말을 붙이고 예전처럼 한없이 반가워했지만, 속으로는 걱정이 태산 같았다. 이제부터 어머니로 인한 몇 달 전의 그 기막힌 고생이 고스란히 다시 되풀이 될 것이라는 지레짐작에 한숨이 마구 쏟아져 나오지 않을 수 없었다.

겉모습은 거의 변한 게 없이 그대로였지만 마음이 어린애처럼 변한 어머니가 자기 딴에는 무슨 일인가를 한답시고 혹은 어린 시절로 되돌아간 듯 이것저것 마구 저질러대어 집안을 엉망진창으로 만들던 이상스런 일들이며, 밤과 낮이 뒤집혀 잠 못 드는 그래서 더욱 분주한 밤이며, 밝은 대낮에도 밤중이라며 집안 구석구석에 전깃불을 환하게 밝히고 마구 설쳐대는 것이며, 아이들 장난처럼 씽크대의 수도꼭지를 함부로 틀어놓아 갑작스레 물이 넘

어머니의 용돈

쳐서 거실까지 흥건하게 흘러나오게 하는 것이며, 거기다가 똥과 된장을 구별하지 못하고 움켜잡았던 그 손으로 아무 것이나 만져 대어 집안을 온통 가득하게 채우던 이상야릇한 지독한 냄새들이 며……, 이런 희한한 것들을 다시 상상만 해도 미리부터 머리가 지끈지끈 쑤셔왔다.

세상일이란 참으로 묘했다. 그리고 사람이 재는 잣대는 너무나 이중적이었다.

우리는 이런 아무리 기가 막힌 일이라도 그것을 언론을 통해서 들을 때는 어련히 세상에 일어날 수도 있는 사고나 사건들일뿐이라고 별다른 의미를 두지도 않고 특별한 감정도 없이 그냥 대수롭지도 않게 무심히 뒷귀로 가볍게 흘려듣기 마련이지만, 이것이 실제로 자신이나 가족에 관한 경우가 되면 그야말로 기절초풍을 하고 까무러칠 듯이 놀라서 그만 처참한 생각에 젖어드는 것이다

더욱이 그것이 사랑하는 나의 어머니요, 가장 좋아하던 할머니가 바로 이 순간 내가 살고 있는 집에서 밤낮도 없이, 쉬지도 않고 숱하게 저질러대는 기막히고 기상천외한 일들, 그것도 내가 직접 내 손으로 뒤처리를 해야 하는 끔찍하고 놀라운 일들일 경우는 결단코 가볍게 받아들일 수가 없는 것이었다.

영덕은 예전에 집집마다 열 명에 가까운 아이들을 수북하게 낳을 때, 이웃집 아주머니가 어린 아기가 혹시 문밖으로 기어 나와서 다치기라도 할까봐 긴 헝겊 줄로 애기의 다리를 묶어 방안에

홀로 눕혀두고 논밭으로 일을 나가면, 아기는 깨어나 울다가 다시 지쳐서 잠이 들고, 배가 고프면 깨어서 울다가 또 그만 지쳐서 잠이 들고……, 눈과 입에는 새카맣게 파리가 붙어서 빨아대고……, 이렇게 어머니가 일터에서 돌아올 때까지 온종일 되풀이 하는 너무나 안타까운 장면을 자주 보아왔다. 그렇다고 지금 철없는 아기처럼 마구 일을 저지르는 어머니를 돌볼 여가가 없다고 또는 돌보기가 너무 성가시다고 농번기의 애기처럼 어머니의 한쪽 손이나 다리를 기둥에 묶어둘 수는 없는 노릇이었다.

치매 걸린 어머니라는 무거운 짐, 이건 이제 어쩔 수 없이 온 식구가 다시 맞닥뜨린 피할 수 없는 운명이었다. 요즘은 65세 이상 노인 열 명 중 적어도 한두 명 정도가 깊건 얕건 앓고 있다는 아주 흔해빠진 질병, 어느 누구도 나이가 들면 나는 절대 아니 걸릴 것이라고 장담할 수 없는 질병, 자신도 모르는 사이에 서서히 시작되어 날이 갈수록 급하게 심해지며, 식구들은 물론 자식들과 일가친척들에게까지 수많은 오해와 잦은 시비를 불러 일으켜 못살게 괴롭히다가 결국 이 세상에 하나밖에 없는 자기 자신마저 송두리째 잃어버리는 무서운 질병, 그래서 모두가 두려워하는 고질병인 치매에 걸린 노인의 가족이라는 도무지 피할 수 없는 운명이었다.
그랬는데 이건 또 웬일인가? 다른 백 가지, 천 가지의 병과는 엄청 다른 치매라는 질병의 부수적이고 부정적 효과랄까?

어머니의 치매라는 결코 가벼이 볼 수 없는 병 때문에 식구들이 빠르게 변하고 있었다. 먼저 아이들의 할머니에 대한 진정한 사랑이 하루가 다르게 어디론가 사라지고 있었다. 할머니가 없으면 한시도 살 수 없다고, 이 세상에서 할머니가 제일 좋다고, 할머니에게 나름의 재롱과 어리광을 피우며 바쁜 시간을 쪼개고 또 쪼개어 더욱 가까이 다가가려던 손주들이 이제 하루가 급하게 할머니에 대한 사랑과 관심이 시들해지며 그토록 따스했던 온도를 급히 내려놓고 있었다.

어느 면으로 봐도 정상이라고 할 수 없는 할머니를 가능하면 바쁘다는 핑계를 만들어 우선 피하고 보자는 식이었다. 그래서 할머니를 대하는 사랑과 태도는 진정성이라고는 조금도 찾아볼 수 없이는 책임감과 의무감과 남의 눈을 의식한 지극히 형식적인 겉치레가 되었다. 할머니의 뒷바라지는 잠을 설쳐가며 마지못해 억지로 해야만 하는 피할 수 없는 무거운 짐이 되어버렸다.

이런 사정은 어른이라고 해서 어찌 예외가 될 수 있을까? 직장생활에 바쁜 아들인 영덕이라고 해서, 또 시어머니 일상의 전부를 책임진 며느리인 재숙이라고 해서 마냥 효자, 효부는 될 수 없는 작금의 현실이었다. 과거의 오랜 애틋한 정 때문에 어머니가 애처로워 스스로 다가가는 사랑과, 할 수 없이 해야만 하는 책임과 의무가 뒤죽박죽으로 혼재하는 무척이나 어설프고 어정쩡한 태도가 시간이 흐를수록 복잡하게 얽히는 미묘한 상황으로 만들어지고 있었다.

'아, 이제부터는 또 어쩌지? 정말 또 어떻게 해야만 할까? 과거처럼 복잡하고 성가신 일들이 똑같이 되풀이될 것이 불을 보듯 뻔한데……'

부부는 차마 겉으로는 내색하지 못하고 속으로 깊은 한숨을 무진장 쉬어대지 않을 수 없었다. 입원을 시킬 병원을 다시 찾아보자니 너무나 놀란 나머지 병원이란 곳이 아픈 사람의 병을 고치는 곳이 아니라 환자의 건강을 빠르게 악화시키는 무시무시한 곳이라고 잔뜩 의심이 들고 상상 이상의 큰 두려움이 마구 일어났다. 두 달여 만에 저토록 형편없이 허물어진 어머니가 너무나 안타깝고 불쌍하기만 할 뿐이었다.

'자칫 잘못하다간 혹시 이번엔 어머니를 막다른 죽음의 구렁텅이로 내모는 것은 아닐까?'

공포에 버금가는 두려움이 아예 입원이란 걸 감히 생각조차 하지 못하도록 마구 뇌리를 엄습하여 마비시켜 왔다. 겁에 휩싸인 부부는 어머니를 모실 병원 외의 다른 고민을 애타게 하지 않을 수 없었다.

"죽이 되던 밥이 되던 일단 집에서 모시며 처절하게 다시 한 번 부딪혀 보는 거야. 설마 입원하기 전에 모실 때보다 더 큰 힘이야 들려고?"

아들이 먼저 그렇게 하자며 힘을 내고 이어서 며느리도 남편을 따라서 결심하며 입을 악다물었다. 치매에 걸린 어머니를 집에서 돌보는 상황에 무한정 어려움을 참으며, 몸으로 직접 부닥치는 외에 따로 빠져나갈 뾰족한 방법이 없었기 때문이다.

"좋아. 마지막 효도라고 생각하고 최선을 다해보는 거야. 어머니는 그 긴 세월동안 온몸과 마음을 바쳐 우리들을 키우지 않았나? 이건 거기 비하면 새 발의 피고 식은 죽 먹기에 불과하지."

그런데 이게 도대체 어찌된 일일까? 세상에 어찌 이런 일이? 아무래도 이건 참으로 이상했다. 도대체 어머니에게 무슨 일이 일어난 것일까?

그 긴장의 첫날밤.

어머니의 퇴원 첫날밤, 틀림없이 마구 저지를 뒤처리를 곧바로 해치우기 위해 마음속에 만반의 준비를 갖추고 잔뜩 긴장한 가족 불침번 대원들이 마치 수면제라도 먹고 취한 듯 깊은 단잠에 푹 빠져버리고 만 것이다. 그토록 큰 염려와 먹구름처럼 마구 몰려오는 여러 가지 뒤치다꺼리에 대한 극도의 번거로움과 두려움으로 가득 찬 첫날밤은 초저녁부터 너무나 조용하게 시작하더니 더없이 분주해야 할 야밤중 역시 내내 태풍전야와 같은 적막 속으로 가라앉아 가던 것이었다. 쥐 죽은 듯 조용한 것이 병원에 입원하기 전과는 천양지차, 달라도 너무 달랐다.

으레 밤과 낮이 뒤바뀐 어머니가 아무도 모르는 사이에 슬그머

211

니 자기 방에서 소리도 없이 도둑고양이처럼 엉금엉금 기어 나와 여기 저기 집안 속속 들이까지 마구 헤집고 다니며 온통 시끌벅적한 사건들을 줄기차게 몰고 다니던 것이 상례였다. 그런데 오늘은 어찌된 일인지 집에 오신 첫날부터 집안이 마치 사람이 살고 있지 않은 텅 비어버린 빈집처럼 너무나 조용했던 것이다.

수확기의 과일밭처럼 두 눈을 크게 뜨고 망을 봐야하는 가족대원 모두가 곤한 잠에 떨어지는 피곤한 시간일수록 어머니가 더 많이 설쳐대는 시간이었다. 그 바람에 울며 겨자 먹기로 아예 밤 시간을 여러 시간대로 잘게 쪼개어 불침번을 정해놓고 나머지는 잠깐씩 눈을 붙이고 밤을 새워가며 어머니를 지키려고 긴장했던 가족 파수꾼들은 그 난데없는 조용함 속에서 아무런 할 일이 없어 차츰 자기도 모르게 느슨하게 긴장이 풀리면서 하나 둘씩 쓰러져 시간이 가는 줄도 모르고 깊은 잠 속으로 빠져들어 갔다. 온 집안이 너무나 조용한 나머지 그 다음 당번은 아예 눈을 뜨고 일어나지도 않았다. 모두가 조용한 어머니로 인해 평소보다 더 깊은 잠을 늘어지게 푹 잤다. 재숙도 아차! 싶어 갑자기 정신이 번쩍 들며 깜짝 놀라 깨고 보니 이미 창문 밖이 훤해진 아침이었다.

이번엔 그랬다. 이건 너무나 눈물이 마구 솟는 일이었다.

이제 어머니는 그대로 누워서 잘 움직이기조차 못하니 아무런 일도 저지를 수가 없었다. 더군다나 그토록 사지가 불완전하니 아무런 의욕도 없고 단 한마디 말도 꺼내기 싫으신 듯 입을 굳게 다물고 아무런 말도 없으셨다. 다행인지 불행인지 어머니는 병원에 입원하여 온몸을 여러 가닥 줄로 칭칭 묶어놓는 도를 넘는 심한 고초로 인해 완전히 기력을 잃어버렸다. 치매 환자로서 저지르던 당연한 존재감마저 완전히 상실하고, 조금의 움직임도 아무런 말도 없이 무한정 인내하는, 마치 득도라도 한 듯 완전히 새로운 사람이 되어버리고 만 것이었다.

지금 그 불편한 몸이 많이 아프고 쑤셔대겠지만, 어머니는 평생 동안 어려움을 참으며 살아온 강인한 사람답게 괴로워도 오직 모진 고통을 참음으로 일관하며 한마디의 불평조차 꺼내지 않았다. 당장 필요한 것이 있을 법도 했지만 꾹 참고 요구하지 않으셨다. 어머니는 이제 마치 꿔다놓은 보릿자루처럼 종일 아무런 말없이 누워만 계셨다. 하지만 무슨 생각을 그렇게도 골똘히 하시는지 잠을 자는 건 결코 아니었고, 초점이 희미한 눈을 빤히 뜨고 무한정 허공만을 바라보고 계셨다.

재숙 부부는 우선 몸과 입이 다함께 조용해진 어머니가 한편으로 고맙기는 했지만, 그런 어머니를 볼수록 마음은 더 없이 쓰리고 아파 가슴속으로 눈물이 하염없이 흘러내렸다. 사람은 늙고 병들어 심하게 아플 때를 위하여 자신의 모든 것을 희생하면서까지 온갖 정성을 다해 농사를 짓듯 자식을 키우는 것인데, 아픈 어머니에게 자식으로서 아무것도 해드릴 수 없는 현실이 안타깝기 그지없었다. 어머니의 쇠약해져가는 건강을 더욱 급하게 허물어지게 만든 불효자라는 후회가 뼛골을 쑤시게 했다.

부부는 힘이 없어 잠잠해진 어머니를 볼 때마다 어머니가 늘 손주들에게 들려주던 효성이 지극하여 높은 하늘은 맑은 날씨로, 산속의 숲은 잘 익은 과일로, 흐르는 강물은 싱싱한 물고기로 서둘러 그가 아버지를 잘 봉양할 수 있도록 크게 도왔다던 옛날 효자들의 아름다운 이야기가 뒷전을 울리며 맴돌고 있었다.

이제 재숙은 어머니가 저지르는 뒤처리를 하는 대신 기저귀를 채워놓았다가 자주 살펴보며 누운 채로 본 대소변을 받아내고, 아랫도리를 자주 깨끗하게 잘 씻어주었다. 잘 움직이지를 못하시니 짓무르는 부위가 빠르게 많아져서 틈틈이 돌려 눕게 하시고, 여러 곳을 자주 소독하여 약을 발라드렸다. 혹시 변비가 심하여 변을 제 때에 시원하게 보지 못할 때에는 아기에게 하듯 손가락을 집어넣어 굳어진 변을 후벼 파냈다. 이런 것들이 약간은 번거롭고 어려웠지만, 대부분의 일상생활은 삼시 세끼 때 맞춰 밥을 차려다 먹여드렸다. 잘 드시지 않으려 할 때는 아기처럼 어르고 달래서 조금씩이라도 끼니를 때우게 하고나면, 만사가 끝이었다. 이건 어린 아이를 기르며 돌보다가 울고 보채면 업고 달래던 때보다도 오히려 여간 수월한 일이 아니었다.

늘 저녁이면 남편과 함께 어머니를 욕실로 업고 가서 목욕을 시켜드렸다. 그래도 어머니는 꿀 먹은 벙어리처럼 그대로 몸을 맡기며 아무런 말이 없었다. 요즘은 늘 무덤덤하여 좀처럼 좋다는 표정도 싫다는 찡그림도 없었다. 혹시 물이 너무 차거나 너무 뜨거우면 잠시 손을 내저을 뿐이었다. 재숙은 갑자기 호불호가 없어진 어머니가 몹시 불쌍하여 마음이 아팠으나 이 또한 자신으로서는 어쩔 수 없는 노릇이란 생각뿐이었다.

때때로 좋아하시던 술을 누워계신 어머니의 입에 부어드리면 맛있다는 듯 입맛을 쪽쪽 다시며 매우 기분 좋아 하셨고, 어떤 때는 한잔 더 달라고 말씀을 하셨다.

"더 줘, 더, 더 마이……"

그러나 술과 함께 그토록 즐기시던 담배는 더 이상 찾지 않으셨다. 몸이 너무 쇠하면 즐기던 담배 맛도 없어져 저절로 담배를 끊게 된다는 말은 누군가의 직접적인 체험에서 나온 경험담이라는 생각이 절로 들었다.

아들과 며느리는 이런 어머니를 어떻게 하면 좀 더 편안하고 기쁘게 해드릴까? 늘 궁리하며 그 방법을 찾아 사방팔방으로 동분서주 했다. 여기엔 요즘 어머니가 조용함으로 해서 간병과 수발에 시간이 많이 줄어든 것도 한 몫을 했다.

특히 치매란 병에 대해서 많이 아는 만큼 큰 힘이 된다는 말을 마음에 새기며 시간을 내어 여러 곳의 학술 단체 강연에도 참석해서 듣고, 찾아다니다 보니 여러 군데 있는 치매가족 모임을 알게 되었다. 그런 모임에 참석하여 이제는 친숙한 언어가 되어버린 '치매 노인을 효율적으로 돌보는 방법'에 대해 공부했다.

그러면서 어머니의 병이 지금보다 더 심해질 경우를 대비해 두 사람 모두 호스피스 교육도 번갈아 받았다. 혹시 어머니의 건강을 되찾을 수 있는 좀 더 좋은 병원이 없을까? 하고 여러 곳의 병원을 수소문하여 찾아다니기도 했다. 치매라는 병은 특수성이 있기는 했지만 역시 병은 병원에 가야 고칠 수 있다는 생각을 한시도 잊지는 않았다.

부부는 비록 쇠약하고 많이 아픈 어머니였지만 얼음장 밑에서도 물고기는 헤엄을 치고, 눈보라 속에서도 매화는 꽃망울을 피우듯이 어머니의 건강을 다시 찾겠다는 강한 희망을 결코 버리지 않으려고 늘 마음속에 '소망을 가지고 있는 것은 영혼의 닻 같아서 항상 튼튼하고 견고하다'라는 시구詩句를 오래된 좌우명처럼 마음속 깊이 되새김질 하고 있었다.

영덕은 치매에 대해 깊이 알면 알수록 뜻밖에도 세상이 넓은 만큼이나 치매를 앓고 있는 다양한 증세의 노인들이 너무나 많다는 새로운 사실에 또 한 번 크게 놀라고 말았다. 요즘 세상 사람들의 생각과 생활이 급하게 다변화되는 것만큼이나 치매로 인해 표출되는 증상도 너무나 다양하고 특이하여 종잡을 수가 없을 정도였다.

치매증상의 다변화.

치매에 대해 잘 몰랐을 때에는 가끔씩 귀에 들리던 어느 노인이 망령이 들었다느니, 누구의 어머니가 노망을 한다느니, 옆집 늙은 이가 완전히 미쳤다느니……, 하던 생소하기만 했던 치매라는 언어가 지금 새롭게 알고 보니 마치 현대의 유행병처럼 부쩍 많은 노인들에게 퍼졌다. 또 수많은 가족들이 자기가 어머니로 인하여 겪고 있는 것처럼 그 병을 앓고 있는 노인들을 뒷바라지 하느라고 고통을 감내하며 무진 고생을 하고 있다는 처절한 사실도 알게 되었다.

아울러 영덕은 치매에 대한 공부를 많이 할수록 어머니에게 깊은 감사가 무럭무럭 일어나지 않을 수 없었다. 어머니는 의령의 첩첩산골에서 모진 가난과 싸우며 아버지 없는 자식들 사남매를 청춘과부 혼자 힘으로 키우기 위해 숱한 어려움을 참아내는 인내심이 남달리 매우 강인한 분이었다. 그래서 그런지 요즘 그가 직접 접하거나 또는 이야기를 통해서 듣는 유별나게 격렬하고 과격한 증세의 중증 치매를 앓고 있는 다른 대부분의 노인들에 비해서는 비교적 매우 점잖고 차분하고 온순한 분이 틀림없다는 생각이었다.

'아하, 맞아. 겪고 보니 우리 어머니는 정말 점잖고 양같이 온순한 치매환자였어.'

흔히 치매에 걸리면 자기도 모르는 사이에 평소의 자신과는 전혀 딴판으로 성격이 거칠어져 이유 없이 강짜를 부리고, 부쩍 의심이 많아져 사소한 일에도 잦은 오해를 하여 공연히 싸움을 걸고, 난데없이 몰려오는 심한 공포와 두려움으로 신변의 위험을 느낀 나머지 자기를 도와주러 접근하는 가족들에게까지 자신을 보호하고 방어하기 위하여 험한 욕지거리는 물론 주먹을 날리고 뿔이 막 솟고 있는 수송아지처럼 아무에게나 머리를 치받는 폭력까지 서슴없이 휘두르는 노인들이 대부분이었다.

영덕이 차츰 알고 보니 요즘 치매란 것이 과연 이랬다.

현대는 기술의 급속한 발전과 다양한 외래문명의 빠른 전파와 사람들의 생활방식의 다양화로, 치매로 분류되는 정신질환을 앓고 있는 사람도 늙은 노인뿐만이 아니라 새파란 젊은이들까지 부지기수인데다가 병의 상태와 그 병으로 인해 나타나는 특이한 행동도 각양각색이었다. 젊은 나이에도 앓는 치매, 중풍이나 뇌출혈 등 혈관병으로 인한 혈관성 치매, 지나치게 잦은 음주로 인한 알코올성 치매, 마약이나 게임, 도박 중독으로 인한 중독성 치매를 앓고 있는 사람들의 폭력적이고 거친 행동은 더 말할 나위가 없었다.

하지만 영덕은 대부분의 치매 환자를 차지하고 있는 어머니처럼 노인성 치매(알츠하이머)를 앓고 있는 노인들이 많다는데 깜짝 놀랐다. 또 그들의 상태가 사람마다 제각각이고 대부분이 급하고 과격하며 폭력적인데 더욱 기절초풍을 하지 않을 수 없었다.

그의 눈에 비친 현대야말로 인간이 그토록 염원하던 백세 시대 도래에 따른 고령화의 축복과 함께 마구 광란하는 치매의 기막힌 재앙이 그 위에 덮친 고령화와 치매, 축복과 재앙의 혼합 시대라 아니 할 수 없었다.

치매는 모두가 알고 있듯이 사람의 온몸을 관장하는 두뇌에 나타나는 병으로서 정신질환의 일종이라 할 수 있다. 덩치가 산만큼 크고 힘이 센 소도 코에 꿴 자그마한 코뚜레 하나로 사람들이 원하는 대로 이리저리 몰고 다니고, 수십만 톤짜리 큰 배도 브릿지에서 자그마한 키 하나로 큰 파도가 끊임없이 일렁대는 바다를 운행하며 다니듯,

그 몸뚱이가 천하장사처럼 아무리 튼튼하고 강인하다고 해도 사람 인체의 사령부인 뇌가 병으로 초토화되는 상황에서는 그가 평생 동안 쌓아온 심오한 지식도, 자랑하던 튼튼한 건강도 일시에 쓸모없는 무용지물이 되어버린다. 그야말로 환자 자신으로서는 전혀 감당하지 못할 속수무책의 무서운 병이라는 생각이 치매에 대해 공부를 하면 할수록 영덕의 마음을 더욱 무겁게 짓누르며 인생을 어둡고 아득한 허무 속으로 몰아넣고 있었다.

영덕이 어머니를 위해 이렇게 치매에 대한 일반적 상식에 더하여 마치 전문가라도 되려는 듯 의료적 지식을 차곡차곡 쌓아가던 중이었다. 하루는 치매 노인들을 친부모 이상으로 극진하게 잘 모시고 보호하여 치매 노인들의 낙원이요 천국이라고까지 불리고 있다는 어느 치매요양병원을 치매가족협회에서 단체로 방문하게

되었다.

이 병원은 주택가에서 비교적 가까운 곳에 위치하고 있었는데, 처음 터를 닦고 건물을 지을 때만 해도 병원에서 외출 나온 치매 노인들이 마을 사람들에게 무슨 해코지를 저지를지 모르고, 이런 혐오시설이 주택가에 들어서면 주변의 집값과 땅값이 와장창 떨어진다고 우려하여 주민들의 반대가 심했다고 한다. 곳곳에 격렬한 반대 구호가 적힌 플래카드가 난무하고 젊은이들이 공사장에 드러누워 심하게 방해를 하는 바람에 자칫 잘못하면 공사가 상당 기간 지연되어 결국 완공을 보지도 못할 뻔 했다는 것이었다.

그러나 지금은 원장을 비롯하여 직원들이 친아들과 친딸보다 더 노인들을 잘 모신다는 소문이 파다하게 퍼져 원근에서 많은 사람들이 견학을 왔다. 병원설립을 노골적으로 반대하던 이웃 주민들과도 결연을 맺어 환자들을 위한 이들의 봉사활동이 잦다고 했다. 그 결과 병원은 세상에 드문 효동이 병원이라고 별명이 붙여지며 마을의 자랑거리가 되고 있다는 것이었다.

과연 이 병원의 실상은 절대로 헛소문이 아니었다.

'우리는 반半효자가 아닌 온全효자가 되기를 지향한다.'

여기 있는 직원들의 겉으로 생색이나 내는 흐지부지한 반쯤의 효자가 아닌 완전하고 참된 진짜 효자가 되겠다는 다부진 각오가 현관에 새겨진 슬로건부터 마음 깊이 와 닿았다. 널찍한 병원에 들어서자 은은하게 울려 퍼지고 있던 차이코프스키의 백조의 호

수 격조 높은 음악이 마음을 훈훈하게 만들며 병원의 한 차원 높은 분위기를 잘 말해주고 있었다.

온효자와 반효자!

영덕은 병원의 슬로건을 보자 그동안 아득히 기억의 저편에 가라앉아 까맣게 잊고 있었던, 그러나 늘 뇌리 깊숙이 깊은 교훈으로 살아서 꿈틀대던 효자에 대한 일화가 생각났다. 그는 늘 고마운 어머니에게 남의 눈을 의식하는 겉껍데기 형식만 있는 반효자가 아닌 진정한 마음에서 우러나는 온효자가 되어서 참다운 효도를 다하겠다고 마음속에 굳게 다짐을 해오던 터였다. 어머니는 늘 어린 아들을 훈계하며 나름대로 효를 가르쳐 웃어른들에게 정성을 다하라며 여러 가지 옛 이야기들을 자주 들려주었다.

"나이가 많은 아버지가 마당을 쓸고 있는데 효도를 한답시고 아들이 빗자루를 빼앗으며 이런 힘든 일은 남이 볼까 두려우니 절대로 하시지 말라고 강하게 말리는 아들은 반쪽의 효자일 뿐이다. 아버지가 마당을 쓸고 있으면 너무 힘들지 않도록 앞서가며 큰 나뭇가지나 돌을 치워주며, 아버지가 하는 일을 막무가내로 가로막지 않고 곁에서 도와주는 아들이 바로 온효자란다. 무엇보다도 부모의 뜻을 그슬리지 않는 것이 효의 근본이야……"

어머니가 자주 하시던 교훈은 지금도 잊히지 않고 새록새록 생각이 나서 어르신들을 대하는 경로의 삶에 많은 가르침이 되고 있었다.

또 한 가지, 영덕이 몇 해 전 해남 보길도로 여행을 갔다가 알게 된 고산 윤선도와 그의 정적政敵이었던 우암 송시열과의 사이에 얽힌 일화 역시 오늘 병원에 들어서면서 본 문구를 대하고보니 새롭게 생각이 났다.

이들 두 이름 높은 선비들은 나이가 거의 팔순이 되어서 윤 선비는 고향 근처라서 은퇴 후 새 삶을 찾아서, 송 선비는 유배를 가서 보길도 근처에서 살고 있었다. 여러 곳의 바위에 시를 쓰며 비교적 건강하게 유배 생활을 하며 살아가던 송시열이 어느 날 깊은 병에 걸리고 말았다.

나이가 많은 그를 곁에서 모시고 뒷바라지 하던 아들이 아버지의 병에 대해서 물을 데가 없어 고민을 거듭하며 걱정하였다. 결국 정적이지만 당시로서는 다방면에 학식이 높고 의료 분야에도 지식이 많은, 근처에서 유유자적하며 노후를 즐기고 있던 고산을 찾아와 아버지의 증세를 말하며 좋은 약을 처방해 줄 것을 구했다.

그러나 아들은 고산의 처방을 받아들고 또 다시 깊은 고민에 빠지며 난감해하지 않을 수 없었다. 거기에 적힌 약 중에는 맹독이 든 약초도 섞여있었기 때문이다. 이럴 때 사람은 누구나 과거의 관계를 생각하며 의심이 들지 않을 수 없었다. 혹시라도 정적을 제거하려는, 아니면 과거의 복수를 하려는 속셈이 없다고 할 수 없는 긴박한 상황이었기 때문이다.

생각다 못한 아들은 독초의 함량을 처방의 절반으로 줄여서 연세가 많은 아버지가 복용을 해도 생명에는 지장이 없을 만큼의 양을 달여서 드렸는데, 이후 아버지의 병이 도무지 낫지를 않아 할 수 없이 다시 고산을 찾아갔다. 아들의 솔직한 자초지종을 들은 고산은 그럴 줄 알았다는 듯이 그 처방 중 그 약초가 가장 요긴한 치료제인데 약을 의심하여 절반만 썼으니 이제는 소생할 가망이 아주 없다고 잘라 말했다.

아들이 돌아와 아버지에게 사실을 이실직고 하자 아버지 송시열은

"아들아, 너는 효자는 효자로되 반효자일 뿐이로다."

라고 말하며 유배지에서 눈을 감았다는 이야기였다. 영덕은 그 멀고 먼 유배지까지 와서 아버지를 모시며, 아버지의 건강과 생명 두 가지 모두를 위해 정적이 처방한 독초의 양을 절반으로 줄여서 달여 드린 효심이 지극한 아들을 반효자라고 폄하한 아버지 송시열의 그 말이 오래도록 알쏭달쏭하여 도무지 이해를 할 수 없어서 도통 잊히지를 않고 있었는데 오늘 또 다시 아리송한 그 문구를 보게 된 것이었다. 아마도 아들의 그릇 크기를 염두에 둔 대선비의 말이라는 어렴풋한 감은 오기는 했지만 결코 명쾌하지는 않았다.

멋진 병원, 요새 정말 이런 곳도 있었네!

이곳 규모가 큰 노인요양병원의 수많은 병실은 병원비가 아닌

환자들의 희망에 따라 1인실, 2인실, 3인실……, 각종 병실들이 매우 다양하게 배치되어 있었다. 처음에는 당연히 1인실을 희망했던 대부분의 치매 환자들이 시간이 지나면서 책읽기, 그림그리기, 음악듣기, 운동, 댄스 등 나름대로의 취미활동을 통하여 차츰 옆 사람과 이야기를 나누다가 병원에서 새로 동병상련하는 친구들을 사귀고 나면, 그때부터는 차츰 다인실을 희망하게 되어 서로 여러 명씩 모여서 생활하게 된다는 직원의 놀라운 설명이었다.

"치매의 특징인 기억력 저하, 언어장애, 시공간 파악능력 저하, 성격과 감정의 극심한 변화 등은 그 가장 큰 원인이 주로 과도한 스트레스에서 기인합니다. 적당한 긴장과 적당한 스트레스는 생활의 활력소가 되어 건강에 좋다는 설도 있습니다만, 제가 보기에는 스트레스는 만병의 근원인 동시에 이것이 많이 쌓이거나 아니면 감당할 수 없는 매우 큰 스트레스가 한꺼번에 오게 되면 치매를 유발하는 주요 인자가 되는 것 같습니다."

의사가 아닌 안내 직원은 마치 스트레스에 대해서 깊이 연구한 전문가처럼 방문객을 향하여 소리 높여 자신 있게 강조했다.

"사람은 누구나 자기를 욕하는 말이나 나무라는 말을 듣기 싫어하는데, 눈으로 보는 것보다는 귀로 듣는 것에서 더 큰 스트레스가 쌓이는 경우가 훨씬 더 많습니다. 그래서 남의 말을 듣기 싫어하고, 듣기를 회피하게 되고, 그러다보면 청각에 이상이 생기게 됩니다. 청각 이상자의 치매발병 확률은 정상인의 다섯 배를 훨씬 넘어선다는 연구 결과가 나왔습니다. 이건 바로 친구끼리 서로 얘기하고 경청하면 쌓였던 스트레스가 급격하게 사라진다는 반증이기도 하지요……"

그의 스트레스의 중요성에 대한 강조와 자세한 설명은 매우 강렬하게 이어지고 있었다. 마치 스트레스가 치매를 걸리게 하는 주범이며 스트레스만 잘 다스리고 해결되면 이미 걸린 치매도 깨끗하게 나을 수 있다고 에둘러서 강조를 하는 말투로 들렸다.

"여러분 중에 혹시 번쩍번쩍 은빛으로 찬란하게 빛나는 은갈치와 시커먼 먹갈치의 유래를 아시는 분이 계십니까? 대부분 분명히 두 가지의 갈치가 애초부터 종류가 전혀 서로 다른 갈치로 알고 계실 겁니다."

그는 견학을 온 일행들을 둘러보다가 아무도 아는 체를 하지 않자 당연히 그럴 줄 알았다는 듯이 빙그레 입가에 웃음을 지으며 다시 이야기를 계속해 나갔다.

"갈치의 종류는 많겠지만 은갈치와 먹갈치(흑갈치)는 같은 종류이면서 사람들이 갈치를 잡는 방법에 따라서 그 종류가 확실히 다른 갈치처럼 완전히 색깔이 변한답니다. 은갈치는 낚시로 곧바로 건져 올린 것이고, 먹갈치는 그물에 걸려서 이리저리 배가 가는 대로 끌려 다니며 오랫동안 죽을 고생을 한 갈치입니다. 넓은 바다를 거칠 것 없이 양날이 날선 칼처럼 날렵한 몸으로 자유롭게 헤엄치다가 갑자기 그물에 갇히면 행동이 구속된 억압의 연속, 이

어지는 암흑의 어둠 속에서 타의에 의해 무한정 천 길 낭떠러지로 끌려가는 위험의 공포, 끝없이 밀려오는 죽음의 두려움과 지독한 절망감의 연속……

사람처럼 영혼이 없는 한갓 미물인 갈치도 그물에 갇혀서 끌려다니며 오랫동안 숱한 고생을 겪으며, 극에 달하는 스트레스가 과도하게 쌓여서 온몸의 색깔이 먹물을 뿌린 듯이 시커멓게 변하는데, 근심걱정이 지나치게 많고 생각이 깊고 민감한 만물의 영장이란 사람이야 오죽 하겠습니까?

어쩌면 모진 세상을 살면서 도저히 어쩌지 못할 수북하게 쌓인 지독한 스트레스를 피하는 유일한 탈출구가 바로 정신이 극도로 혼미해져서 세상의 그 모든 것을 깡그리 잊어버리는 치매를 앓게 되는 것인지도 모르죠……"

영덕은 그의 말에서 전광석화처럼 퍼뜩 짚이는 게 있었다. 바로 어머니의 경우였다. 평생 동안 수많은 고생을 사랑하는 자식들을 키운다는 사명감과 아울러 바르게 잘 자라나는 아이들을 바라보는 보람으로 꿋꿋하게 잘 견뎌 온 어머니였다. 하지만 말년에 이르러 눈에 넣어도 아프지 않을 그토록 사랑하던 멀쩡한 막내아들이 갑자기 불에 타서 비명횡사한 현장을 두 눈으로 똑똑히 보았으니, 그 스트레스야말로 차라리 자신의 죽음보다 더 컸을 것이다. 그 후 가슴에 묻어둔 애달픔과 그리움은 두고두고 어머니에게 이만저만 크고 무거운 짐이 아니었을 것이란 생각이었다.

"······우리 병원에서는 환자들을 자기 멋대로 거의 방임 수준 상태로 유도하여 먼저 긴 인생을 살아오면서 경쟁심, 욕심, 부러움, 시기와 질투 등으로 자신도 모르게 켜켜이 쌓인 과도한 스트레스와 갑작스런 환경의 변화나 아무런 준비 없이 불시에 당한 하늘이 무너져 내리는 기막힌 사건의 충격에서 발생한 스트레스에서 서서히 해방되도록 힘쓰고 있습니다······"

직원의 생소하리만치 산뜻한 설명을 들을수록 영덕은 어머니의 지나간 과거를 되새김질하여 보는 것 같아 진작 이런 좋은 병원을 찾아보지 못한 자신의 경솔과 무책임이 못내 후회스럽기 짝이 없었다. 어머니의 힘없이 축 늘어진 어두운 얼굴이 멍청한 자기를 넌지시 나무라는 듯 떠오르고 있었다.

"그런데 제가 경험한 바로는 이런 크고 작은 스트레스를 해소하고 누그러뜨리는 데는 뭐니 뭐니 해도 잦은 유머와 농담과 웃음이 최고의 명약이라는 생각입니다. 유머와 농담은 아무리 센 강적이라도 즉시 흐물흐물 유연하게 녹이는 신기한 힘을 가지고 있습니다. 치매 노인의 돌처럼 딱딱하게 굳은 마음도 유머와 농담과 웃음 앞에서는 그 두께가 차츰 얇어지다가 결국 완전히 허물어지고 맙니다.

그래서 우리 직원들은 재미있는 유머와 농담을 적어도 수백 개씩 애써서 외운답니다. 각자 업무와 또는 업무와 상관없이 복도에서 자주 마주치는 노인들과 유머와 농담을 통해서 더욱 가까워지고 환자들의 굳은 마음을 만나는 순간순간 느슨하게 풀어주기 위해서죠. 그리고 우리는 마치 약간 실성이라도 한 사람처럼 노인들과 얼굴을 마주할 때마다 늘 눈을 찡긋거리며 싱글벙글, 히죽히죽 자주 웃습니다. 개그맨처럼 탁월한 유머와 농담과 웃음을 날 때부터 타고나는 사람도 있지만, 비록 타고나지는 못했어도 자주 연습을 하고 노력을 하다보면 그것도 숙달되고 늘어서 잘 하게 된답니다. 하하하…….

제가 바로 숙맥처럼 농담을 진담으로 받아들여 공연히 오해하고 남들이 나를 보고 웃으면 비웃는다고 생각하던 장본인입니다. 그런데 지금은 이 병원에 와서 확 달라졌어요. 우리는 만약 환자가 우리의 유머와 농담을 받아주거나 한발 더 나아가 맞받아서 대응해주면 그 즉시 박장대소하며 그분을 포옹하고 더욱 좋은 칭찬으로 한껏 추어줍니다. 우리 병원의 병실에서, 복도에서, 각종 취미실 등에서 자주 큰소리가 나고 폭소가 터지는 것은 바로 그 때문입니다."

열심히 강연을 하던 직원이 갑자기 크게 너털웃음을 웃었다. 무슨 일인가 하고 모두들 그를 다시 쳐다보았다. 한바탕 웃음이 이제 그만 끝이 났는가? 했는데 그는 계속하여 신나게 마치 숨이라도 넘어갈 듯이 웃어젖히고 있었다. 으하하하하……. 그러자 아무런 영문도 모르고 눈을 멀뚱멀뚱하던 영덕을 비롯하여 듣고 있던 사람들도 입가에 차츰 은근한 미소가 흐르더니 하나 둘씩 따라서 웃기 시작했다. 그가 더 큰소리로 계속하여 웃어대자 결국 모두가 배꼽을 잡고 함께 큰소리로 웃어댔다. 결국 실내는 때 아니게 모두의 얼굴에 웃음꽃이 만발한 폭소의 바다로 변하고 말았다. 그러자 그가 웃음은 가장 빨리 전염되는 즐거움이라고 말했다.

"병실을 돌아보시면 아시겠지만, 처음에는 무작정 가까이 있는 남을 때리는 할머니, 천연덕스럽게 거짓말을 일삼는 할머니, 늘 입에 담지도 못할 험한 욕설을 입에 달고 소리치는 할아버지, 무작정 많이 드시려고 음식에 탐욕을 부리는 할머니, 대소변을 함부로 내지르고 장난감처럼 주무르는 남녀 노인 분들…….

가지가지 나름대로의 과도하고 격렬한 특성을 가진 환자들이 입원하여 치료를 받으며, 병원의 방침에 따른 직원들의 보살핌으로 그간 쌓였던 스트레스가 차츰차츰 서서히 해소됩니다. 자신이 좋아하는 취미활동을 통하여 서서히 정서가 순화되고, 지나친 의심과 미움, 분노와 두려움과 공포 등으로부터 점차 마음이 안정되고 나면, 그런 과격한 행동들이 눈에 띄게 줄어들다 마침내 사라지고, 환자들은 머지않아 신기하리만큼 착한 치매환자로 변해간답니다…….."

한바탕 웃음 뒤에 이어지는 직원의 설명을 듣고 나서 살펴보니 복도를 따라 이어진 여러 개의 취미교실마다 제법 여러 명의 노인들이 즐겁게 웃음 띤 얼굴로 취미 활동을 하고 있었다.

진지하게 먹을 갈아놓고 붓글씨를 쓰는 사람, 친구와 똑딱똑딱 탁구를 치는 사람, 조용히 음악을 듣는 사람, 길쭉한 대바늘로 열심히 뜨개질에 열중하는 사람, 손을 마주 잡고 흐르는 음악에 발을 맞추어 어설프게 춤을 추는 남녀 노인……, 모두들 서로 마주 보고 웃으며, 오래 묵은 친구처럼 진지하게 담소하며, 혹은 이마에 땀방울을 송알송알 흘리며 부지런히 걸어서 다니며, 하나같이 굼벵이처럼 느릿느릿하긴 하지만 즐거운 표정들이었다.

이 중에서도 특히 눈에 띄는 것은 환자들의 건강증진을 위해 고스톱 등 화투놀이를 할 수 있도록 자리를 마련해주고, 옛날 초상집에서처럼 놀이에 필요한 약간의 돈까지 대어주어, 환자복을 입은 노인들이 아무런 부담 없이 즐겁게 노름을 즐기도록 하였다. 이런 놀이에 참여한 노인들은 과거의 경험을 되살려 어떤 다른 취미 모임보다도 더 적극적이고 신나게 열심히 놀이에 열중하고 있는 것이 역력해보였다. 이들이 전혀 주위를 의식하지 않고 오직 돈을 따기 위해 열심히 놀이에 몰두하는 모습을 보면,

'과연 저분들이 정말 치매를 앓고 있는 환자들이 맞나?'

하는 의구심이 절로 들 지경이었다.

거기다가 각종 놀이에 참여하고 있던 노인들은 옆에 놓여있던 자그마한 그릇에서 수시로 제법 부지런히 무엇인가를 쉼 없이 주섬주섬 집어서 입에 넣고 오물거리며 먹어대고 있었다.

"환자들이 무얼 저렇게 부지런히 드시고 있는가요?"

어머니의 용돈

견학을 하던 사람들이 못내 그것이 이상하다고 생각하며 안내 직원에게 물었다.

"우리 병원에서는 기억력 증진 등 두뇌 건강에 좋은 호두나 땅콩, 잣 같은 견과류를 드시도록 적극 권장하고 있습니다."

자기 병원이 여러 학자들이 연구한 다양한 선진 기법을 먼저 받아들여 환자들의 치료에 적용하여 최선을 다하고 있음을 매우 자랑스럽게 귀띔해 주었다. 그는 또,

"이뿐만이 아니고요, 우리 병원에서는 현대의학으로 치매의 개선은 물론 노인들의 건강 증진에 유익하다고 밝혀낸 것들은 많이 찾아서 식품은 드시게 합니다. 여러 가지 운동을 권장하고, 유명 강사를 초빙해서라도 정신건강에 좋다는 다양한 교육 등을 많이 실시하고 있습니다. 어쩌면 치매 학교라고도 할 수 있지요."

라며 자신이 이런 앞서가는 여러 가지 정책과 프로그램을 도입하여 시행하는 좋은 병원에서 노인 환자들을 위해 열심히 일하고 있음을 조금은 우쭐해하고 의기양양해하며 흐뭇해했다. 그는 자신을 비롯한 모든 직원들이 병원 입구에 새겨놓은 문구의 글 그대로 반효자가 아닌 진정한 온효자가 되기 위해 성의와 정성을 다하는 헌신적인 노력으로 중증의 심한 상태로 입원한 치매환자들의 증세가 날로 뚜렷하게 호전되는 것을 지켜볼수록 일에 대한 자신감과 보람과 긍지를 함께 느낀다며, 마치 초등학생처럼 기분이 한껏 좋아서 목소리가 들뜨며 웅변을 하듯 점점 커져갔다.

그러더니 그는 다시 이거야말로 여러분에게 꼭 알려야 될 대단히 중요한 사항이라며 잠시 뜸을 들이더니 매우 재미있는 이야기를 늘어놓기 시작했다.

"그러나 무엇보다도 저희 병원 여러 가지 프로그램 중의 백미는 단연 '로맨스그레이'라고 할 수 있지요. 제가 바로 요즘 그 프로그램을 운영하는 담당자인데, 저는 그 때문에 제 팔자에도 없던 신문에 크게 실리고 라디오와 텔레비전에도 여러 번 출연까지 할 수 있었습니다. 물론 우리 병원의 홍보도 적잖이 되었고요. 덕분에 지금은 본 프로그램이 상당히 널리 알려진 유명한 우리 병원의 자랑거리가 되었답니다. 하하하……"

그가 로맨스그레이로 이름 지은 치매 노인들의 사랑 이야기를 매우 자랑스러워하며 너무 귀하여 말하기조차 아깝다는 듯이 한마디씩 아끼듯이 천천히 소개했다.

"살아가는 인생이 너무나 외롭고 쓸쓸하기 때문에 치매에 걸린다고 할 수 있을 정도로 우리 치매환자들은 대부분 사별이나 이혼 등으로 배우자 없이 홀로 사는 싱글인 경우가 많습니다. 이들은 또 대부분 마음을 허심탄회하게 깊이 터놓고 가까이 지내는 이성異性 친구도 없지요. 그래서 우리는 입원하여 상태가 많이 호전된 환자들 중 배우자가 없는 남녀 각 열 명씩의 희망을 받아 스무 명의 팀을 만들고, 그들에게 여러 가지 재미있는 프로그램을 함께 진행합니다.

어릴 적에 즐겨하던 각종 숨바꼭질, 술래잡기, 땅 따먹기, 수건 돌리기 등과 같은 쉬운 놀이에서부터 시작하여 갈수록 수준을 높여 갑니다. 그러다가 전문 강사의 교양 강연도 듣고, 영화도 보고, 병원 밖으로 나가서 한나절 정도의 짧은 여행도 즐기고, 서로 손을 잡고 춤도 추며 즐겁게 사귀도록 사흘 동안 아침부터 저녁 늦게까지 함께 거의 공동생활을 하는 거죠……"

담당 직원은 신이 나서 그 과정을 비교적 자세히 설명했다. 우리들은 '과연 저런 활동이 치매 노인들에게 가능할까?'라고 고개를 갸웃거리며 반신반의의 눈초리를 보내면서도 잔뜩 생소한 호기심에 이끌려 전혀 새로운 사랑 이야기처럼 신선한 기분으로 재미나게 듣고 있었다.

"그런데 이건 음양의 조화랄까요? 참으로 신기합니다. 참여한 노인들은 하루가 다르게 더욱 적극적으로 변해갑니다. 서로 상대방인 이성에게 관심을 가짐은 물론 상대에게 자신을 더 멋지게 돋보이려고 나름의 눈물겨운 노력을 한답니다. 하하하……. 할머니들은 대부분 얼굴에 화장을 하고 옷매무새가 바뀌고, 할아버지들 역시 덥수룩하던 수염을 밀고 하얀 머리에 반질반질하게 머릿기름을 바르고 빗질을 합니다. 평소 굳었던 얼굴의 긴장이 느슨하게 풀리며 입가에 미소를 짓습니다. 모두의 프로그램 참여도가 갈수록 좋아지는 거죠.

그런데 이 프로그램의 백미는 당연히 최고 말미에 있어요. 우리는 프로그램이 끝날 무렵 서로 짝짓기를 하여 서로가 함께 좋아하는 자기의 짝이 선택되어 결정되면 푸짐한 상품과 함께 2박 3일 신혼여행도 보내준다고 미리 선포를 해둡니다. 그러고 나면 참여자들은 마음이 더욱 젊은이들처럼 들떠서 남자는 여자에게, 여자는 남자에게 멋지게 잘 보이려고 애써서 노력하는 성의가 확연히 눈에 띈답니다. 이건 젊은이들과 비슷한 신기한 현상이죠. 하하하……"

그는 노인들의 이성을 향한 긍정적이고 적극적인 자세의 변화에 매우 감격이라도 한 듯 이 점을 크게 강조했다. 마치 젊을 때의 달콤했던 연애시절 추억의 감동을 떠올리며 다시 즐거운 감상에 젖는 듯이 얼굴 표정이 불그스름하게 상기되기도 했다.

"인간이란 존재의 너무나 오묘한 감정의 신비, 우리 모두가 인생이 거의 끝났다고 생각했던 깊은 정신질환자인 치매환자들이 상대 이성에게 환심을 사려고 건강한 사람의 눈에는 비록 보잘것없을지라도 스스로 자신의 몸을 단장하고, 행동거지를 주의하며, 말씨조차 부드럽게 변하는 이런 희한한 현상을 늘 이런 일을 하고 있는 저희들인들 어찌 감히 상상이나 할 수 있었겠습니까?

이런 변화는 기적에 가까운 일이 아닐 수 없는 거죠. 저는 꺾인 꽃은 다시 필 수 없지만 지는 꽃은 다시 핀다는 속담을 다시금 마음속에 새기며, 오늘의 이들이야말로 바로 마른 나뭇가지에 피는 꽃이며, 고목에 파릇파릇 새움이 돋듯 변화되는 이런 현상을 가리

켜 기꺼이 진짜 기적이라고 부르고 싶습니다……"

이때, 영덕은 며칠 전에 들은 전문 강사의 치매에 대한 강의가
좀처럼 믿기지 않았던 것이, 이 직원의 직접적 체험을 듣고 보니,
이제야 비로소 '과연 그럴 수도 있겠구나!'라고 쉽게 믿어지며 남
다른 열의로 전달되는 직원의 말에 자주 공감이 되며 연신 고개가
끄덕여졌다.

영덕이 들은 그 치매 전문 강사의 말인즉,

"집에서 키우는 화분의 난蘭이 오래도록 잎만 무성한 채 꽃을
피우지 않으면 화분에 물주기를 오랫동안 하지 않으면 곧 아름다
운 귀한 꽃을 피워 집안 가득히 그윽한 난향을 뿜어내듯, 온몸의
증세가 심해 허약하기 이를 데 없는 말기의 폐결핵 환자가 정력이
세어진다는 이야기와 마찬가지로 치매환자도 자신의 생명을 이을
2세를 얻기 위해서인지는 아직 정확히 밝혀지지 않아서 장담은 할
수 없으나, 오랫동안 앓아서 그 쇠약하고 깡마른 몸에 비해서 정
력이 제법 세어진다는 것입니다. 그래서 환자를 목욕시키던 젊은
여자 간병인들이 불현듯 불뚝 일어서는 노인의 성기 때문에 자주
깜짝깜짝 놀라고 말지요……"

그가 약간은 생뚱맞은 생각을 하고 있는 중에도 직원의 열을 뿜
어대는 치매노인의 사랑 이야기, 로맨스그레이는 계속 이어지고
있었고 사람들은 하나같이 깊은 호기심을 가지고 숨을 죽인 채 경
청하고 있었다.

"……그러나 참여한 모두가 서로 상대에게 환심을 사려고 프로그램이 진행되는 사흘 동안 자신들로서는 나름대로 최선의 노력을 기울이는데도 불구하고, 저는 꽤 여러 번의 행사 진행을 하였습니다만 아직까지 너무나 안쓰럽고 안타깝게도 이들이 짝을 이루어 자랑스럽게 손을 흔들며 즐거운 신혼여행을 떠날 수 있는 단 한 쌍의 커플도 탄생하는 것을 볼 수가 없었답니다."

그는 사람들이 도대체 왜 그런지 영문을 모르겠다는 듯 모두가 그의 입을 주시하는 가운데 한동안 말을 멈추고 고개를 절레절레 흔들며 뜸을 들이더니 이윽고 이렇게 말하던 것이었다.

"저는 정말 또 다시 기절초풍을 하도록 놀라고 말았습니다. 기억력, 이해력, 판단력, 지능저하 등 인지기능을 비롯한 갖가지 기능이 급속도로 쇠하고 떨어진다는 치매노인들도 적당한 환경과 조건이 주어지면 이와 같이 어느 정도까지는 본래의 자기 자신을 되찾을 수 있다는 것을 체험했지요. 마치 우리 기억의 가장 밑바닥으로 아득히 가라앉아 도저히 그냥은 기억을 해낼 수 없는 까마득히 오래된 일들도 그 당시의 상황과 조건을 비슷하게 맞춰주면 그때의 기억이 오롯이 떠오르듯이 말입니다.

무엇보다도 본 프로그램의 결과가 그것을 잘 말해주고 있었어요. 행사의 마지막에 자신이 가장 좋아하는 이성을 단 한 사람씩만 적어내라고 했는데, 만약 짝이 이루어지기만 한다면 우리 직원이 자동차로 안내하는 2박 3일의 즐거운 신혼여행을 떠날 수 있는 그야말로 대박이 나는 절호의 찬스였습니다. 그리고 분위기로 보아 남녀 모든 참가자들이 그런 영광의 주인공이 되기를 간절히 바라는 눈치였는데, 아, 아, 이건 너무나 애석하고 애석했습니다.

뚜껑을 열자 그 결과는 번번이 불을 보듯 너무나 뻔하여 우리를 크게 허망하게 만들고 말았습니다. 순조로운 진행 상황을 지켜보며 잔뜩 기대를 하고 있던 우리 직원들을 크게 놀라게 만들었지요.

할아버지들은 모두가 하나같이 십여 명의 할머니들 중 가장 발랄하고, 친절하고, 생글생글 웃으며 다정다감하게 대하고 즐겁게 놀던 명랑한 할머니 단 한 사람을 선택했고, 할머니들 역시 똑 같았습니다. 모든 할머니가 가장 믿음직스럽고, 친절하며, 자기의 말을 경청하고, 크게 자랑하지 않고, 배려심이 많던 단 한명의 할아버지를 원했지요. 양쪽 모두가 단 한사람에게 완전히 몰표였습니다.

이로써 병이 어느 정도 호전되는 치매노인들의 경우도 상대를 판단하고 보는 시각이 거의 정확하게 일치하고 웬만큼은 살아있다는 확인은 참으로 놀라운 결과가 아닐 수 없었답니다."

직원이 말하는 치매 노인들의 회복된 눈높이에 따른 그 신기한 짝짓기 결과에 영덕을 비롯한 견학자들도 모두 깜짝 놀랄 수밖에 없었다. 그건 바로 대부분이 치매에 걸린 부모님을 돌보는 이들이라 환자를 잘만 모시면 다시 쾌유도 가능하다는 커다란 희망으로 다가왔기 때문이다.

영덕을 비롯한 일행들의 견학은 널찍한 병원의 각종 시설들을 방문하며 더욱 흥미진진하게 계속 이어지고 있었다. 안내 직원은 여러 곳에서 분주하게 취미활동을 즐기고 있는, 지금은 겉으로 봐서는 전혀 환자 같지 않은 여러 노인들이 저마다의 활동에 전념하는 장면을 둘러보며 자랑하듯이 말했다.

"지금은 저 정도로 안정을 되찾아 비교적 차분하고 건강해 보이는 저분들도 몇 개월 전에는 모두가 집에서 가족들의 힘만으로는 도저히 돌볼 수 없었고, 낮 동안의 보호를 위해서 머물던 재가요양시설(주간보호센터)에서도 도저히 더 이상은 감당하기가 어렵다던 과격한 증상의 중증 환자들이었답니다. 하기야 치매도 일종의 정신질환이라 육체적 장애가 없으니 일단 병에서 놓임을 받는 순간부터 곧 정상인처럼 멀쩡해 지기는 합니다만……"

'정말, 어떻게 저럴 수가? 내 상식으로는 도저히 믿기지 않아, 저건 기적이 분명해……'

영덕은 직원의 말을 솔직히 그대로 믿을 수가 없었다. 그의 머릿속에는 과거에 어머니가 입원하여 그리 길지도 않은 기간에 그야말로 만신창이가 되었던 병원의 현실과, 지금 이 병원의 눈앞에 벌어지고 있는 꿈같은 이상이 머릿속에서 심한 혼란을 일으키며 요란하게 교차하고 있었다. 이건 그야말로 천양지차天壤之差, 하

늘과 땅의 차이만큼이나 병원에도 현격한 격차가 있다는 생각뿐
이었다.

지금 생각해보면 비교적 괜찮은 상태로 병을 고치러 걸어서 입
원하였다가 겨우 두 달 남짓 만에 오히려 중환자로 악화되어 아들
의 등에 업혀서 퇴원해야 했던 어머니를 입원시켰던 비슷한 요양
병원의 야멸치고 뻔뻔스럽던 직원들의 태도와 환자들을 위한 다
른 여가시설은 전혀 없고 오직 황량하게 보이는 병실밖에 없던 썰
렁하고 삭막했던 병원 시설들의 충격적 잔영이 아직 뇌리에서 사
라지지 않고 그대로 남아서 징그럽게 떠올라 그의 마음을 괴롭히
고 있었기 때문이다.

'한번 걸리기만 하면 지능이 급속히 위축되고 퇴화되어 증상의
개선이 어렵다던 치매도 과연 요양병원의 시설과 의료진의 치료
방법에 따라서는 저토록 치료의 효과에 확연한 차이가 날 수 있는
것인가? 저게 진정 사실일까? 직원의 과장된 자랑이고 심하게 부
풀린 허장성세는 아닐까?'

영덕이 이렇게 반신반의하며 지금 직원이 말하는 이상과 자신
이 직접 경험한 현실과의 너무나 큰 차이를 느끼며 번민하고 있을
때였다. 안내인은 마치 그의 마음속 심한 갈등과 번민을 눈치라도
챈 듯, 오늘 견학을 온 일행들을 이 병원에 환자들이 오면 처음으
로 입원하여 치료를 받기 시작하는 초기 병동으로 데리고 갔다.

그곳은 영덕이 어머니를 모시고 입원을 위해 들렀던 생각하기

조차 섬뜩한 과거의 그 병원의 풍경과 너무나 흡사해 깜짝 놀라지 않을 수 없었다. 여러 가지 검사를 마치고 갓 입원한 듯이 보이는 환자들의 약간은 긴장되고 약간은 헝클어진 모습이 바로 그랬다.

"저분은 오랫동안 군에서 장교생활을 하던 분인데, 자의식이 남달리 강하여 남들과 인사는 물론 단 한마디의 이야기도 주고받지 않는데다가 자기 주변으로 다른 사람들이 다가오는 것을 매우 꺼리며 극도의 신경질적인 반응을 보이며 지나친 경계를 합니다. 얼마 전에는 바로 옆 병실의 환자가 엉겁결에 잘 모르고 저분이 벗어놓은 슬리퍼를 신고 갔다가 갑작스레 도둑을 맞았다고 난동을 피우는 바람에 모두가 곤욕을 치른 적도 한두 번이 아닙니다."

첫 번째 방에 너무나 근엄하게 챙이 짧은 모자를 눌러쓰고 마치 옛날의 고고한 선비처럼 양반다리를 꼬고 고상하게 앉아서 세상 모르고 공부에 열중하고 있던 노인은 첫인상부터가 무인다웠고, 그 생김새도 전장에 나선 장비나 관우처럼 기골이 장대했다. 그는 두꺼운 몇 권의 책을 널찍한 네모난 상 위에 포개놓고, 그 중 보기에도 묵직한 한 권을 집어 들고 폈다가는 곧 덮기를 되풀이 하며 읽는 체를 하다가 또 노트를 펼쳐 무엇인가를 부지런히 쓰기도 하며 마치 박사학위 준비나 대학입학시험을 목전에 둔 고등학생처럼 열심히 공부를 하고 있었다. 그는 유명한 학자인 체하며 자신의 남다른 학식이 많음과 열심히 연구하고 공부하는 모습을 남들에게 보여주며 딴에는 매우 으스대고 자랑스러워하고 있는 게 틀림없었다.

아뿔싸, 어찌 이럴 수가!

그런데 저 나이에 왜 저토록 어려운 공부를 하고 있는지 궁금증을 견디지 못한 영덕이 몰래 공부에 열중하는 노인의 근처로 슬그머니 다가가서 슬쩍 무언가를 쓰고 있던 노트를 훔쳐보았더니, 아, 글쎄, 이건 놀랍게도 '아가야, 놀자. 바둑아, 안녕?'과 같은 유치원생이 하는 쓰기공부를 연필심에 침을 발라가며 하고 있었다. 크게 거들먹거리며 유명한 학자인 체 하는 모습에 비해 너무나 보잘 것 없는 실체에 영덕이 어처구니가 없어서 깜짝 놀라서 물러나와 머리를 절레절레 흔들어대자,

"자신이 매우 위대하고 중요한 사람인 체 하며 남들이 보면 웃어넘길 보잘 것 없이 초라한 것을 크게 자랑하는 저런 지나친 자기 과시 증상의 치매도 차차 정서가 안정되어 순화되면 곧 자신의 본래 모습을 되찾게 되고 그러면 다른 사람들과 어울리며 이야기를 나누게 될 것입니다. 잘난 체 으스대며 자랑하는 저런 유형의 질환은 흔히 평소에 쌓인 심한 열등의식으로 자존감이 많이 떨어진 분들에게 자주 발생합니다."

안내 직원이 전에도 저런 유형의 환자가 더러 있었다며 오랜 경험에 입각한 자신감을 피력했지만, 노인의 고목나무 같이 딱딱하게 굳은 엄숙한 모습을 보는 사람들에겐 그의 설명과 괴리가 너무커서 말이 잘 믿기지 않았다.

"지금 저 노인의 쇳덩이처럼 굳은 딱딱한 모습으로 봐선 좀처럼 남들과 친해지기는 어렵겠어."

안내인의 이야기를 들은 일행들이 이구동성으로 하던 말이었다.

이어서 살펴본 두 번째 방도 역시 1인실이었는데, 그 방에는 양손과 양 팔은 물론 온몸을 마치 사시나무처럼 덜덜덜 마구 떨어대며 그런 와중에서도 짙은 불만과 원한에 사무친 듯 닫힌 창문 밖을 향하여 큰소리를 버럭버럭 질러대는 할머니가 계셨다. 할머니는 바깥에 아무도 보이지 않는 창문을 향해 무엇인가 요구를 하는 것 같기도 하고, 누군가를 욕하며 나무라는 것 같기도 했다. 어떻게 보면 가슴에 가득 쌓인 원한과 한탄을 늘어놓는 것과도 같은 톤이 높은 큰소리를 삿대질을 해대며 계속하여 마구 질러대고 있었다. 그래도 다행인지 목은 쉬지 않고 비교적 카랑카랑했다.

할머니는 이마가 찢어진 듯 머리에 둘둘 감아놓은 붕대 위로 약간의 붉은 피가 번져 나오고 있었다. 우선 겉으로 보기에도 먹이를 잡으려는 배고픈 맹수처럼 번들거리는 빛나는 눈을 가진 첫인상부터가 상대를 단숨에 제압하려고 발톱을 세우고 노리는 싸움닭을 닮은 할머니는 보통 성격이 아니라는 생각이 절로 들었다.

"저분은 오래 전부터 파킨슨병을 앓아오던 중에 그것에 더하여 치매까지 겹치는 바람에 성격이 매우 사납고 거칠어졌다고 합니다. 두 가지 이상의 심한 지병이 겹치면 흔히 저런 더욱 과격한 중

어머니의 용돈

상이 나타나기 쉽습니다. 증세가 급속도로 심해져서 식구들을 못 살게 굴고 걸핏하면 집을 뛰쳐나가 아무런 상관도 없는 이웃집 사람들을 잡고 마치 원수처럼 때리며 사정없이 싸움질을 해대는 바람에 집안에서는 도저히 감당이 어려워 입원을 했지요.

그런데, 처음에는 우리 직원들은 아예 근처에도 오지 못하게 심하게 화를 내고 짜증을 부려서 낮에는 자녀들이 번갈아 와서 할머니와 같이 지내며 돌보며 수발을 들었는데, 지금은 많이 누그러진 상태입니다. 현재는 돌보는 가족들 없이 조금 요란하긴 하지만 우리 직원들이 전적으로 돌보고 있으니까요."

직원은 증세가 유별난 저 할머니 때문에 직원들이 겪은 그간의 고초가 이만저만 큰 것이 아니었다면서, 노인의 머리를 싸맨 붕대에 대해 이렇게 부연 설명을 했다.

"저분처럼 심각한 다른 지병과 겹쳐서 치매가 더욱 빠르게 심해지면 자연적으로 소외감과 분노와 의심이 커지고, 그러면 아울러 자신에게 가까이 접근하는 상대방에 대한 두려움도 커지지요. 그에 따라 환자는 자기 자신을 접근하는 적으로부터 온전히 방어하기 위해 성격이 더욱 조급해지고 거칠어지고 과격해지는 경우가 많은데, 아직 그 원인은 정확하게 밝혀지지 않고 있습니다.

저런 분은 화가 나거나 어떤 일이 자기의 마음에 들지 않으면 곧바로 남을 사정없이 폭행하고, 분풀이를 하듯 주위의 물건을 닥치는 대로 마구 집어던집니다. 그래도 분이 풀리지 않으면 결국

243

자신의 몸을 아무데나 들이받아 저렇게 늘 머리와 손에 상처가 나을 날이 없지요. 환자를 돌볼 수 있는 아들, 딸, 며느리 등 가족이 많다고 하더라도 별도로 보호시설과 전문 보호자가 없는 가정에서 식구들만으로는 돌보기가 매우 어려운 유형의 과격한 치매라고 할 수 있습니다.

그러나 저런 분도 특징이 있어요. 처음에는 우리 직원들도 멋모르고 할머니의 수발을 위해 무심코 가까이 접근했다가 갑자기 얼굴을 얻어맞아 안경이 부서지고, 어떤 여직원은 호되게 맞아서 팔에 골절상을 입기도 했지요. 할머니는 한동안 우리 병원에서도 매우 골치 아픈 그야말로 두려움의 상징이었습니다.

그러던 중 참으로 신기한 일이 발생했지요. 직원들이 구타당하는 경험을 몇 번 되풀이 한 후부터는 할머니에게 접근하기 전에 주사를 놓는다던지, 약을 먹인다던지, 기저귀를 갈아 끼운다던지……, 가까이 다가가기 전에 할머니에게 행할 일을 미리 천천히, 정성을 다해 자세하게 설명을 하고 난 뒤에 잠시 기다렸다가 아주 천천히 접근하여 일을 한답니다. 그랬더니 놀랍게도 할머니는 화가 잔뜩 난 듯 욕설을 퍼부으며 씩씩거리면서도 직원이 조용하게 자기를 위해 일러주는 필요한 말을 알아듣고 어느 정도 이해를 한다는 것을 알았지요.

그래서 우리는 성격이 거친 분에게는 늘 한 템포를 늦춘답니다. 가까이 다가가기엔 매우 거친 성격과 무지막지한 행동의 환자들도 그런 와중에도 남이 자기를 향해 하는 따뜻한 배려의 말은 잘 알아듣는 답니다. 자기를 배려하는 남의 말을 잘 알아듣는 인간의 고귀함을 우리는 치매 노인들에게서 다시 배웠답니다."

또 바로 그 옆에 있던 방에서도 역시 할머니가 방바닥에 꿇어앉아 열심히 기도를 하듯 두 손을 꼭 맞잡고 너무나 간절한 목소리로 울부짖고 있었다. 가만히 들어보니 다음과 같은 내용의 말을 계속하여 되풀이하고 있었다.

"오, 신이시여, 저는 몹쓸 죄인입니다. 내 혀가 심한 악을 꾀하여 애꿎은 사람의 가슴을 새카맣게 멍들게 하였고 마구 큰 생채기를 냈으며, 선보다 악을 사랑하여 수많은 악한 일을 서슴없이 저지르고도 양심의 가책도 느끼지 않았고 반성할 줄은 더욱 몰랐습니다. 착한 남편을 그까짓 바람을 피웠다고 두 명이나 갈아치웠고, 살기가 힘들면 사정없이 제 몸으로 낳은 아이들을 버리고 멀리멀리 도망을 쳤습니다. 으흑흑…….

남의 물건을 탐내다가 예사로 훔치고, 저의 이익을 위해서는 수도 없이 많이 거짓말로 남을 속였습니다. 술이 취하면 꽃뱀처럼 많은 남자를 유인하여 사귀고, 가까이하는 남자가 많음을 자랑하며 살았습니다. 저는 당장 혀를 깨물고 죽어야 할 천하에 몹쓸 흉악한 죄인입니다. 신이시여, 지금 늦게야 깨닫고 회개하오니 부디 용서하여 주십시오. 으흑흑……."

조용히 귀를 기울여 들어보니 할머니는 신앙심이 매우 돈독한 듯 자신의 잘못된 과거를 낱낱이 열거하여 깊이 뉘우치며 간절한 회개의 기도를 하며 울부짖고 있었다. 영덕은 제 흉은 깊이 감추고, 제 자랑만 주절주절 늘어놓는 이 각박한 세상에 저 정도로 자신의 과거 잘못을 솔직히 깨닫고 반성하는 할머니가 이 세상에 보기 드문 매우 겸손한 사람이라는 생각이 절로 들었다. 할머니의 기도소리를 조용히 함께 들은 다른 사람들도 영덕과 같은 생각인 듯 고개를 갸웃거렸다. 왜 저토록 자신의 잘못된 과거를 참회하는 흠이 없이 착한 할머니가 이곳에 입원을 했을까? 하는 의문이 일었기 때문이었다.

그런데 회개에 열심인 할머니의 반성문을 귀 기울여 들으며 잔뜩 의문을 가지고 고개를 연신 갸웃거리며 살펴보던 일행들을 한동안 아무런 말도 없이 지켜보던 안내인의 설명은 너무나 달랐다.

"저 분은 죄의식의 강박관념이 남달리 심한 치매환자입니다. 이 세상을 살아가노라면 누구나 범할 수 있는 남들과 거의 엇비슷한 자신의 평범한 과거를 하나하나 굳이 기억에 떠올려 들추어내어 이미 지나간 과거의 행위를 비하하며, 심하게 자책하며, 유독 강한 죄의식을 갖는 것도 치매의 일종입니다. 자신의 모든 과거를 흉악한 범죄와 회복할 수 없는 죄악으로 돌리고, 오직 그 죄의 올무에 매여 갈수록 점점 더 목을 조이며 살아가며, 늘 죄의식에만 깊숙이 젖어 자기 스스로를 심하게 자학하고 학대하며, 지나치게 양심에 얽매여 오히려 자신의 정상적인 보통생활은 도무지 찾을 수가 없는 극한 상황이 연속되기 때문입니다. 너무나 과거의 잘못에만 집착하여 매달려있으면 정작 진정한 자신의 현재와 희망찬 미래를 찾고 향유할 수가 없게 되지요. 사람에겐 그 무엇보다도 지금, 당장, 현재의 삶이 가장 중요한 법이지요.

저런 사람의 더 심각한 문제는 자신이 범한 죄가 너무 크고 흉악했다는 죄의식과 양심의 가책에 억눌린 나머지 이제는 도저히 돌이킬 수 없다고 지레 단념하고 자칫 자신의 모든 것을 포기해버리는 큰 위험에 봉착하기 십상입니다. 보통 사람은 나이가 많이 들수록 그 나이와 함께 용기까지도 빠르게 쇠퇴하다가 결국 사라져버립니다. 그래서 노인은 몸이 약해질수록 생명에 대한 애착은 더욱 강해져서 좀처럼 자살을 할 수가 없게 되지요. '자살도 젊고 힘이 있어야 할 수 있다'는 말이 생겼는데, 그것과는 특별한 예외로 저런 유형의 치매환자들은 저런 상태로 오래 방치되면 점점 더 깊은 죄의식의 수렁으로 빠져들어간 나머지 결국 헤어 나오지 못하고 자칫 자살에까지 이르는 경우가 많습니다. 겸손은 미덕이지만 병적으로 지나친 자학적 겸손은 매우 위험합니다……"

일행의 새로 입원한 환자에 대한 견학은 여러 개의 방으로 이어지며 계속되었다.

바로 그 옆방이었다.

거기에는 방금 본 간절히 기도를 하고 있던 할머니와 엇비슷한 연세와 차림새의 할머니가 긴 의자에 누워 있었다. 할머니는 언뜻

보기에도 이른 봄 잎도 없는 빈가지에 함초롬히 핀 목련꽃처럼 매우 우아한 귀부인의 자태를 하고 있었다. 고이 잠을 자는 듯 겉으로 드러난 모습에는 도무지 환자라는 티를 잡을 것이 아무것도 없는 조용한 모습이었다.

"저 분은 지금 여러분의 눈으로 보는 바와 같이 전혀 환자처럼 보이지 않을 것입니다. 서너 달 전에 남편인 할아버지에 의해 입원을 하셨는데, 당시 치매에 걸린 지 거의 3년이 되었다고 하더군요. 그때부터 저분은 입을 꼭 닫고 단 한마디의 말도 꺼내지 않았다고 하더군요."

안내인은 자세히 보라며 손짓으로 모두의 이목을 할머니에게로 집중시키며 말을 이었다.

"저분은 치매라는 병과는 거리가 먼 사람이었고, 치매에 걸려서도 전혀 환자답지 않은 환자랍니다. 그만큼 일반적인 상식을 훌쩍 뛰어넘은 독특한 유형의 분이지요. 우선 저분은 교회에서 성가대원으로서 고음의 노래를 잘하는 데다가 스스로 침술을 배워 많은 사람들에게 침을 놓아주는 등 여러 가지 자원봉사활동에 힘쓰던 분으로 성격이 매우 밝고 활달하게 사시니 치매 따위와는 거리가 멀다고 일컬어지던 유형이었습니다.

병에 걸려서는 도통 말을 하지 않고 조용히 있다가 밤만 되면 살며시 문을 열고 나가서 어디론가 정처 없이 마구 쏘다니는 바람에 3년 동안 밤을 세워가며 아내를 지킨다고 고생한 남편은 몸무게가 자그마치 20킬로나 줄었다며 거의 곧바로 쓰러질 듯 기진맥진하여 물어물어 우리 병원을 찾아왔더군요. 저분은 요조숙녀처럼 얌전히 있다가도 밤이 되어 땅거미가 지고 짙은 어둠이 몰려오면 갑자기 여기를 뛰쳐나가려고 거의 발광을 하며 야단법석을 피운답니다. 물론 주변의 환자들과도 단 한마디의 말도 섞지 않고 있지요. 그래서 아직 치료의 진전이 늦은 편입니다."

일행은 안내인의 자세한 설명을 들으며 이외에도 여러 병실을 둘러보며 우리와 똑 같은 사람의 모습은 하고 있지만 너무나 이상한 생각과 행동이 도저히 사람이라 할 수 없을 정도의 여러 다양한 모양새를 하고 있는 치매노인 환자들을 접하며, 모두들 하나같이 이 세상에는 참으로 노인도 많고 색다른 유형의 치매 환자도 너무나 많다는 사실에 놀라지 않을 수 없었다.

그런데 이번에는 계단에 우두커니 앉아서 마치 누군가를 기다리는 듯 온종일 아무런 생각도 없는 듯이 하염없이 앉아있는, 겉으로 보기에는 멀쩡하고 움직임도 없다시피 조용한 그야말로 보통 노인인 할아버지가 마치 주택가의 양지바른 대문 앞에 앉아서 식구들이 돌아오길 기다리는 노인 모습 그대로 병실에 우두커니 앉아있었다.

노인은 피골이 상접하도록 수수깡처럼 깡말랐고, 세상의 아무것에도 전혀 관심이 없는 듯 지그시 눈을 감은, 좀은 멍청한 모습이었다. 사람들이 치매환자치고는 너무나 조용하고 어쩌면 인생의 깊은 도를 깨달은 사람처럼 보이는 노인에게 이목이 집중되자 안내인이 당연하다는 듯 이렇게 설명을 하던 것이었다.

"저분은 가족들과 일찍이 헤어졌는지 아니면 애초부터 가족이 아무도 없었는지 오랫동안 홀로 가난하게 기초수급자가 되어 나라의 보호를 받으며 살던 분이시죠. 세상이 점점 각박해지면서 이혼이 늘고, 자식들의 잦은 가출로 가정이 해체되고, 자식들은 홀로된 부모를 나 몰라라 포기한 체 뿔뿔이 사라져버리고, 가진 재산은 쥐뿔도 없고……, 요즘 저런 연세에 막막한 경우에 처한 분들이 급속하게 많이 늘어나고 있습니다. 저런 분들은 대부분 가족이 없는 것과 마찬가지로 가까운 친척이나 친구도 없고, 이웃과 사귀지도 않습니다. 그야말로 완전히 이 세상이란 거친 광야에 버려진 고아와도 같은 외톨이의 생활이지요.

그러나 이건 나이든 사람에겐 위험천만한 일입니다. 온종일 아무런 즐거움도, 누구와 한마디의 대화도, 재미를 붙일 취미생활도, 심지어 약간의 움직임도 없는 저런 노인들이야말로 바로 치매라는 묘한 질병의 표적이 될 수 있는 안성맞춤의 필요와 충분조건을 고루 갖추었습니다. 요즘 이웃 간, 세대 간, 지역 간, 학벌 간, 생활수준 간……, 현대의 각박한 단절의 시대를 맞아 자의 반, 타의 반 혹은 어쩔 수 없이 많은 노인들이 처하고 있는 안타까운 현실입니다. 더구나 저런 어려운 처지의 노인들이 대화까지 단절된

이 무언無言의 시대를 맞아 강한 전염병처럼 숱하게 널리 퍼지고 있는 현실이 더욱 문제입니다."

안내 직원은 저런 생활의 변화도 없고, 무미건조한 현재를 바꿀 아무런 해결책이 없고, 아무런 희망이나 의욕이 없는, 어쩌면 인생을 자포자기를 한 듯이 보이는 답답한 노인만 보면 안타깝고 안쓰럽다고 했다. 어떤 때는 너무나 무미건조하고 무의미한 삶에 공연히 울화통이 치밀어 오르며, 뾰족한 대책이 없어 마음이 무겁고 가슴이 아프다며 마치 그 노인이 가기의 생부生父라도 되는 듯이 여러 번 긴 한숨을 푹푹 쉬어댔다.

"저분은 국가의 보조금으로 자그만 단칸방에서 겨우 살아오다가 요즘은 살아있는 것인지도 모를 정도로 출입도 없이 조용히 지내다가 결국 바깥세상과는 완전히 문을 닫고, 오로지 방안에만 처박힌 생활에서 당연히 치매에 걸린 환자라 할 수 있습니다. 바깥세상과 아무리 높은 담을 쌓고 문을 꼭 닫고 산다고 하여도 치매라는 병까지 막을 수는 없는 법이지요.

행동반경이 계속하여 줄어들고 더욱 좁혀지다가 결국 반찬을 사고 밥을 짓는 것도 잊고, 목욕은 물론 세수를 하는 것조차도 잊고, 물론 빨래나 청소를 하는 것마저 완전히 잊어버리고……, 결국 하루에 한 끼의 끼니를 잇는 것조차 망각한 채 마냥 굶다가 영양실조가 되고, 거의 죽음에 이르러서야 이웃 사람의 신고로 동사무소에서 이리로 데려온 분이지요. 저런 독거노인은 깊은 산중이나 황량한 사막에 혼자 사는 사람처럼 하루 종일 한마디의 말도 없고, 바깥으로의 움직임도, 사람과의 교류라고는 전혀 없지요. 문제는 요즘의 이웃 간, 친구 간, 세대 간의 대화가 급하게 사라진 생활형태가 저런 노인들의 발생을 점점 부채질하고 있다는 무서운 사실입니다.

그런데다가 저분들은 당연히 우리 병원에 오셔도 치료가 늦을 수밖에 없어요. 마치 타고난 듯 본래부터 삶에 애착이 없어 움직이지 않는 데다가 매사에 의욕이 상실된 만큼 남과 전혀 어울리지도 않고, 우리 병원의 각종 치료를 위한 프로그램에도 아무런 관심이 없기 때문입니다. 그러다가 투약으로 정신이 약간 맑아지고, 고른 식사를 통해서 영양상태가 조금 개선되어 혹시 상태가 호전되어 퇴원을 해도 관심과 희망과 기쁨이 전혀 없는 환경과 본인의 생활태도가 전혀 바뀌지 않고 여전히 그러하니 금세 병이 다시 도지기 마련이랍니다.

이건 마치 가족이 없이 혼자 사는 알코올중독자가 폐쇄병동에 입원하여 술을 끊었다가 몇 개월의 치료가 끝나 퇴원하면 이어지는 고독과 무료함을 도저히 이기지 못하고, 술을 영원히 끊겠다고 굳게 먹었던 맹세와 결심을 허물고 곧 술을 입에 대는 것이나 마찬가지죠. 종교를 가지거나 어떤 이유로든 개과천선하여 본인 스스로의 생활환경과 태도가 바뀌지 않는 한 정말 우리로서도 아무런 대책이 없어요……"

이런 도무지 어쩌지 못할 노인들을 양산해내는 현대의 단절된 사회 현실에 대해 갑자기 크게 분개를 했는지, 치매 노인들에 대한 지극히 긍정적인 희망으로 줄곧 가득 찼던 그는 작심을 한 듯 요즘 많은 노인들이 처하여 살아가는 현실의 부정적인 면들을 실타래처럼 쏟아놓았다. 그러면서 국가의 도움으로 겨우 최저의 삶을 지탱하는 지독한 가난과 주위를 마구 엄습하는 외로움과 쓸쓸함으로 구차한 생을 힘겹게 겨우 하루하루 유지해 가고 있는 외로움에 흠뻑 젖은 홀로 사는 노인의 삶을 그는 매우 애석하게 생각하여 걱정이 마구 밀려오는 밀물처럼 늘어지고 있었다.

"유명한 정치가도, 길거리의 걸인도, 목사도, 스님도, 천하의 모든 것을 다 가진 부자도, 구두닦이도, 거처할 집도 없이 살아가는 노숙자도……, 세상의 그 어느 누구도 결코 피해갈 수도 없고, 자유로울 수도 없는 노후의 병이 바로 치매라는 질환입니다. 한 번 걸렸다하면 온통 삶의 전부가 송두리째 망가져버리고, 평생 동안 무진 애써서 쌓아온 것이 한꺼번에 깡그리 와르르 무너져버리는 참으로 잔인하고 무서운 이 정신병.

어떻게 다시 보면 저 하늘이 큰 입을 벌리고 이 세상에 보냈던 그 영혼을 다시 데려갈 때까지 세상을 사는 모두에게 완전한 평등을 이루게 하는 병. 인간의 화려한 부귀영화는 물론 지독한 가난과 질병과 외로움과 모진 고통과 깊은 학식과……, 갖가지 인간이 살아서 쌓고 누리고 있던 세상의 온갖 지긋지긋한 차별을 훌쩍 뛰어넘어 결국 모두가 노후의 완전한 평등을 이루게 하는 것이 또한 치매라는 것. 일단 치매에 걸리는 순간 갑도, 을도, 병도 모두가 지극히 평등해진다는 무서운 사실을,

저는 우리 병원을 스스로가 아닌 누군가의 손에 이끌려 찾아온 세상에서 잘나기도 한 사람과, 또한 너무나 못난이로 살아온 여러 환자들을 직접 접하면서 인생의 참으로 덧없고 허무함을 하루에도 여러 번씩 뼈저리게 가슴을 저미며 느끼고 있습니다.

그러나 저 분처럼 인생의 마지막이 치매라는 병을 넘어 주위에 말 한마디도 제대로 나눌 아무도 없이 외롭고, 쓸쓸하고, 무의미하며, 지독하게 가난한 분들을 볼 때마다 삶이 결코 저래서는 안 되겠다는 안타까움에 가슴이 저리고 아픕니다.

너무나 불쌍한 나락으로 떨어진 인생들, 인생이 아무리 고해의 연속이라고는 하지만, 한 가닥의 희로애락도 전혀 없이 정말 이렇게 약간의 의욕도, 아무런 의미도 없어서는 결단코 아니 되겠다는 생각뿐입니다. 할 수만 있다면 옛날 유럽에서 게으름뱅이들을 모아서 이마에 낙인을 찍어 관리했듯이 저런 분들에게 특단의 대책이 필요하다고 봅니다.……"

성격이 매우 활달하고 밝아 보이는 그가 오늘 처음으로 울먹이며 눈가에 촉촉한 이슬방울이 맺혔다. 영덕은 그의 불쌍한 환자들에 대한 열정과 애정을 들으며 가슴이 뭉클해지지 않을 수 없었

다. 치매에 걸린 부모를 가정에서 모시고 있는 사람이나, 치매 노인을 병원에서 돌보는 사람이나 모두가 다 함께 동병상련하고 있다는 깊은 공감이 저절로 일었다. 거기다가 그가 치매 노인들에 대한 자신의 책임 있는 직업의식, 즉 노인들에 대한 깊은 사랑과 애절한 동정심과 뜨거운 연민의 정을 토로할 즈음에는 영덕은 그에 대한 적지 않은 존경심마저 슬그머니 일어나던 것이었다.

"여러분께서 오늘 보신 바처럼 이렇게 여러 종류의 다양한 증상의 치매 환자들의 개별적 유형과 상태를 살펴보면 이 세상 모든 치매 환자의 굉장히 행동이 유별나고 가파른 성격의 변화는 도저히 이해하기가 난해하다고 생각되실지 모르지만, 저희들처럼 일선에서 수많은 환자들을 대하며 일하는 의료인들에게는 갖가지 형태의 환자들이 여러분과 같이 가정에서 아버지나 어머니 등 환자를 한 분씩 돌보는 가족들처럼 그토록 마냥 어렵고 힘들게 느껴지지는 않습니다.

참고로 최근의 어떤 통계를 보니 가정에서 치매환자를 돌보는 보호자의 60퍼센트 이상이 우울증에 시달리며 과도한 불만 증상으로 번아웃(극도의 정신적 피로) 상태라고 하더군요.

이건 마치 우리 아이는 다른 집 아이들보다 더 장난이 유별나고, 때로는 매우 영특하고, 어떤 때는 많이 어리석어 보이고, 성격이 특별히 모가 난다고 느끼는 부모들 입장에서는 나름대로 우리 집 아이가 다른 아이들보다 매우 특별하다고 생각하는 경우가 많다. 하지만 교사가 일반적인 아동발달 단계이론의 큰 범주에서 살펴보면 대부분 그 나이 또래의 단계에 맞게, 다른 아이들과 매우 비슷하게 성장하고 있다는 것을 알 수 있지요.

마찬가지로 우리들이 접하는 치매 노인환자 역시 노인성 정신질환이란 큰 테두리에서 살펴보면 환자와 가까운 보호자인 여러분이 매우 심각하게 느끼는 증상들, 즉 나의 부모님은 입맛의 변화가 너무 심해 늘 음식 투정을 일삼고, 우울증이 너무 심해 남보다 더 심한 고통을 받으며, 정신이 자주 혼미하여 신체접촉에도 무반응 하며, 밥 먹듯이 거짓말을 너무 잘하고, 너무 엉뚱하고 괴상한 짓들만을 골라서 저지르며……, 등등 매우 그 증세가 특별하다고 여러분이 각자 느끼는 경우보다는 치매 환자의 전체적인 입장에서 보면 대부분이 서로 엇비슷하다고 할 수 있지요.

그래서 우리는 환자들의 개별적 특성을 그 나름대로 인정은 해주되 어떤 사람만이 특별하게 별나다고 그리 심각하게 받아들이지는 않습니다. 그건 우리가 환자들의 개별적 특성을 무시하고 도외시하는 것이 아니라 매우 관심을 가지고 극히 민감하게 살피면서도 한 발자국 뒤로 물러서서 매일 발생하는 갖가지 형태의 작은 변화에 일희일비하지 않고 보편적으로 관찰하여 치료에 임하려고 노력하기 때문입니다."

직원의 조금 길지만 열띤 이야기가 끝나자 일행들이 크게 감동한 듯 환호하며 끝없이 공감의 박수를 쳐댔다. 병원 측으로서는 당연한 논리요 보편적인 이야기였지만, 환자의 보호와 뒷바라지로 심하게 고생하던 모두들의 가슴에는 깊이 와 닿는 그 무엇이 있었던 것이다. 그러자 그가 머쓱해 하며 허리를 구부려 정중하게 감사의 인사를 하고 난 뒤 약간은 아쉬운 듯 다시 말을 이었다.

"여러분은 대부분이 치매환자를 돌보느라 고생하는 가족들이시며 오늘 너무나 진지하게 경청하시니 하나의 팁이랄까? 마지막으로 한 가지만 더 최근 소식을 알려드리겠습니다. 아직 치매에 걸린 노인의 머릿속을 훤히 들여다 볼 수는 없지만, 우리는 그 사람의 말과 행동으로 미루어 그의 생각을 웬만큼은 알 수가 있지요.

그런데 자주 경험을 합니다만 치매에 걸린 사람은 대부분 감사하는 마음이 없고, 그 대신 그 마음속에 많은 원망이 자리하고 있다는 것입니다. 그래서 오직 감사에 의해서만 발생할 수 있는 자신을 제어할 능력과 감동과 강한 힘과 기적을 잃어버리고 여러분이 경험한 과격하고 파괴적이고 유별난 행동을 일삼는 것이지요.

현대는 과학의 급속한 발전과 더불어 각종 질병의 전조를 미리 알아내는 연구도 매우 발전하고 있습니다. 이를 위해 치매를 비롯한 각종 질환의 의료적 실험을 하는 데는 가장 신체적 공통점이 많은 일란성 쌍둥이를 그 대상으로 활용하여, 둘 사이에 일어나는 그 변화의 차이를 비교하는 것이 가장 효율적입니다. 하지만 일란성 쌍둥이는 많은 표본 집단을 구하기 어렵다는 단점과 한계가 있기 때문에, 의료적 실험에 그 다음으로 가장 많이 활용하는 것이 바로 가톨릭의 수녀 집단입니다. 수녀들은 가정이 없어 비교적 생활이 비슷하고 평온한데다가 약물남용, 음주, 흡연, 연애 등 신체 변화를 일으킬 요인이 없기 때문에 연구 결과가 매우 고르게 나오기 때문이지요.

최근 수녀들이 쓴 일기를 통해 치매와 관련한 기억력과 언어능력 등을 비교 연구한 결과가 많은 주목을 받고 있습니다. 그만큼 모두가 인정하듯 그 결과가 믿음이 가기 때문이죠.

많은 수녀들이 오랫동안 쓴 일기에 대한 비교 결과를 보면,

사용하는 단어 수가 풍부하고 어휘력이 좋을수록, 학사학위 이상 소유자와 규칙적인 운동을 열심히 할수록 또 일기에 나타난 내용상 적정체중을 유지하고 그리고 치아가 튼튼할수록, 여기다가 일기에 희망이나 낙관적이고 긍정적인 단어를 많이 사용할수록, 그 수녀는 치매에 걸리는 확률이 점점 더 낮은 것으로 나타났습니다. 이를 참고하셔서 돌보고 계신 치매 환자의 관리는 물론 여러분의 장차 치매 예방에도 적극 활용하시길 바랍니다."

일행들은 오늘 그의 오래도록 이어진 매우 전문가다운 실전 경험에 입각한 강의를 들으며 치매 가족이라는 걱정과 그에 따른 시름을 잠시 내려놓았다. 뿐만아니라, 노인들의 치매에 대해 대처하는 방법을 새롭게 많이 느끼고 알게 되었을 뿐만 아니라 이제는 어느 정도 손에 잡힐 듯이 가까이 다가오는 보호자로서의 여유와

희망까지 갖게 되었다고 이구동성으로 고마워하며 그를 칭찬했다.

그 중에서도 특히 한 사람, 병이 심해진 어머니로 인해 누구보다도 더 안타까운 마음으로 흡사 어머니를 입원시킬 때와 그 모습이 비슷한 다양한 신규 환자들의 병실을 온통 몰입하다시피 살피고 돌아보며, 영덕은 치료를 받은 기존 환자들의 병이 몰라보게 호전된 상태와 비교하다가 또 자기도 모르는 사이에 어머니의 처절하리만큼 급속하게 악화된 몸과 정신 상태에 생각이 머무르지 않을 수 없었다.

아무리 아는 것이 힘이라지만 어머니 병에 대해서 너무나 몰랐던 데다가 그놈의 돈을 아낀답시고 잘 알아보지도 않고, 너무나 경솔하게 아무데나 입원을 시키는 바람에 어머니를 저 지경, 저 꼴로 만든 죄인이 된 자신이 한없이 부끄럽고 원망스러웠으며, 온몸이 허물어져버린 어머니에 대해 죄스럽기 그지없었다.

하지만 사태는 이미 되돌릴 수 없는 상황임이 불을 보듯 분명했다. 지금 와서 기진맥진한 채 아무런 정신없이 앓아누우신 어머니를 붙잡고 울부짖으며 진한 후회를 해본들 이미 버스 지나간 뒤에 손 흔들기였다.

그러나 이번의 모범적인 요양병원 방문을 통하여 영덕은 앞으로의 인생을 건강하게 살아가는데 필요한 새로운 많은 것을 얻었다는 가슴 뿌듯한 흡족함에 깊은 감사가 일지 않을 수 없었다.

인체의 신비, 영덕은 뇌의 수많은 기능의 신묘함을 요즘의 치매에 대한 공부와 특히 이번 견학으로 직접 눈으로 확인하며 체험했다는 생각이었다.

이미 도래한 고령화를 훌쩍 넘어선 초고령화로 80세가 넘어서도 젊은이 못지않게 건강하고 행동이 민첩하며 일상의 대화에 구사하는 단어의 풍부함을 볼 수 있는 젊은이에 버금가는 노익장들이 수두룩한 반면, 여러 개의 박사학위를 가지고도 치매에 걸려 자신의 존재조차 잃어버리고 무진 고생하며 애꿎은 가족들마저 심히 괴롭히는 사람이 또한 부지기수인 작금의 세상이다. 자신을 잘 관리하여 건강만 하다면 중학교 졸업학력이 마지막인 사람도 은퇴 후 새로운 직업을 위한 배움에 뛰어드는 용감한 사례도 많은 것이다. 요즘 인생은 본인의 생각과 노력에 따라서 얼마든지 변화가 무쌍한 참으로 좋은 세상인 것이다.

그러나 보통 70세부터 사용하는 단어가 급격하게 줄어들고, 자주 깜빡깜빡 생각이 나지 않으며, 말하는 속도와 대화의 구성 등 언어능력이 줄어드는 것이 일반적인 현상이다. 바로 뇌의 신경세포가 빠르게 감소하기 때문이니 우리는 새로운 신경망을 쉬지 말고 자꾸 만들어서 뇌기능을 보충하고 활성화해야 하는 것이다.

특히 이때 약해진 기억력은 최신 것부터 빨리 떨어져 새로 만난 사람과 어제 먹은 음식을 잊기 일쑤다. 이는 뇌의 혈류량이 70세

기준 약 20퍼센트가 감소하기 때문인데 고혈압이나 고지혈증, 당뇨 치료의 소홀로 인한 고혈당이 있으면 더욱 혈류량의 감소를 부채질한다는 연구 결과다. 이런 환자들은 특별히 주의해야 하는 것이다.

그러나 방법이 없는 것은 결단코 아니다.

이럴 때는 끊임없이 머리를 굴려야 뇌를 싱싱하게 유지할 수 있는데, 바로 눈, 귀, 코와 입을 즐겁게 해야 가능한 것이다. 뇌는 시력과 청력의 자극으로 움직이고, 맛을 음미하며 씹어 먹는 식사가 뇌를 자극하기 때문이다. 이를 위해 보기에 좋은 것을 많이 보고, 즐거운 것을 많이 듣고, 맛있는 것을 많이 먹으면 뇌의 건강에도 좋은 것이다.

그리고 또 하나, 호기심은 뇌를 끝까지 자극시키는 스위치 역할을 한다. 길거리를 산책하면서도 새롭게 변한 것들을 유심히 살펴보고, 다양한 책읽기와 좋은 그림 보기와 음악 감상 등 예술적 경험이 생각을 풍부하게 하고 사고를 유연하게 하여 뇌의 신경망을 만들어 내게 한다. 그래서 어떤 학자는 야한 동영상이 풍부한 상상력을 준다며 적극 권장하기도 한다.

또 누구나 느끼고 있듯이 여러 사람들과의 지속적인 교류가 뇌를 깨운다. 이를 위해 대화를 하고, 뉴스를 보며, 옷매무새를 멋지게 챙기는 것이 필요하다.

즉 우리의 뇌는 물이 고인 저수지와 같은 것이다.

물이 그득 차 있으면 모진 가뭄이 닥쳐와도 저수지의 물이 바닥을 드러내며 마르지 않고 잘 버텨내듯 일상에서 우리의 머리를 끊임없이 굴리고 오감을 즐겁게 하여 사노라면 자연적으로 뇌가 방금 바다에서 건져올린 고등어의 푸른 등짝처럼 싱싱해지는 것이다.

영덕은 늘 건강한 어머니를 믿었으며 또 생활이 바쁘고 살림살이가 빠듯하다는 핑계로 노후의 어머니의 생활이 위에서처럼 전혀 그렇지 못했지만, 진즉에 어머니를 머리를 굴리고 오감을 즐겁게 하는 그런 생활로 유도하지 못한 자신의 불찰과 무지가 너무나 원망스러웠다.

6

'나무가 흔들리지 않고 평온하기를 원하여도 바람이 멎지 않고, 자식이 부모에게 효도를 다하기를 원하여도 부모는 결코 자식을 오래 기다려주지 않는다.'

이제 어머니는 하루 종일 꼼짝도 하지 못하고 하염없이 천장만 바라보며 누워만 계시니 몸의 여러 곳이 짓무르다가 드디어 욕창이 생기기 시작했다. 욕창을 방지하기 위해 더욱 온몸에 소독을 자주하고, 목욕을 자주 시켜드리며, 담요 대신 에어매트를 바닥에 깔고 수시로 공기를 불어넣으며 이리저리 어머니의 축 늘어진 몸을 돌려 눕혔으나 별 소용이 없었다. 한 번 퍼지기 시작한 욕창은 고목나무에 여기저기 버섯이 솟아오르듯 또 급하게 두드러기가 일 듯 온몸으로 빠르게 마구 번져갔다. 스스로 움직이지 못하는 육신은 나무에 벌레가 붙어서 기생하듯 군데군데 생채기처럼 작은 물집이 잡히는가 했더니 곧 역한 냄새가 나기 시작했다.

아무리 생각해도 참으로 이상했다. 아직 정신이 있고 고르게 맥박이 뛰며 숨을 쉬고 있는 멀쩡하게 살아있는 사람의 몸의 일부가 썩어가다니? 이런 건 아직 영덕 부부는 들어보지도 못했고 미처 상상도 하지 못하던 기막힌 현상이었다.

하지만 분명히 고목나무의 한쪽 귀퉁이가 썩어서 문드러지듯 살아서 숨을 쉬고 있는 사람의 몸에서 맨살의 일부가 부패하여 썩어가는 역한 냄새가 코를 찌르며 온 집안을 가득 채우고 있었다. 일찍이 맡아보지 못한 매우 지독한 냄새는 역겹기가 이루 말할 수 없었다. 평소에 참아내기 어렵던 썩어가는 음식물쓰레기에서 나는 냄새는 지금 어머니의 욕창 냄새에 비하면 그야말로 새 발의 피에 불과했다. 얼마 전 어머니가 대변을 주무르던 그 손으로 여기저기 처발라서 등천하던 그런 냄새와는 또 차원이 아주 달랐다. 말하자면 그것 역시 지독하기는 했지만 모두가 자신의 몸뚱이 속에도 들어있는 데다가 이미 알고 있던 냄새의 하나에 불과했다는 생각이다.

아, 세상에 냄새가 어찌 이렇게도 지독할 수가?

역겨운 욕창의 냄새는 코뿐만이 아니라 목구멍까지 얼얼하게 막아버리는 것 같았다. 갑자기 목구멍이 콱콱 막혀서 숨을 쉬기가 거북해지며 막힌 목덜미를 타고 헛구역질이 꿀꺽꿀꺽 마구 올라왔다. 그러다가 더욱 심할 때는 냄새와는 아무런 상관도 없는 눈까지 시리고 아려서 자주 침침해지는 것 같았다.

이에 수시로 문을 활짝 열어젖히고 환기를 시켰지만 숨을 컥컥 막아대는 냄새는 참아낼 수 있는 인내의 한계를 넘어서고 있었다. 이건 도저히 참아낼 수가 없었다. 집에서는 밥도 먹기 싫었고 온 집안에 가득 밴 냄새는 입고 있는 옷에도 덕지덕지 달라붙어 사람들의 눈치를 살피며 외출을 해야 했다.

하지만 어머니는 그 부위가 아픈지 무감각한지, 오직 입을 꼭 다문 채 가끔씩 오래된 습관처럼 약간씩 끙끙대기만 할 뿐 가타부타 별 반응이 없었다. 부부는 더더욱 자주 상처부위를 소독하고 여러 가지 상처에 좋다는 고약을 바르며 한껏 깔끔함을 떨었지만, 눈에 보이지도 않는 냄새는 어느새 모락모락 옹기가마에서 피어오르는 연기처럼 온 집안 속속들이 빈틈없이 점령하고 슬그머니 코를 찔러대고 숨을 턱턱 막는 바람에 도저히 감당할 수가 없었다.

온몸을 쥐어짜듯이 마구 엄습하는 욕창의 참지 못할 냄새는 진원지가 집안의 실내라는 장소의 한계 때문인지 가끔 길옆에 길고양이 같은 짐승이 죽어서 며칠을 두고 썩어가며 풍기는 고약한 냄새와는 비교도 할 수 없을 만큼 훨씬 더 지독했다. 아이들은 집으로 들어오기가 무섭게 할머니의 방을 피해 쫓기듯이 곧바로 제 방으로 들어가 문을 쾅 닫고 아예 잠가버리고 두문불출했다.

그런데다가 또한 이를 어쩌랴?

살이 너무나 고약한 냄새를 풍기며 썩어가며 마구 문드러지는 몸의 상태보다 더 빨리 흐려져 가는 것은 어머니의 의식과 정신 상태였다. 구름이 낀 하늘에 더욱 진하게 먹구름이 몰려와 짙은 어둠이 앞을 덮치듯 어머니는 그 아득한 어둠속으로 더욱 깊숙이 가라앉고 말았다. 갈수록 잘 드시지도 않고, 아무런 말도 없이 오직 누워만 계시는 어머니는 정말 이 세상에 살아있는 존재가 아니라는 생각이 절로 들 지경이었다.

'살아있는 사람은 아무리 아파도 어찌하든지 억지로라도 먹고 부지런히 움직여야 몸과 마음이 다함께 살아나는 법이란다.'

예전에 어머니는 물론 이웃 어른들이 아파서 누워있는 마을의 환자에게 힘을 내라고 경계하며 자주 하던 이 교훈이 지금 아파서 누워있는 어머니를 보는 영덕에게 유명한 교훈처럼 저절로 가슴 깊이 와 닿았다. 깔끔한 새집이라도 단 삼 년만 사람이 살지 않고 묵혀두면 군데군데 허물어져 내려 못쓰게 되듯 누워서 움직이지 않는 어머니의 정신은 욕창으로 인해 썩어가는 몸과 함께 비워 둔 빈집보다 더욱 빠르게 녹아내리고 있었다.

희망이 우리를 속일지라도 우리는 어쩔 수 없이 그 희망을 끊임없이 꼭 끌어안고 살아야 한다고 다짐하며 어머니에게서 실낱같은 희망이라도 찾아서 단단히 붙잡으려 애를 썼지만, 희망은 지금 빠르게 어머니의 육신과 함께 정신까지 허물어뜨리는 바람에 지금 어느 누구의 눈에도 훤하게 드러나고 있는 기막힌 현실 때문에 가득한 절망으로 변해가지 않을 수 없었다.

어머니는 지금 너무나 절망적이었다.

이젠 갈수록 식구들도 혼동하며 잘 알아보시지 못하는 때가 잦아졌다. 가끔 문병을 오는 자신의 몸으로 낳은 작은 아들과 딸과 그리고 작은 며느리와 사위도 잘 알아보지 못했다. 그런 어머니를 자세히 살펴보니 가까이 다가와 인사를 하는 자식들을 서로 헷갈려서 사람을 혼동하는 정도가 아닌 아예 그 사람 자체를 구분조차 하지를 못하시는 것 같았다. 작은 아들과 딸이 엄마, 엄마, 엄마……, 하고 간절한 목소리로 불러댔지만 어머니는 겨우 전혀 모르는 남을 대하듯 건성으로 대답하시며 지금 자기에게 말하는 이가 누구인지 생각조차 하기 귀찮아하시는 것 같았다. 약간 남았던 기력마저도 몽땅 고갈이 되신 것 같았다.

이쯤 되자 영육 간 쇠약의 정도와 그 기막힌 상태는 걷잡을 수 없이 시간을 앞 다투며 이 세상의 아무도 아직 알지 못하고 경험도 해보지 못한 아득한 미지의 마지막 종착역을 향해 급하게 내달리다시피 진행되어 갔다. 아픈 노인의 남아있는 하루하루가 점점 짧아지며 줄어드는 모습이 눈에 훤히 드러나고 있었다.

하늘 아래서 가장 안타까운 일이 아닐 수 없었다. 이제 그까짓 치매라는 병쯤은 정말 아무런 문제도 아니었다. 어머니는 치매를 훌쩍 뛰어넘어 그보다 더 아득한 생生이란 벼랑길의 위험한 낭떠러지를 향하여 마구 구르다시피 가고 있었다.

물론 치매라는 병이 원인이 되긴 했지만 지금은 그보다 더 시급한 사태가 올가미처럼 당사자는 물론 식구들의 목을 바짝 조여오고 있었다. 꼼짝 못하는 어머니로 인해 잠시 몸이 편안해진 식구들은 이제 오히려 그 편안함이 매우 두렵고 불안했다. 차라리 치매에 걸려서 마구 일을 저지르고, 끝없이 험한 말을 중얼대며, 이리저리 정처 없이 쏘다니던 그럴 힘이라도 있던 그때의 모습이 그리워질 지경이었다. 집안 구석구석 마구 일을 저질러대며 엉금엉금 기어서라도 돌아다니던 그때가 다시 보고 싶었다. 하지만 그것은 이미 지나가버린 아득한 추억일 뿐이었다.

그런 바람은 단지 꿈에 불과했다. 아니 이제는 꿈속에서도 어머니가 치매에 걸려서 집안을 온통 뒤죽박죽으로 휘젓고 다니는 모습은 결코 볼 수가 없었다. 한 번 구름처럼 스쳐지나간 일은 다시 오지 않았고 되돌릴 수도 없었다.

이제 스스로는 꼼짝도 못하시고 눈을 지그시 감고 방바닥에 찰싹 달라붙듯 누워계신 어머니의 완전히 침몰된 상태를 바라보는 가족의 눈에도 어머니가 다시 건강해지리란 믿음은 말끔하게 사라지고 말았다. 어머니의 앓는 얼굴만 들여다보면 시간은 더욱 느리게 흘러가고 있었지만, 분명히 어머니의 몸과 정신은 급하게 이 세상의 마지막을 향하여 달려가고 있음이 분명하다는 생각이 들지 않을 수 없었다.

아, 아, 이 지독한 허무함이여!

많이 씹지 않아도 될 부드러운 음식을 입에 넣어드려도 조금이라도 씹기는커녕 씹지 않고 그대로 목구멍으로 잘 넘기지도 않았다. 음식에 대한 입맛이 모두 사라진 듯 했다. 다행히 이럴 때도 좋아하시던 술을 조금 입속에 부어드리면 삼키시고 톡 쏘는 알싸한 맛을 느끼는지 쪽쪽 입맛을 다셨다. 그러나 두 눈을 감은 채 몸의 움직임은 거의 없었다. 물론 맛있다는 표정도, 좋다, 싫다는 아무런 표시도 얼굴에 나타나지는 않았다. 어쩌면 세상만사에 대한 호불호를 깡그리 잊어버린 듯 무덤덤하기만 했다

그러나 어머니의 그런 상태마저도 그리 오래 지속되지는 못했다. 머리맡에 걸린 벽시계가 쉴 새 없이 똑딱거리며 갈 길을 재촉하듯 어머니 역시 어디론가 급하게 머나먼 길을 부지런히 가고 계신 것이 분명했다. 때때로 한참동안 어머니의 가냘픈 온몸을 흔들어야 멀리 떠났던 정신이 돌아온 듯 겨우 음음하고 실낱같은 소리를 내며 아직 살아있다는 표시를 내고, 온몸으로 번진 욕창의 지독한 냄새가 집안을 가득 채워도 전혀 아랑곳없이 지금 어머니의 영혼은 몸이 누워있는 이곳이 아닌 어떤 다른 곳으로 길을 서두르며 부지런히 가고 있는 듯이 보였다.

그런 중에도 온 식구들이 할머니의 꼭 다문 입을 주시하며 숟가락으로 입에 떠 넣은 물 한 모금이라도 목구멍으로 넘기는 것을 보면, 퍽 다행이라고 서로 얼굴을 마주보며 잔뜩 참았던 큰 안도의 긴 한숨을 내쉬며 아직은 괜찮다고 적이 안심을 하곤 하던 초

조한 시간은 너무나 짧았다. 어머니는 마치 갓난애가 겨우 엄마의 젖을 찾아서 빨 듯 약간의 물도 넘기는데 점점 시간이 오래 걸리고 그마저도 대부분이 입가로 그대로 흘러내리고 있었다.

또 그로부터 식구들의 애간장을 말리는 더욱 긴박한 며칠이 지난 후에는 작은 몸뚱이를 온통 시커먼 문신처럼 뒤덮은 욕창은 점점 심해져 검은 빛을 더해갔다. 그럴수록 의식은 이 세상에 존재하는 지도 구분하기 어려울 정도로 더욱 혼미해지고, 이제 큰소리로 어머니를 외쳐 불러도 대답은커녕 알았다는 약간의 꿈틀거리는 반응도 없었다. 마찬가지로 아직 살아 계시다는 유일한 증거인 입에 물을 떠 넣으면 가까스로 삼키던 것도 이제는 못하셨다. 그토록 좋아하시던 술을 입을 벌리고 부어드려도 입가에 그대로 주르르 그냥 흘러내리고 말았다.

할 수 없이 아들과 며느리는 직장에 번갈아 휴가를 내고 잠시도 어머니 곁을 비울 수가 없었다. 갈수록 희미한 숨결마저 고르지 못하셨고 숨소리는 아예 귀에 들리지도 않았다. 가슴에 귀를 가까이 얹어야 겨우 그 희미한 심장이 가냘프게 팔딱거리는 느낌을 감지할 수 있었다. 야위고 가냘픈 손목에서 어머니가 아직 살아있다는 흔적인 맥박이 뛰는 것을 찾으려 했으나, 맥박이 뛰고 있는지 아니면 어느새 멈춰버렸는지를 잘 분간 못할 정도로 희미해졌다.

이런 긴박한 와중에서도 느릿느릿 시간은 흘러가고 있었다. 어쩌면 또 매우 빠르게 느껴지는 시간의 흐름이기도 했다. 방안의 벽시계는 고장도 없이 한결같이 똑딱똑딱 부지런히 움직여 초조하고 지루한 시간을 뒤로 계속 밀쳐내고 있었다. 식구들의 마음은 너, 나 할 것 없이 아무런 하는 일이 없으면서도 웬일인지 마치 집안에 불이라도 난 듯이 허둥대며 급하게 쫓기고 있었다.

이건 참으로 이상했다. 한마디 말도 없이 조용히 누워계시는 어머니에 비해서 무엇 때문인지도 모르고 모두가 잔뜩 긴장한 채 곧 무슨 큰일이라도 날 듯 공연히 마음이 풍선처럼 부풀고 한껏 들떠서 우왕좌왕 바쁘게 설쳐대며 마냥 어지러이 갈팡질팡하며 무작정 서둘러대고 있었다. 식구들은 서로의 얼굴을 쳐다볼 여가도 없이 그렇다고 막상 지금 당장은 아무런 하는 일도, 급하게 해야 할 일도 없이 마음이 설레고 분주하기만 했다.

그럴 수밖에 없었다. 즐거우나 슬프나 늘 함께하며 밤이나 낮이나 얼굴을 맞대고 살결을 부대끼던 가족이란 이름의 일원 중 한 사람이 어쩌면 아주 영원히 한평생 정들었던 이 세상을 떠나고자 심한 고통 속에서 사경을 헤매고 있는 이 시간은 가늠하지도 못할 막연한 공포가 온통 집안을 가득 채우며 올가미처럼 모든 가족들의 목을 조이며 숨길을 콱콱 막아대고 있었기 때문이다. 이건 그야말로 모든 가족에게 이 세상에 나서 처음 겪는 너무나 긴박한 비상시국이 분명했다.

무작정 마구 쫓기는 극도의 긴박함 속에서 그렇게 또 며칠이 아무런 일도 없는 가운데 세월이 입을 꼭 닫은 듯이 조용하게 흘러가고 있었다. 다만 더 지독해진 욕창 냄새와 함께 어머니를 뒤덮은 가파른 위기의식이 집안을 가득 채우며 할 일도 없이 무턱대고 도무지 이유도 모르고 급히 허둥대며 서둘러대는 가족들의 들뜬 마음을 더욱 부채질하고 있었다.

말로 표현할 수 없는 막연한 공포와 두려움과 아직 한 번도 경험해보지 않은 무서움이 시시각각으로 부부의 마음을 가파른 궁지로 몰아넣고 있었다. 부부는 처음 당하는 그러나 곧 분명하게 현실로 다가올 확실한 두려움과 금방이라도 뻥! 하는 큰 소리와 함께 터져버릴 듯 팽팽한 긴장 속에서 며칠 째 똑바로 잠자리에 눕지도 못하고 간간히 눈까풀만 겨우 붙이는 선잠으로 순간순간을 버터내고 있을 뿐이었다.

아, 이를 어쩌랴? 하지만 이때 결국 드디어 올 것이 오고야 말았다.

한 치 앞도 내다볼 수 없는 아슬아슬한 날이 계속되던 중 남편은 일찍 출근하고, 아침 일찍부터 재숙이 어머니 머리맡에 앉아서 오늘따라 더욱 평안해 보이는 어머니의 자그마한 얼굴을 들여다보며 한일자로 굳게 다문 입을 열고 물을 한 숟가락 떠 넣어보기도 했다. 가슴에 얼굴을 대고 숨소리를 들어보기도 하고, 어머니가 깔고 누우신 욕창 방지용 에어매트에 새로운 바람을 넣기도 하고, 얼굴을 따뜻한 물수건으로 닦아주기도 하며 지키다가, 때마침 거실에서 울리는 전화 한 통을 받고 나서 어쩐지 더욱 허전하고 이상한 느낌이 들어 급히 어머니 곁으로 다시 돌아오니,

아뿔싸! 도대체 어찌 이럴 수가? 과연 생명의 마지막은 이러한가?

단 3분도 채 못 되는 그 찰나의 순간에 조용히 누워계시던 어머니의 모습이 너무나 몰라보게 확 바뀌어져 있어 기절초풍을 할 듯이 깜짝 놀라고 말았다.

'아니, 그 잠깐 사이에 대체 어머니에게 무슨 일이 있었지?'

그건 분명히 단 3분도 채 못 되는 짧은 시간이 분명했다. 어머니는 그 짧은 틈새를 참지 못하고 부랴부랴 서둘러 미지의 저 세상으로 먼 길을 떠나버린 것이었다. 누군가 만물의 영장인 사람만이 가진 영혼에도 그 무게가 있다고 했지만 영혼이 떠나버린 지금의 어머니는 진실로 도무지 어머니 같이 보이지 않았다. 마치 아무렇게나 길옆에 버려진 나무토막이나 산에서 보던 굴러 떨어진 바위조각처럼 인간의 참모습이라고는 찾아볼 수 없는 차가운 허다한 물질처럼 보였다. 그러나 오랫동안 앓았음에도 불구하고 어머니 임종의 여시상은 더 없이 평온해 보였다.

"어머니, 아, 어머니, 우리 어머니, 어찌 이리도 허망하게 가십니까? 아무리 해 아래의 모든 것이 헛되고 헛되며 헛되고 헛되니 모든 것이 헛되다고 하였지만 우리 어머니가 어찌 이리도……"

이때 갑자기 난데없던 진하고 무거운 서글픔이 황량한 광야에

휘몰아치는 폭풍처럼 그녀의 전신을 덮치며 몰려왔다. 아니 그것은 일찍이 경험하지 못했던 끝없는 허무와 주체할 수 없는 공허였다. 재숙은 갑자기 으스스한 한기를 느끼며 잔뜩 몸을 움츠릴 수밖에 없었다. 온몸에 오돌토돌 굵은 깨알 같은 소름이 마구 돋아나는 것 같았다. 늘 어머니에게서 전해지던 사랑의 따스함은 급히 그 온기를 내려놓고 멀리 사라져갔다.

지금 재숙 앞에 한 올의 숨도 쉬지 않고, 한줄기 맥박도 없이 누워 계신 어머니는 이제 더 이상 이 세상의 존재가 아니었다. 어머니의 영혼이 떠나버린 지금 땅에 남아있던 어머니의 장막 집은 텅 빈 채 완전히 무너지고 말았다. 어머니는 단 한 사람도 한 번 그 길을 떠나면 결단코 다시는 돌아오지 못했다는, 그러나 이 세상의 모든 사람이 언젠가는 꼭 한 번은 반드시 가야 할 그 길로 혼자서, 다만 치매라는 마지막으로 앓던 무거운 병을 그대로 안고서 떠나신 것이었다. 하늘나라에 있다는 본향으로 돌아가신 것이다.

재숙은 이 세상에서 가장 가까웠던 사람, 가장 존경하며 모든 것을 의지했던 어른으로서의 시어머니가 저세상 사람이 됨과 동시에 문득 크게 깨닫는 바가 있었다. 이제까지 주변의 많은 친척들이, 지인들이 그 길로 떠나갔을 때는 그 차이를 전혀 느끼지 못했다. 마치 이웃처럼 가까운 줄 알았던, 멀고도 먼 이승과 저승의 뚜렷한 차이를 비로소 크게 깨달을 수가 있었던 것이다.

목 놓아 외쳐 불러도 전혀 대답이 없고, 전화를 걸 수도 없는 어

어머니의 용돈

머니가 가신 곳과 재숙이 지금 울면서 주체하지 못하고 마구 쏟아지는 눈물로 가슴을 적시고 서 있는 이곳을 끝이 보이지 않는 넓은 강이 가로막고 있었고, 두 곳을 이어주는 다리는 어디에도 없었다. 재숙이 지금 어머니가 이 땅에 잠시 여행을 오셨다가 길고도 짧은 세월동안 힘들고도 재미나는 여행을 마치고 오셨던 그곳, 다시 돌아간 본향 그곳은 너무나 멀고 아득한 새로운 차원의 세계라는 사실을 깨닫는 데에는 적잖은 시간이 걸려야 했다.

오래 전부터 꼼짝달싹도 할 수 없이 육신의 곳곳이 마구 썩어 들어가며 세상에 다시없을 지독한 냄새가 진동하는 그런 몸이었지만, 그나마 가냘픈 숨결이 붙어 있고 미지근한 온기가 있던 조금 전의 어머니의 모습과 방금 영혼이 막 떠나간 지금의 어머니의 모습이 어찌 그리 확연한 차이가 나는지, 이건 도저히 믿기지 않을 정도였다.

수많은 여러 가닥의 음침한 사망의 줄들이 어머니를 마구 칭칭 얽어대고, 저승으로부터 삐죽이 뻗어 나온 여러 가닥의 줄이 마치 거미줄처럼 어머니의 온몸을 빈틈없이 꽁꽁 두르고, 어두운 사망의 올무가 어머니의 목을 마구 조여 댈 때까지만 해도 그래도 역시 어머니는 분명히 이승에 속한 살아있는 사람이었다.

하지만 눈 깜짝할 사이에 영혼이 어머니의 육신을 빠져나가자 재숙의 앞에 그대로 누워있는 어머니는 단지 가을바람에 이리저리 흩날리는 한 조각의 가랑잎과 다름없었다. 어쩌면 황량한 벌

판에 부는 바람 따라 이리저리 굴러다니는 검불과 같은 것이 또한 영혼이 떠난 어머니의 지금 모습이리라. 재숙은 사람 영혼의 무게가 이토록 무겁고, 그 두께가 이렇게 두터울 줄은 이번에 어머니를 통해서 경험하기 전에는 미처 상상도 하지 못했었다.

장례식은 그야말로 순식간에 끝이 났다. 오는 손님을 맞이하고, 어머니가 태어나서 살아온 의령의 유곡 세간리 근처 깊숙한 고향 마을인 밤나무골 뒷산의 양지바른 언덕배기에 다른 사람들처럼 화장을 하지 않고 매장으로 어머니를 모셨다. 바로 아버지가 영덕이 일곱 살 때였던 오래 전에 미리 가서 터를 잡고 계시던 곳이었다.

"나는 활활 타는 불구덩이 속에 들어가는 것이 정말 싫어, 너무 무서워……"

막내가 축사에 연하여 붙어있던, 여러 두의 소를 먹이고 젖을 짜느라고 많이 바쁠 때마다 임시로 잠깐씩 거처하던 작은 움막에서 스스로 피운 불에 타서 죽은 채 발견된 너무나 참혹한 모습을 본 이후 어머니는 불구덩이가 무섭다며 평소 자신이 죽더라도 절대로 자기를 뜨거운 화덕에 넣어서 태우는 화장만은 하지 말아달라고 여러 번 부탁말씀을 하셨었다. 어머니의 슬하에 살아있는 삼 남매는 물론 그 배우자들까지 유언처럼 얼굴을 잔뜩 찡그리시고 온몸을 움츠리시며 하시던 말씀을 하도 여러 번 들어서 귀에 딱지

어머니의 용돈

가 앉을 지경이었다.

　고향 마을의 시골 산골짜기에서 치러진 어머니의 장례에는 고향 마을 사람들이 제법 많이 조문을 왔다. 평소 서로 연락을 하며 알고 지내던 영덕이 형제와 누이의 동창들도 많았지만, 주로 어머니와 오랜 세월을 동고동락하며 시골에서 같이 지내던 남녀 노인 분들이었다.

　어르신들은 고생을 밥 먹듯이 하며 자식들을 키우고, 이제 고생이 끝나서 편안하고 행복하게 오래 오래 살 줄 알았던 영덕의 어머니가 이토록 일찍 세상을 하직한데 대해 마치 자기 장례식이라도 치르는 듯 하나같이 매우 울적하고 서글픈 모양이었다. 입가에 주름 잡힌 노인들의 울먹임에서 진한 슬픔과 간절한 서러움이 잔뜩 배어나오고 있었다.

　영덕이 어릴 때부터 잘 알고 있던 노인들은 맏상제인 영덕을 잡고 저마다 어머니에 대한 머릿속에 깊이 새겨진 추억들을 한마디씩 늘어놓는 것을 잊지 않았다.

　"그 옛날 자네 부친이 일찍이 작고하고 난 뒤, 우리 동네 사람들은 누구나 자네 어머니가 자네들 어린 사남매를 버려두고 밤중에 아무도 몰래 멀리 도망을 갈 줄로 알았다네. 애들은 어리고 남편이 남기고 간 것은 많은 빚뿐이었으니……. 당장 내일의 끼니를 때울 것도 없는 참으로 안타까운 사정이었지. 이제는 고인이 된 자네 모친과 자네들이 참으로 굶기를 밥 먹듯이 하며 숱한 고생을 했지만 어쨌든 이제는 우리 마을에서는 가장 성공한 집안이 되었네 그려. 허허허……"

영덕의 고향집 바로 이웃에 지금까지도 그대로 살고 계신 할아버지가 무척이나 감회가 새롭다는 듯 이렇게 말하며 큰소리로 너털웃음을 웃어댔다. 초상집이지만 그래도 자식들이 이만큼 잘 살고 있어 기분이 매우 흡족하다는 투였다. 영덕은 노인의 말을 들으니 그 슬픈 와중에도 퍼뜩 당시 아버지가 돌아가시자 어떤 마을 어른이,

"영덕아, 네 어머니가 몰래 너희들을 버리고 도망을 갈지도 모르니 맏이인 너는 어머니 말 고분고분 잘 듣고 특별히 신경 써서 행동을 살펴보고 특히 밤이면 어머니가 혹시 보따리를 싸지 않는지 잘 지켜야 한다."

라고 넌지시 그에게 귀띔해주었다. 그 말을 듣고 화들짝 놀란 영덕은 혹시나 정말 어머니가 자기들을 버려두고 어두운 밤을 이용해 몰래 멀리 어디론가 도망을 칠까 두려워 밤마다 어머니 곁에 붙어서 자며 어머니 몰래 어머니의 저고리 옷고름을 자기 손목에 묶고 여러 날을 겨우 눈을 감은 선잠을 자며 잠을 못 이루던 것이 생각났다. 혹시 어머니가 뒷간에 가려고 부스스 일어나기라도 하면 소스라치게 놀라 마구 뛰는 가슴을 졸이곤 했다.

겨우 일곱 살, 어린 영덕의 마음은 어머니로 인해서 초조와 불안 속에 길고 긴 하루를 무진장 애태우며 보내고 있었다. 밤마다

깊은 잠을 못 이루고 겨우 얕은 잠을 자다가 깜짝깜짝 놀라서 후다닥 깨어나며, 식은땀을 자주 흘리던 어린 맏아들을 두고 어머니는 나름대로 무슨 큰 병에 걸리지나 않았나? 심히 걱정을 했다. 영덕은 어머니에게 차마 어머니가 자기들을 버리고 몰래 도망이라도 갈까봐 두려워서 그런다는 말을 하지 못하고 이어지는 밤마다 귀를 쫑긋 세우고 얕은 토끼잠을 자며 어머니의 일거수일투족을 지키며 감시를 했었다.

"고인은 생각할 수도 없는 모진 가난 속에서도 참으로 마음씨가 올곧았던 이 세상 모든 어머니들의 모본이었지. 막내를 비명에 보내고 이어서 이렇게 너무 일찍 떠나가시니 참으로 아쉽기는 하지만……"

"너무나 억척스러웠어. 시골에 살면서도 바늘 하나 꽂을 땅뙈기 한 평 없었으니 그럴 수밖에 없기도 했지만……, 온 산을 헤매고 다니며 땔감을 구해다가 두부를 만들어 팔고, 무겁고 손잡이도 없는 길쭉한 옹기 독을 머리에 이고 이 산골짜기 저 산골짜기로 마을을 찾아다니며 새우젓을 팔고, 농사철이면 날품팔이에다가 소며, 돼지며, 닭이며 키우는 짐승은 또 좀 많았나? 자네 어머니의 그토록 부지런했던 생활을 영화로 만들면 요즘 살기가 힘들다고 자살하는 사람이 싹 없어질걸세……"

"정말 치매라는 병은 무서운 병이로군. 도대체 대책이 없어……. 그토록 신체가 야무지고 매사에 빈틈이라곤 없이 철저하던 자네 모친에게까지 파고들어 저토록 무참하게 쓰러뜨리는 것을 보니 무섭군, 아주 무서워……"

조문객들은 하나같이 어머니의 성실성과 부지런함과 모진 고생을 반추하며 칭찬을 하느라고 입에 침이 마를 틈이 없었다. 앞으로 있을 자식들의 부귀영화를 끝까지 보지 못하고, 갑작스레 치매라는 병에 걸려 아직은 아까운 나이에 일찍 이승을 떠나감을 애석해하고 아쉬워하며 눈시울을 붉히고, 몇몇 할머니들은 깊은 울음을 삼키며 닭똥 같은 굵은 눈물방울을 연신 뚝뚝 흘려댔다.

그 중에서도 어머니와 바로 옆집에서 평생을 아주 가깝게 자매처럼 지냈다는 어머니보다 연세가 약간 더 많은 할머니 한 분은 못내 참던 울음을 상주들보다 더 크게, 더 슬프게 터뜨리고 말았다.

"아이고, 인생이 허무하다해도 정말 이렇게 쉽게 갈 줄은 몰랐어. 흑흑흑……, 살면서 누구보다 미운 정 고운 정이 듬뿍 들었는데……. 그동안 알게 모르게 쌓였던 앙금도 죄다 풀지 못했는데, 치매란 지랄 같은 그놈의 병이 무엇인지, 도무지 이승의 마지막 인사도 못하고 가게 하다니……, 어흑흑흑……"

아, 이승의 마지막 인사라!

할머니가 나누지 못해 저토록 애석해하고 있는 그 인사는 영덕이 사는 시골의 산골마을에 대대로 전해져 내려오는 이 세상을 떠나 저 본향을 찾아 하늘나라로 가기 바로 직전에 나누는 마지막 화해의 인사였다.

"땅에서 맺힌 것은 땅에서 모두 풀어버려야 가벼운 마음으로 저승의 좋은 곳으로 갈 수 있다."

이것이 바로 이곳 시골 사람들의 아주 오래된 믿음이었다. 이 마을 사람들은 누구나 소생하지 못할 만큼 병이 깊고 위중하여 임종의 시간이 시시각각으로 가까워지는 것을 느끼게 되면, 그는 으레 지금까지 인생을 살면서 크게 싸워서 원수지간이 되었거나 다른 어떤 이유로든지 서로 오랫동안 외면하면서 살던 이웃사람을 집으로 초청하던 것이 관례였다.

사람은 천사도 아니고 그렇다고 또한 짐승이나 악마도 아니지만 누구나 천사처럼 선하게 살아가려고 마음속으로는 부단히 염원하면서도 실제는 세상을 살면서 접하는 욕심과 질투와 분노 등으로 때로는 마치 짐승이나 악마처럼 살아가는 존재였다. 그래서 긴 인생여정에는 결코 의도하지 않았던 실수도 많기 마련이라는 너그러운 이해와 더불어 생애 마지막으로 초청한 앙숙이었고 원수였던 그에게 마음속에서 우러나는 정성을 다한 진정한 사과를 마지막으로 하며 하해와 같은 너그러운 용서를 빌던 것이었다.

"내가 그간 많이 배우지 못하고 너무나 모질고 구차한 삶을 어렵게 살아오느라 사람들에게 못할 짓을 많이 저질렀지만, 특히 당신에게 사람으로서는 도저히 하지 말아야할 큰 죄를 지었소이다.

당신의 이 세상보다 큰마음으로 이제 그만 나를 용서하시길 빌겠
소……"

자리에 누워 스스로는 물론 다른 모든 사람의 눈에도 이제는 다
시 일어나지 못할 중병에 걸린 환자가 이렇게 애절한 마음과 곧
숨이 넘어갈 듯 힘이 하나도 없는 목소리로 마지막 용서를 빌면,
그간 아무리 큰 싸움으로 원수가 되어 외면을 하던 사이라도, 또
는 그에게 매우 억울한 일을 당했다고 해도, 상대방 역시 살아오
면서 어쩔 수 없이 서로 간에 있었던 어두운 과거를 훌훌 털어내
며 말끔하게 잊겠다고 다짐을 하며 그를 용서하여 마음에 진 빚의
마지막 한 알갱이까지 말끔하게 없애줌으로서 그를 자유롭게 해
주던 이 마을 고유의 풍습이었다.

"어허, 무슨 그런 당치도 않은 말씀을 다 하시오? 잘못하고 많
은 죄를 지은 사람은 바로 저이니 넓은 마음으로 용서하시고, 어
서 빨리 병을 훌훌 털고 병석에서 일어나시길 빕니다."

라며 임종을 앞둔 이웃의 환자를 위로하는 것이 상례였다.

그러고 나면 당사자들은 물론이고 양가의 식구들도 모두 나와
서 그간 서로 간에 두텁게 쌓였던 앙금의 두꺼운 벽을 모두 말끔
하게 헐어버리고, 오랜 외면으로 인한 서먹서먹한 분위기를 일신
하고 혹시 그가 사망하면 양가가 서로 화합하여 온 마을 사람들과
함께 한마음으로 망자를 애도하며 장례를 치르게 되던 것이었다.

그러나 만일 모질도록 깊이 앓던 환자가 이런 의식의 과정조차

도 치르지 못하고 갑작스레 사망하거나 혹은 상대방이 임종을 앞둔 환자의 간절한 청마저 거절하거나 무시하고 받아주지 않았을 경우에는 장례식 당일에 상여를 멘 상여꾼과 선소리꾼이 또 그 뒤에는 상주들과 조문을 나온 마을 사람들이 망자의 시신이 들어있는 상여를 따르는 가운데, 상여가 마을을 한 바퀴 빙 돌다가 그 원수진 사람의 집 앞에 멈춰 서고 선소리꾼이 계속하여 큰소리로 재촉하며 읊어대는 것이다.

"못가겠네. 못가겠네. 마음 아파 못가겠네. 저승길은 멀고도 아득히 먼데 마음 아픈 친구 두고 못가겠네. 못가겠네. 못가겠네. 친구의 웃는 얼굴 보고파서 도무지 못가겠네……"

그러면 여러 상여꾼들이 마치 재촉이라도 하듯이

"으호웅, 오호웅, 오호에야 오호웅……"

이렇게 후렴구를 큰 소리로 읊어대는 것이다.

이것이 몇 번 되풀이 되면 아무리 철천지원수라도 할 수 없이 앞으로 함께 살아갈 마을 사람들의 얼굴을 의식해서라도 사립문을 나와서 상여 앞에 절하며 소반에 술을 받쳐와 따르며 망자를 배웅하게 되고, 그러면 선소리꾼이 매기는 앞소리는 단번에 변하여

"어화, 어화, 가자, 가자, 어서 가자 북망산천 찾아가자."

역시 선소리꾼이 매기는 장례식 본래의 선소리에 답하여

"으호웅, 오호웅, 오호에야 오호웅……"

뒷소리꾼들의 상엿소리가 점점 낮아지며 장례식은 당연히 온

마을 사람들이 화합된 한마음으로 치르게 되고 마을은 마침내 다시 큰 미움이나 원수가 없이 화평을 찾게 되던 것이었다.

오늘 조문을 오신 이웃 할머니는 영덕의 어머니와 언젠가는 아니, 누가 먼저 저승길로 갈는지는 아무도 모르는 일이었지만, 최후의 임종을 맞이해서라도 서로 이웃하여 깊은 정을 소복하게 쌓으며 살아오면서 마음속에 알게 모르게 찜찜하게 켜켜이 쌓인 앙금을 깔끔하게 풀어버리려고 잔뜩 기대하며 기다려 왔다.

그런데 난데없는 들어보지도 못한 치매라는 이상한 병이 불청객으로 나타나 그런 정다운 의식조차도 치르지 못하도록 정신을 혼미하게 만들어 버리는 바람에 마지막 화해의 길마저 막혀버렸다는 눈물어린 한탄이었다. 할머니의 애절한 한탄과 울음은 오래도록 이어져 어려서부터 할머니를 너무나 잘 아는 영덕이 3남매의 마음은 물론 듣는 사람들을 더욱 숙연하게 만들었다.

영덕은 이렇게 시골마을에서 어머니와 함께 마치 한 식구처럼 사시던 분들이 하는 인사말과 애통함이 으레 초상집에서 늘어놓는 겉치레의 단순한 위로의 말이 아니라 진정으로 그들의 마음 깊숙이에서 우러나는 진솔한 말이라는 것을 잘 알 수 있었다. 모두가 깊은 산골 마음에 한 식구처럼 옹기종기 모여서 서로를 아껴주며 살던 사람들이기 때문이었다.

그건 틀림없이 그랬다.

사람은 자기보다 위대한 사람을 존경하고 좋아하는 것이 아니라 겸손하고 많이 베풀며 진정으로 배울 점이 많은 사람을 존경하고 사랑하기 마련이었다. 실제로 그들이 지금 어머니의 장례식을 맞아 말하는 그 이상으로 그러한 성격의 어머니였다. 또 그들이 입이 닳도록 칭찬하는 그 이상으로 많은 고생을 하시면서도 참으로 올곧게 살아오신 것을 사남매는 어려서부터 직접 두 눈으로 똑똑히 보아왔기 때문이다.

영덕은 나이가 들수록 어머니를 더욱 잘 이해하게 되었는데, 어머니야말로 영덕이 여러 번 직접 눈으로 본 그대로 마을 남자들이 청상과부라고 은근하게 접근하여 넘보고 집적대었지만 그런 것에 약간의 미동도 하지 않고 인간적으로 깨끗하게 정조를 지키며 남편 없이 살아가는 모든 여성의 모범이었다. 가난 속에서 어렵게 자식을 키우는 많은 어머니들의 표상이 될 수 있는 참으로 이 세상에 보기 드문 분이었다는 생각이었다.

고향 선산에 어머니를 모시는 장례식은 정해진 전통적 절차와 순서에 따라 흐르는 시간과 함께 저절로 착착 진행이 되어갔다. 식은 죽 먹기랄까? 하나도 힘이 들거나 어려운 것은 없었다. 장례식이야말로 여러 사람들이 모여들어 품앗이를 하듯 십시일반으로 서로 도우며 함께 하게 되니, 아픈 어머니를 정성을 다하여 더 살뜰하게 보살피지 못한 채, 어머니를 저 멀리 다시는 볼 수 없는 곳으로 영원히 보냈다는 아프고 아쉬운 마음만 아니라면,

평소 아무도 도와주는 사람 없이 오직 가족들끼리 지지고 볶다 시피 바쁘게 치매 걸린 매우 요란스런 어머니를 모시며 각종 수발 과 기이하게 저지르던 뒤처리를 하던 끝이 보이지 않던 수많은 일 거리에 비하면 너무나 수월해 그야말로 땅 짚고 헤엄치기라는 생 각이 절로 들 정도였다. 사나흘 동안 주위는 더 없이 많은 사람들 로 분주하게 붐비며 밤낮을 가리지 않고 시끌벅적거리며 왁자지 껄했지만 시간이 흐르니 자동적으로 모든 일거리가 깔끔하게 정 리되고 마무리가 되던 것이었다.

어머니는 이렇게 너무나 조용히 가셨다.

본인의 생각과는 아무런 상관도 없이 오직 부모에 의해 이 세상 에 초대된 인간은 빈손으로 왔다가 다시 빈손으로 돌아간다는 말 과 같이 또 바람이 잠시도 쉴 새 없이 나무를 흔들어대듯 어머니 는 자식들의 효도를 오래 기다려 주지도 못하고 치매라는 병을 온 몸에 안은 채 고향산천의 조용한 땅속으로 가셨다. 평생을 혼자서 어린 사남매를 키우느라 늘 걱정과 근심으로 노심초사하며 단 하 루도 깊은 잠을 이루지 못하다가 이제부터 땅속의 만년 집에 누워 서 마음 편히 영원한 잠을 푹 주무시겠다고 가신 것이었다.

영덕 부부는 사랑하는 어머니의 몸은 아무쪼록 깊은 산에 묻었 지만 어머니에 대한 진한 아쉬움과 큰 고마움과 아련한 그리움은 가슴속에 깊이 묻어야 했다. 아픈 어머니를 모시던 순간은 너무나 힘들고 그래서 지루하고 짜증이 나서 끝이 보이지 않도록 길었지

만, 예상도 하지 못한 체 이렇게 일찌감치 떠나보내고 나니 지나
간 모든 것이 너무나 아쉬운 찰나였고, 눈 깜짝할 사이의 순간적
이었다는 허무하고 허전한 생각뿐이었다.

분주하게 장례를 치르고 나서 며칠이 지났지만 아직 부부는 어
머니가 방안에 그대로 누워계시는 것만 같아서 텅 빈 방안을 둘러
보다가 깜짝깜짝 자주 놀라서 다시금 누웠던 자리를 살펴보며 허
탈한 정신을 차리곤 했다.

7

장례란 참으로 그랬다. 도저히 그렇지 않을 수가 없는 것이 바로 이번 어머니의 장례였다.

철들고 처음 당하는 기막힌 슬픔과 허전함 속에서 제대로 정신을 차릴 여가도 없이 장례식은 끝이 났다. 오랫동안 치매를 앓아오면서 극도로 혼미한 정신과 아울러 그 육신이 너무나 형편없이 완전히 초토화되듯 허물어지셨기에 어머니에게 남은 이 세상의 날들이 결코 그리 많이 길지는 않을 것이라고 짐작하며 줄곧 나름대로 마음의 준비는 여물게 하여 왔지만, 막상 어머니의 임종을 맞닥뜨리고 보니 사람이 살아가면서 접하는 여러 가지 길흉사 중에서 장례만큼 갑작스럽고 기가 막히게 당황되는 것이 또 다시 없었다.

이제 더 이상 어머니가 이승에 확실하게 함께 계시지 않는다고 생각하니, 정작 슬픔보다는 마구 감당 못할 짙은 허무와 함께 가슴이 텅 빈 듯 허전함이 밀어닥쳐 갑자기 깊은 병이 들어 여러 날을 아무것도 입에 대지 못하고 쫄쫄 굶은 것처럼 제대로 정신을 가다듬을 여유가 없었다. 이런 때일수록 더욱 침착해지자고 자꾸 흐트러지려는 마음을 다시 붙잡고 가다듬으며 여러 번 다짐을 거듭했지만, 그런 것쯤은 세차게 불어 닥치는 강풍 앞에서 단지 흩날리는 지푸라기처럼 소용이 없었다.

나름대로는 차분하게 더욱 차근차근 사리분별을 따져가며 졸지에 상을 당하면 해야 할 일들을 귀동냥으로 주워들은 대로 먼저 필요한 사람들에게 연락을 취하고, 우선 가까이서 먼저 찾아오는 손님을 맞이하고 대접하며, 그런 중에도 난생처음으로 해보는 장의차 예약을 비롯한 그 이름조차 매우 생소한 여러 가지 장례용품을 준비하게 하고, 고향 사람들에게 장차 어머니가 만년 동안 누워계실 묏자리를 준비시키며, 염습에 이어 입관을 하고……, 등등 여러 가지 일에 차례를 정하여 효율적으로 대처를 한다고 딴에는 부지런을 떨며 애를 썼지만 그건 단지 영덕 혼자만의 겉도는 어설픈 생각만의 준비일 뿐이었다.

입관하는 어머니는 그동안 오래 앓으면서 얼마나 온몸이 여위고 움츠려들었던지 작은 키가 고무줄처럼 더욱 줄어들어 관이 텅 빌 지경이었다. 헐렁한 하얀 명주 수의를 입히고 평소 어머니가 아껴두었던 옷으로 겨우 빈 공간을 채워야 했다.

그에 비해 어머니의 임종 표정은 곤한 잠을 자는 듯이 더 없이 평온해 보여 영덕 부부와 함께한 모든 상주들의 마음을 무척 수월하게 했다.

장의사가 마지막으로 관의 뚜껑을 닫으려 할 때 다른 가족들은 어머니의 시신 위에 노잣돈을 놓고는 당연한 듯 뒤도 돌아보지 않고 황급히 사라졌다. 하지만 그간 가장 가까이서 어머니를 모시던 맏아들과 며느리는 흐르는 눈물을 주체하지 못하고 어머니의 관을 부여잡고 크게 오열을 하지 않을 수 없었다. 역시 맏아들과 맏며느리는 이럴 수밖에 없었다. 온통 어머니의 얼굴에 쓰여진 지나간 세월들이 활동사진이 되어 주마등처럼 뇌리를 정령해오고 있었던 것이다.

이러다가 그동안 바쁘다는 핑계로 서로 소식이 뜸했던 친척이나 친구들이 찾아와 우선 만남의 반가운 얼굴에다가 또 눈에는 그렁그렁 고인을 그리워하는 슬픔의 눈물이 비치다 곧 이어서 줄줄 흘러내리며 소리 내어 울먹거린다. 아직 반쯤은 만나서 반가운 웃음을 띤 어색한 얼굴에 한편으론 너무 일찍 가서 애석한 망자를 생각하며 함께 슬픔을 가득 떠올릴 때면, 갑자기 겨우 참고 있던 영덕의 두 눈은 금세 온통 눈물 범벅이 되어 앞을 가렸다. 그래서 함께 한바탕 어머니를 생각하며 부둥켜안다시피 하여 크게 목놓아 울고 나면 뇌리는 마치 표백이라도 한 듯 박속같이 새하얗게 비어서 조금 전까지의 치밀했던 장례식 진행을 위한 계획은 마치

꼬리를 자르고 도망친 도마뱀처럼 어디론가 흔적도 없이 말끔하게 달아나 버려, 무엇부터 다시 시작해야 할지 어리벙벙하여 갈피를 잡을 수가 없었다.

특히 어머니를 잘 아는 혈육인 이모님이나 외사촌 자매 등 외갓집 손님들이 찾아와 한바탕 큰 울음바다를 이루고 다녀갈 때면 사정은 더욱 심하여 그의 단단히 굳었던 마음은 하염없이 봄눈처럼 녹아내리고, 갈기갈기 찢겨 산산조각이 나버렸다. 다만 관 속에 아무런 말도 없이 누워계신 어머니에 대한 더욱 사무친 그리움이 파도처럼 가득히 밀려오곤 했다.

어머니는 친정이 자굴산이 가까운 의령의 가례면이라 막내 외삼촌과 외사촌 형제들은 초등학교는 영덕이 형제와 달랐지만, 중학교는 함께 다니는 바람에 모두들 가까운 친구들이기도 하여 학창시절부터 어머니를 잘 알고 있었을 뿐만 아니라 모두들 소소한 잔정이 많았던 어머니에 대한 애정의 기억이 남달리 깊을 수밖에 없었다.

이들은 모두들 생뚱맞게도 우리 집안에 아직 크게 장수한 사람도 별로 없었지만, 그렇다고 치매라는 이상한 정신병에 걸린 사람도 없었다고 의아해했다. 어머니가 요즘으로 보아서는 비교적 나이가 그리 많지 않음에도 불구하고 노인성 치매를 앓다가 운명하게 되었음을 이상하게 생각하며 석연찮아 하는 눈치들이었다.

영덕은 하관을 할 수 있도록 장지가 준비되는 동안 조문객들이 모여서 술판을 벌이고 있던 천막을 돌아다니며, 공사다망한 가운데서도 멀리까지 조문을 온 그들에게 감사를 표하러 다니다가 외갓집 친척들이 모인 자리에서 흘러나오는 소리를 무심코 들으며 잠시 기분이 언짢아지기도 했다.

"아하, 고모님이 치매에 걸렸다면, 혹시 치매라는 병이 유전성이나 전염성이라도 있다면 이건 정말 보통 심상찮은 일이 아니야……. 같은 피기 섞인 우리에겐 큰일이 아닐 수 없는데?……"

"그러게 말이야. 우리 시골은 장수하는 사람은 많아도 아직 노망하는 노인은 없었는데……. 이제까지 치매 청정지역이라던 우리 고향도 이제부터 서서히 오염이 되나보네. 이거야말로 생각할수록 큰 걱정인걸……"

이렇게 진담을 가장한 뼈 있는 농담을 늘어놓는 외사촌들은 마치 치매라는 병이 유전이라도 될까봐 걱정하며 혹시 그들의 몸뚱이를 흐르는 붉은 피 속에 고모인 영덕이 어머니의 치매 유전자라도 튀었을까봐 서로의 얼굴을 번갈아 들여다보며 걱정스런 농담을 나누던 것이었다.

"흐흐흐……. 딴에는 배울 만큼 배웠다는 새파란 젊은 것들이 정말로 농담을 해도 너무하는구나, 이런 걱정 섞인 넋두리는 반쯤 치매에 걸린 노인들이나 하는 가소로운 짓거리야!"

영덕은 그들의 험담에 화가 머리끝까지 치밀어 그만 천막의 휘장을 확 걷어붙이고 한가운데로 성큼 뛰어 들어 냅다 고함이라도

질러대려다가 다시 생각하니 바쁜 중에 멀리 시골의 장지까지 조
문을 와준 그들의 성의가 고맙고 또 손님을 접대하는 맏상제로서
의 체통과 체면을 지키려고 어금니를 꽉 깨물며 노를 삭여야했다.

이어서 철부지 아이가 차츰 나이가 들면서 식견이 들 듯이 찾아
오는 작은 깨달음 하나.

'맞아, 이거야말로 크게 두려울 만도 하지. 지금은 전쟁이나 기
근이나 큰 재해가 없는 평화로운 시절, 지극히 평범하지만 걱정
없이 행복한 삶을 살아가는 요즘의 보통사람에게 가족이나 본인
이 치매라는 무서운 병에 걸려 정신을 잃고 고생하는 것은 생각
만 해도 두렵고 끔찍한 인생의 최대 비극이고 재앙이 아닐 수 없
지…….'

어쨌든 어머니를 고향산천 아버지 곁에 모시는 일은 어머니가
가신지 단 몇 번의 해가 뜨고 그 해가 지는 극히 짧은 시간의 흐름
과 함께 오랫동안 어머니를 모시던 영덕 부부의 가슴속에 형언하
지 못할 진한 아쉬움만 가득 남긴 채 끝이 났다. 옆에서 장례를 위
해 함께 고생하던 동생 부부들마저 바쁜 일에 쫓기듯이 서둘러 떠
나자 온통 텅 빈 집안은 적막이 흐르듯 조용하기 그지없었다. 부
부는 한동안 아무런 의식이나 움직임도 없이 누워서 앓고만 계시
던 집안 어른인 어머니의 온기가 그토록 따스했었음을 새삼 떠올
리며 다시 한 번 크게 놀라지 않을 수 없었다.

'아, 엄마, 우리 어머니. 생각을 지우려할수록 더욱 파릇파릇 봄풀이 돋듯 새록새록 생각나는 어머니, 왜 이토록 자꾸만 이 세상에 없는 어머니가 보고 싶어지는 것일까? 내가 살아생전 어머니에게 효도를 다하지 못하고 막심한 불효를 저질러서일까? 아니면 혹시라도 어머니가 저세상에서 이 못난 아들을 생각하고 계셔서일까?'

영덕은 어머니의 지고지순한 무한한 사랑이 아직도 끝없이 밀려오는 것을 새삼 다시 느끼고 있었다. 그것은 이 세상 어디서도 볼 수 없던 마치 하늘나라에나 있을 아무런 조건이나 대가없이 쏟아 붓던 어머니의 사랑이었다. 어머니는 장남인 그를 너무나 사랑하기 때문에 자신의 모든 것을 기꺼이 희생한 분이었다. 그러나 그는 저 푸른 하늘보다 높고 끝없이 일렁대는 저 바다보다 깊고 이 세상보다 넓은 그 가없는 사랑을 지금까지 공짜로 받으면서도 그 크기도, 깊이도, 진함도 몰랐었다는 죄스러움이 이제 다시금 그의 온몸을 움츠러들게 만들었다. 그리고 그 사랑의 일부분이라도 갚기는커녕 잠시 치매라는 몹쓸 병에 걸려 정신없이 방황하던 어머니를 너무나 성가시고 귀찮게만 생각했었다는 막심한 후회가 엄습해왔다.

"아, 보고 싶은 어머니, 이제 그만 저를 놓아주세요. 어머니 사랑합니다. 부디 그곳에서 행복하시길 빕니다."

영덕은 이런 어머니에 대한 그리움이 사무칠 때마다 눈물과 콧

물이 뒤범벅이 되어 온통 얼굴을 적셨으며 흐르는 눈물 사이로 몇 년 전 역시 치매를 앓던 홀어머니를 모시다 여읜 친구의 진한 슬픔이 생각났다. 슬하에 아이도 없이 같이 살던 아내가 성격이 더욱 까다로워진 시어머니와 함께 살기 싫다는 핑계로 이혼하고, 오랫동안 어머니와 단 둘이 오순도순 살았는데, 어느 날 집에서 조금 떨어진 곳에 사는 어떤 젊은 아주머니가 그를 찾아와서 까만 비닐봉지를 건네주며 이렇게 말하더라는 것이었다.

"며칠 전부터 내 차 위에 이런 봉지를 두고 가는 사람이 있어서 이상하게 생각하고 몰래 숨어서 보니 바로 이 댁의 할머니더군요. 너무 놀랐어요. 제발 앞으로 주의 좀 시켜주세요."

친구가 그 아주머니로부터 건네받은 봉지를 열어보니 아침에 어머니와 함께 먹은 반찬들이었다. 이상하게 생각하다가 좀 더 나중에 알고 보니 그 여인의 빨간색 작은 승용차가 바로 이혼한 아내가 타던 차와 흡사했다.

"어머니는 집에 들어오지 않는 이혼한 며느리에게 준다고 매일 반찬을 싸다가 차 위에 얹어둔 것이었어. 그때부터 이미 어머니는 치매에 걸려있었던 것이었어. 그런 일 이후부터 어머니는 병이 급속하게 심해지더니 이런저런 많은 일들을 저질러대지 뭔가. 겪어 보지 않은 사람은 상상조차 하기 어려운 이상한 일들을 말일세."

친구는 직장생활을 하며 퇴근하자마자 어머니가 저질러놓은 뒤처리를 하며 밤에도 잠을 자지 못하고 혼자서 그 뒷바라지에 너무 힘이 들어 결국 어머니를 요양병원에 모셨다. 어머니는 아들에게 매일 전화를 여러 번씩 걸어서 이곳에서는 도저히 못살겠다고 밤낮으로 불평불만과 함께 마구 욕을 해대더니, 그런 중에도 가끔 본정신이 돌아올 때는 아들을 병원으로 불렀다.

"얘야, 앞으로는 정신을 바짝 차리고 조심해 절대로 아무런 일도 저지르지 않을 테니, 제발 나를 집으로 데려가 다오. 여기는 감옥보다도 답답하여 숨이 막혀 곧 죽을 것만 같구나. 이건 나의 마지막 소원이란다……"

어머니가 멀쩡한 듯 진지하고 간절하게 하소연을 하는 바람에, 친구는 반신반의하며 할 수 없이 마지막 효도라고 생각하며 다시 아픈 어머니를 집으로 모시고 와서 함께 살게 되었다. 그런데 퇴원 후 며칠 동안은 정신을 바짝 차린 듯 하던 어머니의 상태가 갈수록 감당이 어려울 정도로 훨씬 더 심해지자, 그 수발에 파김치가 되도록 지친 친구는 가끔 영덕을 찾아와 피곤과 실의에 젖어 어머니에 대한 막말을 해댔다.

"나는 사랑하던 어머니에게 깊은 배신을 당한 사람 같아. 길가에 서 있던 아주머니가 귀하고 아름답게 보이다가 일행을 음식점으로 불러들이려는 호객꾼으로 밝혀질 때 갑자기 그녀가 귀찮고 성가신 사람으로 변하듯, 호화찬란한 유흥가에서 만난 친절한 아가씨가 더 없이 귀엽고 아리땁게 보이다가 그녀가 다름 아닌 매춘부로 밝혀지는 찰나 그만 징그럽고 소름이 확 끼치는 존재로 변하듯, 어머니가 치매에 걸려 마구 저질러대던 이상한 일거리와 입에도 담지 못할 험한 언어와 길가의 불한당보다도 더한 무지막지한 행동에 한시도 쉴 여가 없이 짓눌리다 보면, 어머니에 대한 사랑과 존경은 썰물이 모래 위를 빠져나가듯 싹 가셔버리고 그 진절머리가 나는 지긋지긋한 뒤처리에 머리끝까지 원망만 늘어나니. 결국 저 여인이야말로 절대로 나를 낳아준 어머니가 아니고, 나를 순전히 골탕만 먹이려는 괴물이라는 생각이 하루에도 수백 번씩 들어……"

어머니를 원망하는 넋두리를 실타래처럼 마구 늘어놓다가 결국 친구는 울화통이 더욱 치밀며 눈동자가 흐릿하게 변하더니 저주의 막말까지 내뱉고 말던 것이었다.

"차라리 어머니가 하루라도 빨리 저세상으로 갔으면 좋겠어. 사는 것이 너무 힘이 들고 지겹고 괴로워. 이건 정말 두 사람 모두에게 삶을 사는 것도 아니고 더욱이 사람의 생활도 아니야……"

이렇게 푸념을 하다가 결국 어머니가 머지않아 다시는 돌아오지 못할 먼 길로 가셨는데, 그러고 나서 결코 많은 세월이 흐른 것도 아닌데, 그 친구는 또 영덕을 만날 때마다 돌아가신 어머니가 하루도 빠짐없이 시시때때로 그리워지고 자꾸 생각이 난다는 것이었다. 어머니가 너무나 보고 싶어 자신도 어머니를 따라 죽고 싶다고 크게 울먹이며 어머니를 잊지 못하고 그리워하던 것이었다. 진한 사랑은 모진 고통과 함께 마치 동전의 양면처럼 사람의 기억을 요동치게 하는 모양이었다.

영덕은 요즘 변덕쟁이처럼 마음이 자주 변하던 그 친구의 경우가 자신의 반면교사가 된 듯 돌아가신 어머니가 그리워질 때마다 그 친구가 함께 생각나곤 했다. 같은 병에 걸린 어머니를 두고 시차는 있지만 동병상련을 하던 친구였다는 생각이었다.

이제 어머니의 마지막 흔적인 이 세상에 남겨놓고 가신 유품들을 정리할 시간이었다. 사람은 부모의 초청으로 그 인연을 따라 빈손으로 이 세상에 와서 살다가 길건 짧건 일생이란 나그네의 여행을 마치고 이 세상을 떠날 때도 그냥 빈손으로 떠나는 존재라지만 어머니는 빈손으로 가셨을 뿐만 아니라, 이 세상에 자기의 것이라고 남긴 것도 참으로 보잘 것 없었다.

젊었던 일찍부터 남편 없이 사남매를 키우느라 어려운 생활을 하신데다가 평소에도 늘 검소한 생활이 몸에 밴 어머니는 자기의 물건이라곤 남기신 게 별로 없었다. 시골에서 이쪽으로 이사를 올 때도 이삿짐이라곤 옮길 것도 없었는데, 그간 이곳에서 몇 년 동안 생활하며 밖으로 잘 나다니지도 않은 어머니의 살림살이라 물건이 많이 늘어났을 리도 만무했다.

그 어머니에 그 자녀,

영덕이 삼형제와 누이는 어릴 때부터 두부 장사와 새우젓 장사를 하시던 어머니를 도와 겨울에는 이웃집에 두부와 콩비지 심부름을 하고, 여름에는 새우젓 심부름을 하여 그 값을 받아다가 어머니에게 드리면, 어머니는 그 돈을 치마 아래 속바지 사이에 감춰진 긴 줄이 달린 헝겊주머니에 넣었다. 저녁이면 온 식구가 옹기종기 함께 모여서 호롱불 아래서 그 돈을 한 푼 두 푼 헤아리며 기뻐했다. 그것은 이 가정의 가장 큰 즐거움이고 희망이었다.

당연히 어느 누구도 팔아야할 두부 한 모도 넘름 몰래 입안에 넣지 못했고, 키우던 여러 마리의 암탉이 여기저기에 쑥쑥 알을 낳고 꼬꼬댁거리면 바로 낳아 따끈따끈한 먹음직스런 달걀이 먹고 싶어 늘 배가 고팠던 이들의 입안에 침이 가득 고였지만 아무도 단 한 알도 몰래 냉큼 먹지 않고 한곳에 모았다. 장날이면 한 광주리 가득 시장에 내다 팔아서 어머니의 그 헝겊주머니에 돈을 모으는 것을 당연시하며 온 가족의 재산인 점점 불어나는 돈을 보는 것을 온 식구가 큰 보람으로 여겼다.

혹시나 실수로 달걀이 깨어지기라도 하면 어머니는 그것으로 멀건 계란 국을 끓여서 온 식구가 함께 맛있게 먹었다. 껍질도 버리지 않고 그 안에 쌀을 넣어 미지근한 잿불에서 달걀밥을 만들어서 착한 막내에게 주었는데 모두들 동생이 맛나게 먹는 것을 보며 군침을 흘렸다.

그런 알뜰한 어머니였던 만큼 자녀들이 장성하여 시골에서 가축을 키우던 막내만을 남기고 모두들 도시로 가서 대학까지 졸업하여 취직을 하고, 제 분수에 맞는 짝을 찾아 결혼을 한 후에도 자식들이 고향의 어머니에게 가끔씩 사다드린 옷은 너무 아까워서 차마 입지를 못하셨다. 그래서 어머니가 남긴 옷가지는 늘 색깔이 바래고, 이곳저곳 비슷한 색깔의 천을 대어 깁고, 기운데 또 깁고, 솔기가 닳아 너덜너덜하도록 입으시던 겉옷 몇 벌과 속옷 역시 모두가 여러 번 다닥다닥 빈틈없이 기워서 혹시 남들이 볼까봐 부끄러워하던 것들뿐이었다.

특히 너무 오래 사용하여 어머니의 반짝반짝 빛이 나도록 닳아빠진 낡고 오래된 손그릇에서는 아끼고 절약하시며 너무나 검소했던 생활의 전부가 그대로 배어나오고 있었다. 그 안에는 화장품이라고는 하나도 없고 바늘이 몇 개 꽂힌 실꾸리와 단추통과 실타래와 헝겊 몇 조각이 전부였다. 최근 들어 재숙이나 시누이와 작은 며느리가 사다드린 옷가지들 역시 차곡차곡 쌓아놓고 아직 건드리지도 않으셨던 것이다.

그래서 부부는 어머니가 남긴 유품에 대하여 늘 보아온 그대로 다시 사용을 할 만한 것이 거의 없다는 것을 잘 알고 있었으므로, 마땅한 날을 정하여 버릴 생각만 하고 그다지 큰 신경을 쏟지 않고 있었다. 적당한 때에 잠깐 짬을 내서 어머니의 방을 정리하면서 몇 개의 새 옷과 남에게 주지도 못할 헌옷가지들을 고물상에게 그냥 가져가라고 말하려고 주위에 있는 고물상만 눈여겨 찾고 있었다.

그런데 어찌 이런 일이? 실상은 그게 전혀 아니었다.

바로 이때, 부부가 참으로 너무나 깜짝 놀라서 기절을 할 일이 벌어지고 말았던 것이다. 바로 어머니의 용돈 때문이었다. 그토록 오랫동안 여러 번에 걸쳐 재숙의 속을 부글부글 끓이며 애간장을 바짝바짝 녹이던 그렇게도 집요하게 요구하던 어머니 용돈의 깊고 깊은 비밀이 어머니의 사후에야 드디어 밝혀지게 된 것이었다.

어머니는 오랫동안 치매를 앓으며 정신이 없는 가운데에서도 잠시나마 새로운 정신이 조금씩 들 때마다 마치 갓 학교에 입학한 초등학생이 받아쓰기 시험을 치룬 듯 매우 서툰 글씨로 돈이 쓰일 곳을 미리 또박또박 너무나 꼼꼼하게 밝혀 놓으시고 오로지 그것을 위하여 그동안 돈을 꼬박꼬박 모으셨던 것이다. 어쩌면 그토록 지독하게 어려운 살림살이 가운데에서도 사랑하는 자식들의 앞날을 위해 한 푼, 두 푼 돈을 모으시던 오래된 방식의 집착에는 그 지독한 치매란 병도 도저히 어쩌지 못하고 그냥 비껴갈 수밖에 없었던 모양이었다. 이건 인간의 대단한 집념의 개가가 아닐 수 없었다.

이건 정말 그랬다.

고운 모래를 얻기 위해서는 고운 채가 있어야 하고, 매끄러운 판자를 얻기 위해서는 잘 드는 대패가 필요하듯 어머니는 사남매를 올바로 키우기 위한 세상에서 가장 고운 채요, 대패였던 것이 분명했다. 또 자식들을 굶기지 않고 앞날을 준비한 질기고 튼튼한 큰 주머니가 분명했다는 것이 지금 어머니의 용돈을 발견한 영덕이 새삼 새로 느끼는 감사였다. 그와 동시에 그토록 자기들을 사랑했던 어머니에 대한 부끄러움과 한탄이었다.

'이 세상에는 혼자서 열 명의 자식을 양육하는 어머니가 있으나 한 명의 어머니도 잘 모시지 않는 열 명의 자식이 있다'는 옛말이 떠오르며 자신이 바로 어머니를 정성 다해 섬기지 못한 그런 못난 불효자식이었다는 자괴감이 그를 더욱 탄식하게 만들었다.

아, 어머니의 크신 사랑, 자신의 몸으로 낳은 자식들을 위해 자신의 몸을 불살라 사명과 의무를 완수한 어머니의 끝없는 사랑이 점점 더 가까이 다가오며 어머니의 손길이 닿았던 곳곳이 지금 새로이 어머니를 발견한 그의 눈에 밟히고 있었다.

'아하, 엄마의 사랑이란 바로 이런 것이었구나!'

사람의 뇌를 초토화시키고 그 정신세계를 완전히 붕괴시키는 치매라는 고질병도 어머니의 자식에 대한 무한한 사랑과 끈질긴 집념을 결코 꺾어버리지 못했던 것이다. 이런 어머니의 자식에 대한 깊고 위대한 사랑은 자식으로서는 감히 상상도 할 수 없고 실천은 더 어려운 고귀한 것이 아닐 수 없다는 고마움이 지금 그의 전신을 찌릿찌릿 감전시키고 있었다.

잘난 부모를 둔 자식들이 해같이 빛나며 편하기 마련이고, 잘된 자식들로 인하여 부모 역시 인사를 듣기 마련이지만 영덕은 훌륭한 어머니로 인해서 가난하지만 동네사람들에게 칭찬을 듣고 사랑을 받으며 자라났다. 그건 모두가 익히 아는 사실이었다.

그러나 어머니가 치매에 걸려 저질러대던 생뚱맞은 귀찮은 일거리와 끝없이 쏟아내던 험한 언어와 무지막지하게 거친 행동이 너무 힘들어 잠시 어머니에 대한 사랑이 싸늘하게 식어버리고 그 뒤처리에 원망도 하였지만, 너무나 허망하게 어머니가 저세상으로 가시고 나자 아들은 어머니의 성스러운 사랑을 두 곱, 세 곱 크게 느끼며 한없이 그리워하고 있었다.

어머니의 용돈의 비밀,

그 중에서도 가장 먼저 눈에 띄는 봉투는 큰 손자 대학 입학금이었다. 어머니는 치매를 앓으며 정신이 오락가락하는 그런 혼미한 와중에서도 굳은 의지로 중심을 바로 잡고 며느리를 졸라서 용돈이 생길 때마다 대학에 입학할 손자 정빈을 생각하며, 예전에 아들딸이 모진 가난 속에서도 도시 대학에 진학할 때, 온 마을을 뒤져서 땡빚을 빌리던 그 어려운 때를 생각하며, 공부가 인생의 가장 빠른 성공의 지름길이라고 주장하시던 그 말씀 그대로, 조금이라도 보탬이 될 수 있도록 손자를 위해 용돈을 한 푼, 두 푼 차곡차곡 모으셨던 것이었다.

오늘 어머니의 유품을 정리하다가 마지막으로 어머니가 애지중지 사용하시던 뒤주 장롱 속을 뒤지다가 헤어진 버선 속에 싸여 나타난 여러 번 자주 만져서 다 닳고 찢어진 봉투를 열고 그 안에 똘똘 뭉쳐진 돈다발을 헤아리다가 재숙의 두 눈에서 마구 눈물이 흘려 내렸다. 이를 멀찍이 서서 지켜보던 영덕도 그만 가슴이 먹먹하게 아려왔다. 부부는 한참동안 정신을 잃은 듯 그렇게 멍하니 있어야했다.

부모는 늘 자신에 대한 것보다 자식에 대한 것을 더 크고 더욱 고맙게 생각하기 마련인데, 할머니의 손자에 대한 진한 사랑이 다시 나타나서 부부의 뇌리를 강하게 엄습하여 매질을 당하듯 마비시키며 온몸에 찌릿찌릿 전율이 일게 하고 있었다.

이어서 나온 봉투에는 며느리 보약이라고 적혀 있었다. 이때쯤 재숙은 또 다시 정신이 아득하여지며 심장이 멈출 듯이 쿵쿵거리고 마구 흘러내리던 눈물이 더욱 굵은 방울이 되어 앞을 가리는 바람에 더 이상 앞이 보이지 않았다. 돈을 헤아리는 손 위로 뚝뚝뚝 눈물방울이 떨어져내려 손을 적시고 돈을 적셨다. 이와 동시에 평소 큰며느리를 남달리 아끼고 사랑해주시던 어머니의 자상한 마음씨가 조용히 그녀의 옆으로 다가와 살포시 그녀를 안아주는 듯 따스하고 포근한 느낌이 온몸을 감싸고 돌았다.

어머니는 늘 재숙이 직장생활과 수많은 집안의 대소사와 살림에 지쳐 몸이 허약하다는 것을 아시고 심히 걱정하시며 보약이라도 한 재 달여서 먹여야 할 것이라고 자주 걱정을 하시곤 했었다. 그건 어련히 입으로만 하는 걱정이고 말뿐이라고 생각했었는데, 어머니는 실제로 알게 모르게 고생하는 집안의 맏며느리를 생각하여 차곡차곡 적잖은 금액을 약값으로 미리 준비해두신 것이었

어머니의 용돈

다.

"아, 어머니, 어머니, 죄송해요. 우리 어머니……"

재숙은 집안에 불이 났을 때 온몸이 물에 젖어 사시나무처럼 떨며 며느리를 엄마라고 부르던 그때의 시어머니처럼 목이 메어 계속하여 어머니를 불러댔다. 한번 가신 어머니는 아무런 말씀도 없었지만 재숙은 자상하신 어머니가 가까이서 여전히 사랑스런 눈길로 식구들을 지켜보고 있다는 생각이 들며 더욱 고마움이 흘러넘치고 있었다.

'이 어리석고 미련한 며느리는 그런 줄도 모르고 어머니를 얼마나 오해하며 원망했던가? 어찌 그 종잇장보다 더 얄팍한 마음으로 저지른 큰 불효를 씻을 수 있을까? 으흑흑……'

이밖에도 작은 아들 수술비, 큰아들 양복값, 소형이 바이올린……, 어머니는 자식들이 필요하면서도 빠듯한 살림살이로 선뜻 실행을 하지 못했던 것들을 아시고 이러한 여러 가지 명목으로 돈을 똘똘 뭉쳐서 버선과 양말에 넣어 장롱 깊숙이 갈무리해 두셨던 것이다.

이 많은 돈은 물론 최근의 용돈을 모은 것만은 아닐 것이 틀림없었다. 절약하고 아끼시는 습관이 몸에 밴 어머니는 시골에서 이사를 오실 때에도 그동안 자신을 위해서는 단 한 푼도 쓰지 못하고, 남몰래 차곡차곡 모아둔 적지 않은 돈을 그대로 가지고 오셨을 것이 눈에 보이듯 훤했다.

재숙 부부가 다시 정신을 차리고 흐르는 눈물을 닦아내고 깊숙한 장롱을 뒤질수록 꼬깃꼬깃 똘똘 뭉쳐서 노랑고무줄로 탱탱 동인 돈뭉치가 든 떨어진 헌 양말과 닳아서 뒤꿈치에 구멍이 난 버선이 자꾸 나왔다. 어머니가 비록 정신은 맑지 못했지만 좀 더 오래 사셨으면 틀림없이 이 돈뭉치를 늘 깊이 마음에 두었던 큰 손자 정빈이가 대학에 입학하고, 함께 사는 큰 며느리가 몸보신으로 보약을 먹게 하고, 작은 아들이 어릴 때 높은 나무에서 떨어져 약간씩 저는 다리의 수술을 받게 하는 등 그때마다 하나씩 다른 여분의 돈까지 보태어 내놓으셨을 것이었다.

그런데 뒤주장 맨 밑바닥에서 마지막으로 나온 어머니의 회갑 반지가 결국 또 부부의 얼얼한 가슴을 갈가리 찢어놓고야 말았다. 그 두툼한 금반지는 시골에서 어머니의 간단한 회갑잔치를 열면서 이제는 장성한 사남매가 정성을 모아서 도회지의 금방에서 맞추어서 해드린 것이었다. 어머니는 몸집은 작았지만 평생의 끊임없는 고된 노동으로 인해서 보통의 도시 노인들보다는 손가락 마디가 매우 굵어져서 그 금반지를 도저히 손가락에 끼울 수가 없어서 결국 잔치마당에서 끼워드릴 수가 없었다.

"어머님, 이것을 금방으로 다시 가져갔다가 이다음에 구멍을 더 크게 널려서 끼워드릴게요."

맏며느리인 재숙이 이렇게 말하자, 어머니는 대뜸

"그만 됐다. 너희들의 그런 마음이 고맙지. 시골에서 농사짓는 늙은이가 그 귀한 것을 어찌 늘 손가락에 끼고서 일을 하겠느냐?"

이렇게 말씀하시며 그 굵직한 것을 그냥 가지셨는데, 그 후 그 것을 다시 본 적이 없는 부부는 아마도 막내가 많은 빚으로 어려움을 겪을 때에 내주었을 것이라고 지레 짐작했었는데, 어머니는 사남매 모두의 정성이라고 저토록 깊숙이 고이 간직하고 계셨던 것이었다.

영덕은 어머니의 회갑 날 해드린 손가락이 굵어서 끼지 못하는 금반지를 생각할 때마다 책에서 감명 깊게 읽은 알브레이트 뒤러의 '기도하는 손'이 생각나곤 했었다.

뒤러와 친구는 시골에서 그림을 좋아하고 잘 그려서 나름대로는 촉망을 받으며 꽤 이름이 났다. 그래서 두 사람은 그림에 대한 더 깊은 공부로 출세하기 위해 큰 도회지로 진출했다. 그러나 도회지는 촌에서 생각했던 것보다 모든 것이 비싸서 둘이 함께 먹고 자고 공부를 할 형편이 되지 못했다. 그래서 할 수 없이 두 사람은 서로 합의를 했다.

"우리 중 누군가 한사람은 돈을 벌고 다른 사람이 공부를 할 수 있도록 도와주자. 그리고 그가 일단 공부를 마치면 그때는 반대로 그가 돈을 벌어서 공부를 못한 사람이 공부를 하도록 도와주자."

두 사람 중에서 친구는 직장에 다니며 열심히 돈을 벌고 뒤러가 먼저 공부를 하게 되었다. 뒤러는 열심히 공부하여 상당히 유명한 화가가 될 수 있었다. 그리고 친구에게 이제부터는 자네가 공부를 할 차례라고 말했다. 그러나 친구의 대답은 너무나 의외였고 생뚱맞기 그지없었다.

"이 손을 보게, 난 이제 손마디는 굵어졌고 손끝은 망가져 그림을 그릴 수 없다네. 내가 계속 일을 하여 자네를 도울 테니 자네가 나의 몫까지 더 열심히 공부를 계속하기 바라네."

뒤러의 친구가 오래고 심한 노동으로 투박하게 변한 손을 보이며 말했다. 뒤러는 가슴이 너무나 아팠지만 그의 눈에도 친구의 손은 이미 심하게 굳어버리고 망가져 그 손으로 그림을 그릴 수 있는 상태가 전혀 아니었다. 그래서 그는 눈물을 머금고 더 열심히 친구를 생각하며 밤새워 공부를 하고 있었다.

그러던 어느 날,

뒤러가 밤늦게 공부로 파김치가 된 몸을 이끌고 집으로 돌아왔는데 방안에서 친구의 울부짖는 소리가 문틈으로 새어나오고 있었다.

'음, 친구가 공부를 하지 못하는 자신의 신세를 한탄하며 저토록 비통해 하고 있구나……'

뒤러는 너무나 미안하고 안타까워 감히 방문을 활짝 열지도 못하고 몰려오는 죄책감으로 그냥 문 앞에 선 채로 친구의 울부짖음이 끝나기를 기다리며 무작정 망설였다.

"……신이시여, 내 친구 뒤러를 돌아보시어 그가 아무런 걱정없이 이 세상에서 으뜸가는 훌륭한 미술가가 될 수 있도록 도와주시기를 간절히 기도드립니다. 저로 하여금 친구가 공부를 하는데 아무런 부족함이 없도록 그를 돕게 하여 주시옵소서. 신이시여, 지극히 자비로우신 신이시여, 내 친구 뒤러를 사랑하시고 그에게 큰 용기와 능력을 무한히 부어주소서……"

자세히 듣고 보니 친구는 뒤러 자기를 위해 두 손을 모으고 꿇어앉아 간절하게 기도를 하고 있었다. 그때 문뜩으로 친구가 두 손 모아 기도하는 형편없이 헐고, 투박하고, 망가진 손이 보였다. 뒤러는 급히 그 손을 스케치하여 그 유명한 '기도하는 손'이란 이름으로 세상에 내놓았다.

은혜는 깨닫는 자만이 은혜로 느낀다. 같은 은혜라도 깊이 깨달을수록 더 커진다. 한때의 실패와 찾아온 병마도 나중에 성공하여 깨닫게 되면 은혜였음을 알게 된다. 아이는 어머니의 냄새만으로도 어머니의 은혜를 느끼고 안심하며 행복해한다.

뒤러가 친구가 베푸는 은혜를 그 투박한 손과 간절한 기도를 통해 다시 느끼듯 영덕은 어머니의 회갑 반지를 생각할 때마다 어머니의 크신 은혜에 감사하여 불현듯 눈시울이 촉촉이 젖어들곤 했다. 사남매를 키우느라 투박해진 어머니의 손은 뒤러의 '기도하는 손'에 비해 절대로 부족함이 없는 너무나 거룩한 손이라는 생각이 들며 결코 잊을 수가 없었는데, 오늘 드디어 사라졌던 그 반지가 나타나 어머니의 위대했던 삶을 다시금 되새기게 만들었다.

그간 어머니의 숨겨졌던 비밀이 이처럼 훤히 드러나고 꿈에서

조차 상상도 하지 못했던 어머니의 깊은 마음씀씀이가 이쯤 되고 보니 재숙은 용돈을 받지 않았다고 강변하시던 어머니를 적지 않게 미워하고 원망한 것이 부끄럽고 후회되어 얼굴을 들 수가 없었다. 특히 어머니가 며느리의 나약한 몸을 걱정하여 보약까지 지어서 먹이려고 준비하신 그 따뜻한 마음씀씀이를 생각할수록 자신은 어머니에게 보통의 며느리가 아닌 친딸 그 이상이었다는 생각에 겨우 참았던 감정이 가슴을 더욱 북받치게 하며 울음보가 터져 나오게 만들었다.

딴에는 나름의 효도를 다한다는 형식적이고 겉핥기식인 자식의 사랑에 비해 그 부모는 항상 속이 몇 자나 더 깊다는 말이 더욱 가슴 깊이 와서 닿으며 하염없이 쏟아지는 눈물은 그치지 않았다. 어머니는 정신이 심하게 오락가락하는 아픔과 고통의 와중에서도 평생을 아끼며 모아서 아버지 없는 어린 사남매를 돌보아온 그 방식 그대로 지금도 철벽같은 마음의 중심은 조금도 변하지 않고 자식은 물론 손주들의 훗날을 위해서도 장롱 속 깊숙이 가장 안전한 그곳에 차곡차곡 꾸준히 저축을 하고 계셨던 것이다.

어머니, 과연 어머니란 어떤 존재일까? 하늘나라에서 자식을 돌보기 위해 내려온 천사의 화신일까? 부부는 세월이 갈수록 어머니의 깊은 마음을 조금씩이나마 헤아릴 수 있었다. 크고, 작고, 험하고, 힘든 일을 오로지 혼자서 해내면서도 그 흔한 자기 공로

나 자랑 한마디 늘어놓지 않으시고, 자식을 위해서라면 먼저 목숨이라도 기꺼이 내던질 수 있는 어머니는 남편 없이 어린 자식들을 키우면서 뼈가 어그러지고 온몸이 바스러져도 힘들다는 내색 한 번 입 밖에 내지 않으셨다.

결국 자신을 위해서는 단 한 푼도 쓰지 못 하시던 어머니는 자신의 모든 것을 망각하는 치매라는 그 무서운 병에 걸려 고통 받는 모진 신음 속에서도 오직 자식을 사랑하는 마음만은 절대 변치 않으시고, 사랑하는 자식들을 위해 오로지 인생의 전부를 바치시며, 타고난 목숨이 다할 때까지 최선을 다하셨다.

"아하, 우리 어머니. 어머니의 평생에 자신은 온데간데없고, 어머니에겐 오직 자식만이 존재했습니다. 어머니에겐 심하게 앓던 생의 마지막 그 순간까지 오직 자식이 전부였습니다. 우리는 어머니의 자애로운 그 마음을 이제야 조금은 알겠습니다."

영덕 부부는 어머니의 참으로 거룩하기까지 하신 그 아름다운 모습과 어머니에 얽힌 수많은 일들이 그렇게 치매로 모진 고생을 하시다가 돌아가신 후에도 두고두고 잊히지 않고 주마등처럼 떠오르더니, 시간이 지날수록 바다보다 깊고 하늘보다 높은 그 가히 없이 크신 사랑이 바로 어제 있었던 일처럼 더욱 새록새록 생각이 났다.

부부는 그럴 때마다 어머니를 고통에 잠기게 하고 결국 귀중한 목숨까지 앗아가 버린 치매라는 병이 이 세상에서 더 이상 힘을

쓰지 못하도록 앞장서서 예방 활동을 벌여야겠다고 다짐 또 다짐
하며 오늘도 만나는 사람마다 너무 삶에 스트레스를 받지 말고 많
이 웃으면서 즐겁게 살아가자고 힘주어 권유하고 있다.

어머니의 용돈